INSELWAHN

Rieke Husmann, Jahrgang 1976, aufgewachsen in Emden/Ostfriesland, lebt heute mit ihrer Familie in Oldenburg. Nach dem Pädagogikstudium war sie in verschiedenen Einrichtungen tätig und arbeitet heute als Referentin in der Erwachsenenbildung.

RIEKE HUSMANN

INSELWAHN

Kriminalroman

emons:

Bibliografische Information der Deutschen Nationalbibliothek
Die Deutsche Nationalbibliothek verzeichnet diese Publikation
in der Deutschen Nationalbibliografie; detaillierte bibliografische
Daten sind im Internet über http://dnb.d-nb.de abrufbar.

© Emons Verlag GmbH
Cäcilienstraße 48, 50667 Köln
info@emons-verlag.de
Alle Rechte vorbehalten
Umschlagmotiv: Montage aus iStockphoto.com/eugenesergeev;
iStockphoto.com/Rike_; iStockphoto.com/soleg
Gestaltung Innenteil: César Satz & Grafik GmbH, Köln
Druck und Bindung: sourc-e GmbH, Köln
Printed in Europe 2025
Erstausgabe 2019
ISBN 978-3-7408-0570-8
Originalausgabe
2. Auflage

Unser Newsletter informiert Sie
regelmäßig über Neues von emons:
Kostenlos bestellen unter
www.emons-verlag.de

Prolog

Die Flasche wirbelte durch die Luft, kam langsam – wie in Zeitlupe – dem Hinterkopf näher. Der Aufprall war ein Geräusch wie zerberstendes Holz, nach allen Seiten flogen Scherben. Die Frau hielt sich für einen unglaublich langen Moment auf den Beinen, bevor sie schließlich in sich zusammensackte.

Als ihr Körper die Erde berührte, schien die Welt für einen Augenblick den Atem anzuhalten. Das Rauschen der Nordsee erlosch, die steife Brise aus Nordwest flachte fast vollkommen ab, die drei Möwen, die gerade noch kreischend über sie hinweggeschossen waren, schwiegen.

Die Frau atmete nicht mehr, jegliches Leben schien aus ihrem Körper gewichen zu sein. Nach einer gefühlten Ewigkeit umspülte die auflaufende Nordsee ihre Füße und Beine, Minuten später die Hüfte, um kurz darauf den ganzen Körper zu erfassen.

Nur wenige Wellen später drehte die Welt sich weiter, als wäre nichts geschehen.

1

Hella Brandt parkte ihren Dienstwagen auf einem der Plätze direkt vor dem Fährhaus. Sie sah auf ihre Uhr. Die Fähre aus Spiekeroog würde erst in einer knappen Stunde anlegen, aber das Wetter an diesem späten Augusttag war so verführerisch, dass sie es im Kommissariat in Wittmund nicht mehr ausgehalten hatte. Tiefblauer Himmel, achtundzwanzig Grad, mäßiger Wind aus Nordwesten.

Hella zog einen Parkschein und legte ihn hinter die Windschutzscheibe, bevor sie sich auf den Weg in den alten Hafen von Neuharlingersiel machte. Schon von Weitem roch sie den angenehmen Duft der Fischbude am Rand des Hafens. Beim Vorbeilaufen warf sie einen sehnsüchtigen Blick auf die Krabbenbrötchen, zwang sich aber weiterzugehen. Leon hatte darauf bestanden, gegen Abend zu kochen, und dafür bereits auf der Insel Fisch gekauft.

Sie nahm Platz auf einer der langen Holzbänke entlang der hufeisenförmigen Kaianlage. Unzählige Fischerboote lagen im Hafen, ihre farbigen Fähnchen wehten im Wind. Auf manchen arbeiteten Männer in blauen Arbeitsanzügen, andere Schiffe waren verwaist. Zahlreiche Touristen liefen über den breiten Kai, ein Eis oder Fischbrötchen in den Händen, aber trotz der vielen Menschen wirkte die Szene auf Hella beruhigend. Der Duft der Nordsee, die vor sich hin schaukelnden Fischerboote, die salzhaltige Luft: Wie viele Jahre hatte Hella darauf verzichtet?

Im Frühsommer hatte sie sich von Oldenburg in ihre alte ostfriesische Heimat versetzen lassen und eine gemütliche Bauernkate direkt hinter dem Nordseedeich bezogen. Was ursprünglich als Flucht vor ihrem Ex-Freund und seiner hochschwangeren Liebsten gedacht war, hatte sich schnell als Neuanfang herausgestellt. Ihre einzige Nachbarin, Gesa Jansen, eine alte Dame Anfang achtzig, war ihr schnell ans Herz gewachsen und hatte mit ihr manch unterhaltsamen Abend bei einem guten Glas Whisky verbracht.

Selbst die Arbeit als Kommissariatsleiterin in Wittmund war anspruchsvoller als angenommen. Gleich der erste Fall auf Spiekeroog hatte sich als ausgesprochen kompliziert herausgestellt und am Ende eine schwere Entscheidung von ihr verlangt. Lars Mattes, ein junger, kompetenter Kommissar, hatte sie bei der Aufklärung des Falls tatkräftig unterstützt.

Nicht alle Kollegen waren über ihren Wechsel nach Wittmund erfreut gewesen. Vor allem Enno Franzen, der sich Hoffnungen auf ihre Stelle gemacht hatte, stand ihr skeptisch gegenüber. Bisher waren sie noch nicht aneinandergeraten, doch Hella vermutete, dass der große Knall unmittelbar bevorstand. Aber vielleicht würde nach dem schweren Gewitter endlich klarere Luft herrschen und ein Neuanfang möglich sein.

Ein kleiner, vielleicht fünfjähriger Junge setzte sich mit seinem Eis in der Hand neben Hella auf die Bank. Akribisch achtete er darauf, dass das an der Waffel herunterlaufende Eis von seiner Zunge aufgefangen wurde, bevor es auf sein T-Shirt oder seine Hose tropfte.

»Hast du keinen Mann?«, fragte er nach einer Weile und warf Hella dabei einen neugierigen Blick zu.

Hella musste unwillkürlich schmunzeln über die kindlich naive Frage, antwortete ihm aber ernst: »Ich habe einen Freund. Der wohnt auf Spiekeroog und kommt gleich mit der Fähre.«

Der Junge leckte einmal rund um die Waffel und betrachtete stolz sein Werk, bevor er sich wieder seiner Sitznachbarin widmete. »Und du wohnst nicht auf Spiekeroog?«

»Nein, ich wohne in der Nähe von Bensersiel. In einem kleinen Haus direkt hinter dem Deich.«

»Komisch«, kommentierte der Junge. »Und wo wohnen eure Kinder?«

»Die sind noch gar nicht auf der Welt.«

Der Junge musterte ihren Bauch. »Du bist aber doch gar nicht dick.«

Hella nickte ernst. »Das stimmt wohl.«

»Und warum nicht?«

»Du bist ganz schön neugierig für so einen kleinen Jungen.«

Er grinste übers ganze Gesicht. »Das meint meine Mama auch immer. Aber ich weiß, dass das die Erwachsenen immer sagen, wenn sie was nicht verraten wollen.«

Hella schmunzelte. »Das stimmt, mein Kleiner. Entschuldige. Es ist einfach so, dass ich noch gar nicht schwanger bin. Du weißt, was schwanger heißt?«

Der Junge richtete sich auf. »Na klar! Wenn eine Frau immer dicker wird, dann ist sie …« Ihm schien das Wort entfallen zu sein.

»Schwanger«, half Hella ihm aus.

»Ja!« Er hatte die Eiswaffel inzwischen bis auf einen kleinen Rest aufgegessen und saugte jetzt das restliche Eis heraus. Schließlich steckte er die Miniwaffel in den Mund und kaute kräftig darauf herum.

»Und wann bist du … schwanger?«

»Das weiß ich noch nicht, weil ich es mir noch einmal sehr gründlich überlegen muss.«

»Warum?«

In diesem Augenblick rief eine Frau, die mit einem Kinderwagen zwanzig Meter entfernt stand: »Max, kommst du? Wir gehen weiter!«

Der Junge sprang augenblicklich auf, wischte sich mit dem Arm über den Mund und lächelte Hella an. »Ich frag nachher meine Mama, wie lange das Überlegen dauert. Bist du morgen auch wieder hier?«

»Das weiß ich noch nicht, Max.«

Der Junge nickte und lief zu seiner Mutter.

Leon stand oben an der Reling und winkte Hella zu, als das Fährschiff anlegte. Genau wie sie hasste er es, mit dem ersten großen Schwall der Touristen über das Fallreep zu gehen. Als einer der Letzten kam er vom Schiff und lief direkt auf seine Freundin zu. Seit vier Tagen hatten sie sich nicht mehr gesehen.

Leon betrieb in den Sommermonaten eine kleine Surfschule auf Spiekeroog, den Rest des Jahres verbrachte er in wärmeren Gefilden: Kalifornien, Gran Canaria, Hawaii. Sie hatten sich im Frühsommer bei Hellas erstem großen Fall kennengelernt und trafen sich seitdem regelmäßig. Da Leon den Sommer über auf dem Campingplatz lebte, war es fast immer er, der die Reise antrat. Nur zweimal hatte Hella bei ihm im Zelt übernachtet.

Leon stellte die kleine Tasche auf die Erde und umarmte sie. »Wie geht es dir?«, flüsterte er ihr ins Ohr und küsste sie zärtlich.

»Hungrig! Ich habe den ganzen Tag noch nichts Richtiges gegessen«, wich Hella ihm aus.

Leon hob die Tragetasche hoch, die er in der Hand behalten hatte: »Das sollten wir in den Griff bekommen – zwei fantastische Doraden.«

Hella küsste ihn hastig auf die Wange und zog ihn mit zum Auto. Bis zu ihrem kleinen Haus direkt hinter dem Nordseedeich waren es nur wenige Kilometer. Kurz vor Bensersiel bog sie von der L 5 auf einen Feldweg ab und hielt wenig später vor dem Haus. Küche, Wohnzimmer, Schlafraum und Bad, alles auf weniger als achtzig Quadratmetern. Der einstöckige Klinkerbau war weiß gestrichen, grüne Sprossenfenster und die alte Holztür verliehen dem Haus schon von außen einen heimeligen Charakter.

Leon blieb im Wagen sitzen, als Hella den Motor ausgeschaltet hatte. Während der kurzen Fahrt hatten sie geschwiegen, aber jetzt schien er seine Frage nicht länger zurückhalten zu können. »Was ist mit dir?«

Sie öffnete die Fahrertür. »Alles gut. Lass uns reingehen.« Ohne auf seine Antwort zu warten, stieg sie aus und lief langsam auf die ehemalige Bauernkate zu. Hinter ihr hörte sie Leon die Tür schließen und dann seine Schritte auf dem Kiesweg. Sie schloss auf und wartete, bis er an ihr vorbei ins Haus gegangen war.

»Ich fange gleich an zu kochen«, schlug Leon vor und drehte bereits den Regler am Ofen nach oben.

Hella schlang ihre Arme von hinten um seine Schulter. »Darf ich schnell duschen gehen? Dafür räume ich auch nachher die Küche auf.«

Leon drehte sich zu ihr um. »Wenn du mir später erzählst, warum du so abwesend bist ...«

Hella stand unter der Dusche und genoss das lauwarme Wasser. Bis zu dem Zeitpunkt, als sich der Junge zu ihr auf die Bank gesetzt hatte, hatte sie den Anruf ihrer alten Freundin Katharina vom Abend zuvor nicht an sich herangelassen. Alexanders Kind war vor wenigen Tagen zur Welt gekommen. Ein kerngesunder Junge. Katharina hatte ihr wie beiläufig davon berichtet, in der Annahme, dass Hella schon lange über die Beziehung hinweg sei. Gleich anschließend fragte sie nach Leon und wie lange er noch auf Spiekeroog bleiben würde. Hella hatte ausweichend geantwortet. Seit Wochen vermied sie es, mit Leon über dessen Pläne für den kommenden Herbst und Winter zu sprechen. Alexanders Kind und Leons immer näher rückende Abreise – Katharina hatte schon immer Talent dafür gehabt, die unangenehmen Dinge zur falschen Zeit anzusprechen.

Leon hob das Weinglas. »Worauf trinken wir?«

»Ich weiß nicht. Schlag du etwas vor.«

Er ließ das Glas sinken und sah sie nachdenklich an. »Was ist passiert?«

»Wollen wir nicht erst essen?« Vor ihr stand der Teller mit der Dorade, den Pellkartoffeln und dem Spinat. »Das Essen wird kalt.« Sie hob ihr Glas und lächelte. »Auf unsere Liebe.«

»Auf die wunderbarste Frau der Welt«, fügte Leon hinzu und stieß mit ihr an.

2

Hella reckte sich. Neben ihr lag Leon und schlief mit einem glücklichen Lächeln im Gesicht. Die ersten Sonnenstrahlen des Tages drangen durchs Fenster und erreichten ihr Bett. Vorsichtig legte sich Hella auf die Seite und strich Leon eine Haarsträhne aus dem Gesicht. Darüber, wann für ihn die Saison vorbei war und er sich auf den Weg in den Süden machen würde, hatten sie am Abend zuvor nicht gesprochen. Hella hatte von Katharinas Anruf erzählt, von Alexanders Kind und dem Jungen, der ihr auf der Bank Gesellschaft geleistet hatte.

Leon würde mit der Mittagsfähre zurück nach Spiekeroog fahren, um rechtzeitig zu den am Samstag beginnenden neuen Wochenkursen zurück auf der Insel zu sein. Hella hatte für die kommende Nacht ein Hotelzimmer gebucht und würde zusammen mit Leon rüberfahren.

Als ihr Handy im Flur klingelte, fluchte sie leise und mühte sich aus dem Bett. Auf dem Display leuchtete Lars Mattes' Nummer. Hella hob ab.

»Ich hoffe, du hast einen guten Grund!«

»Guten Morgen, Chefin«, konterte der junge Kommissar. »Tut mir leid, dass ich dich am Samstagmorgen so früh stören muss, aber auf Langeoog gibt es eine Tote. Ich dachte mir, ich rufe lieber dich an als den Kollegen.«

Mit dem »Kollegen« spielte er auf Enno Franzen an, der eigentlich Bereitschaftsdienst hatte.

»Okay«, sagte Hella, der es schon leidtat, ihn angemault zu haben. Ohne einen triftigen Grund würde Lars sie niemals stören, schon gar nicht, wenn er wusste, dass Leon zu Besuch war. »Was ist passiert?«

»Maike Rosemeyer, sechsundvierzig, lebt auf Langeoog. Sie ist gestern Nachmittag vermisst gemeldet worden. Eine Mannschaft aus Freiwilligen unter Leitung unseres örtlichen Kollegen hat sie bis in die späten Abendstunden gesucht. Vor einer halben Stunde ist sie von einer Joggerin am Strand gefunden worden. Der Kollege Jan Marxen, Leiter der örtlichen Polizeistation, hat gerade bei uns angerufen und gemeint, dass sie eine deutlich sichtbare Wunde am Hinterkopf hat. Er meint zwar, dass sie ertrunken und mit der Flut angespült worden ist, will aber auf Nummer sicher gehen.« Lars hielt kurz inne. »Er hat auf jeden Fall Verstärkung angefordert, und ich dachte ...« Er ließ unausgesprochen, was genau er gedacht hatte.

»Schon gut, Lars. Wann geht die Fähre?«

»Um zwanzig nach acht und um neun Uhr dreißig. Und dann wieder ...«

Sie warf einen Blick auf die Uhr. Kurz nach halb acht. »Was hältst du von neun Uhr dreißig? Schaffst du das?«

»Selbstverständlich.« Seine Stimme klang freudig erregt.

»Informier Enno und sag den Kollegen im Kommissariat Bescheid, dass sie ihn in Kenntnis setzen, falls etwas anfällt.«

»Mach ich. Brauchen wir eine Übernachtungsmöglichkeit?«

»Die Fähre ist nicht tideabhängig. Soweit ich weiß, fährt am frühen Abend eine zurück aufs Festland. Morgen sehen wir weiter.«

»Bis später«, sagte Lars und legte auf.

Hella hörte ein Geräusch hinter sich. Sie drehte sich um. Leon stand in der Tür. »Ist etwas passiert?«

Sie trat auf ihn zu und umarmte ihn. »Tut mir leid, wenn ich dich aufgeweckt habe. Ich muss leider nach Langeoog. In einer Stunde fährt die Fähre.«

Leon zuckte mit den Schultern. »Dann wird es heute wohl nichts mit dem gemütlichen Frühstück. Ab unter die Dusche, ich mach dir einen Kaffee.«

Hella stöhnte leise. »Schlimm?«

Seine Hand strich zärtlich über ihr Haar. »Nein, das ist nun mal dein Job. Ich fahre dich, dann brauchst du dir keinen Parkplatz zu suchen.«

Sie küsste ihn. »Danke, du bist der Beste.«

Als Hella aus dem Wagen ausstieg, sah sie bereits Lars vor dem Fährhaus stehen. Er zeigte mit dem Finger auf seine Armbanduhr, um ihr zu signalisieren, dass die Fähre jeden Augenblick ablegen würde. Hella warf Leon einen Handkuss zu und schloss die Tür.

Als letzte Fahrgäste liefen Hella und Lars über das Fallreep aufs Schiff und suchten sich auf dem Oberdeck einen Platz außer Hörweite.

»Hast du weitere Informationen vom örtlichen Kollegen bekommen?«, fragte Hella.

»Ich habe auf der Fahrt hierher noch einmal mit ihm gesprochen. Die Tote liegt jetzt im Feuerwehrhaus. Wir müssen dringend entscheiden, was mit ihr passieren soll.«

Hella griff zum Smartphone und wählte die Nummer von Dr. Wolters, Gerichtsmedizinerin in Oldenburg. Während ihrer Oldenburger Zeit hatte sie bei einem komplizierten Fall mit ihr Streit bekommen, war aber nach der Spiekeroog-Sache ihrer Einladung gefolgt, bei einer Tasse Kaffee die früheren Differenzen beizulegen.

»Hella Brandt, guten Morgen, Frau Dr. Wolters«, sagte Hella, als die Gerichtsmedizinerin das Gespräch entgegengenommen hatte.

»Was kann ich für Sie tun?«

Hella erklärte ihr kurz die Situation und schloss ab mit der Bemerkung: »Wir sind gerade erst auf der Fähre und in circa einer Stunde vor Ort.«

Dr. Wolters seufzte leise. »Die Tote ist also schon vom Fundort entfernt worden?«

»Ja, notgedrungen. Sie ist offensichtlich heute Morgen mit der Flut an Land gespült worden. Wir sind auch erst vor gut einer Stunde informiert worden.«

»Es macht keinen Sinn, dass ich nach Langeoog komme. Schicken Sie mir ein Foto von der Wunde, und wenn wir beide davon überzeugt sind, dass Fremdeinwirkung in Frage kommt, werde ich morgen obduzieren. Besorgen Sie dann bitte rechtzeitig den Beschluss.«

Hella verabschiedete sich und rief gleich darauf beim zuständigen Staatsanwalt an, der ihr zusicherte, sich um den richterlichen Beschluss zu kümmern.

»So weit, so gut«, meinte Hella und ließ ihr Handy in die Tasche gleiten. »Gibt es sonst noch weitere Informationen?«

»Wie gesagt, ich habe nur kurz mit dem Kollegen gesprochen. Maike Rosemeyer ist auf der Insel aufgewachsen und hat dort gelebt und gearbeitet. Sie besaß selbst Ferienwohnungen und hat fremde verwaltet. Ihr Mann hat sie gestern Nachmittag als vermisst gemeldet, weil sie nicht zur vereinbarten Zeit nach Hause gekommen und auch auf dem Handy nicht erreichbar gewesen war. Der Suchtrupp ist gegen Mitternacht losgelaufen, nachdem ihr Mann und unser Kollege vor Ort, Jan Marxen, sie nicht gefunden haben. Gegen drei Uhr ist die Suche abgebrochen worden.«

Hella schaute auf die Uhr. »In einer Viertelstunde legen wir an. Zuerst geht's zur Feuerwehrstation, dann setzen wir uns mit dem Kollegen Marxen zusammen. Wann fährt die letzte Fähre?«

»Um zwanzig Uhr. Aber wir müssen wohl vorher noch mit der Inselbahn fahren, wenn ich das richtig verstanden habe.«

Hella schmunzelte. »Das hast du. Das Dorf liegt auf der Nordseite der Insel und der Hafen im Süden. Gute zwei Kilometer.«

»Du kennst die Insel?«

Hella nickte. Die Eltern ihrer Schulfreundin Hannah Grevens hatten auf Langeoog ein Restaurant übernommen, ihre Freundin war in Jever bei den Großeltern geblieben, um dort das Abitur machen zu können. Hella war hin und wieder mit ihr am Wochenende auf die Insel gefahren. Nach dem Abitur war der Kontakt jedoch abgebrochen.

»Dann brauchen wir zumindest keinen Inselplan«, meinte Lars grinsend.

»Dabei hätte ich gewettet, du hast längst einen besorgt«, antwortete Hella trocken.

Er zog einen zusammengefalteten Prospekt aus der Tasche. »Sicher! Gab es gratis beim Fahrkartenverkauf.«

Hella rollte mit den Augen. »Dachte ich mir's doch ...«

»Ich bin halt der beste Assistent nördlich der Alpen«, meinte Lars breit grinsend. »Allerdings kann nicht mal der seiner Chefin das Wochenende frei halten.«

Hella musste bei seinen Worten unwillkürlich an Leon denken und die verpasste Chance, mit ihm über die Zukunft zu reden. Sie seufzte. »Kannst du mir mal sagen, warum die Menschen so häufig am Wochenende miteinander diskutieren müssen?«

»So schlimm?«, fragte Lars, der schlagartig ernst geworden war.

»Keine Ahnung.«

»Wann fliegt Leon?«

»Keine Ahnung!«

»Ist denn keine andere Lösung in Sicht?«

Lars Mattes war der Einzige im Kommissariat, dem Hella von Leon erzählt hatte. Sie mochte den jungen Kollegen wegen seiner offenen und ehrlichen Art. »Klar, ich nehme mir ein Sabbatjahr und lerne noch etwas besser surfen. Onken wäre sicher begeistert und Kollege Franzen erst recht.« Kriminalrat Onken saß in Aurich und war Hellas direkter Vorgesetzter.

»Schwierig«, murmelte Lars und hielt seinen Blick auf die Nordsee gerichtet.

Hella schluckte eine griesgrämige Antwort herunter. Lars war der Letzte, den sie mit ihren Problemen belasten wollte. »Er kommt ja wieder, und Urlaub habe ich ja auch noch reichlich.«

Lars nickte und schwieg. Die Fähre hatte inzwischen den Hafen erreicht und fuhr dicht an die Kaimauer heran, damit die Matrosen die Taue hinüberwerfen konnten. Dann fuhr das Fallreep herunter, und die Gäste strömten aus dem Bauch des Schiffes. Schließlich machten sich auch Hella und Lars langsam auf den Weg.

Als sie vom Kai auf den direkt danebenliegenden Inselbahnhof gehen wollten, sahen sie einen Arm in der Menge hochschnellen und gleich darauf einen uniformierten Kollegen auf sie zukommen. Der große, kräftige Mann blieb vor ihnen stehen und reichte Hella und anschließend Lars die Hand.

»Jan Marxen. Ich bin Leiter der örtlichen Polizeistation.« Hella und Lars stellten sich vor.

Marxen zeigte auf einen Platz vor dem Bahnhof, wo ein roter VW-Bus stand. »Eigentlich sind wir auf der Insel nur zu Fuß oder mit dem Fahrrad unterwegs, aber die Kollegen der Feuerwehr haben mir ihren Bulli geliehen.«

Auf dem Weg zur Feuerwehrhalle erkundigte sich Hella nach dem Stand der Ermittlungen.

»Ja, so viel Zeit war ja noch nicht. Ich habe Dirk informiert, das ist der Ehemann von Maike, und dafür gesorgt, dass sie ins Feuerwehrhaus gebracht wurde.«

Marxen bog ab und hielt vor einem älteren Klinkerbau mit drei Toren. »Das neue Haus wird bald gebaut«, sagte er und stellte den Motor ab. »Wollen wir hineingehen?«

Vor der Tür hatte Marxen einen seiner Kollegen postiert, der die Kommissare mit einem Nicken begrüßte. Die Tote lag auf einer Liege und hatte Jeans, Sweatshirt und Sportschuhe an. Den langen blonden Haaren sah man an, dass Maike Rosemeyer im Wasser und am Strand gelegen haben musste. Die an der Luft getrockneten Strähnen waren mit feinem weißem Sand durchdrungen und sahen verklebt aus. Hella schätzte die Größe der Frau auf einen Meter achtzig, ihr Gewicht auf höchstens sechzig Kilo. Die Polizistin zog sich Latexhandschuhe über und konzentrierte sich bei ihrer Suche auf den Hinterkopf der Frau. Marxen hatte die Verletzung richtig eingeschätzt. Die Wunde befand sich am Hinterkopf oberhalb der sogenannten Hutkrempenlinie und war somit als erstes Indiz für Fremdeinwirkung zu werten. Hinzu kam die Form der Wunde, die auf eine Schlagverletzung mit einem runden Gegenstand schließen ließ. Hella schickte Dr. Wolters mehrere Fotos aus verschiedenen Perspektiven und suchte an den Händen nach Abwehrspuren, die entweder nicht vorhanden oder durch den Aufenthalt im Wasser nicht sichtbar waren.

Als sie sich gerade an Marxen wenden wollte, hörten sie draußen vor der Tür aufgeregte Stimmen.

»Das werden Dirk und die Mutter von Maike sein«, vermutete Marxen. »Er wollte sie unbedingt noch einmal sehen. Ich habe ihn bisher davon abgehalten, weil ich nicht wusste …« Er verstummte.

»Holen Sie die Angehörigen doch bitte herein«, sagte Hella. »Und machen Sie sie darauf aufmerksam, dass sie die Tote nicht anfassen dürfen.«

Er nickte, öffnete die Tür und sprach leise mit jemandem. Schließlich kam Marxen mit einem Mann um die fünfzig, der vermutlich der Ehemann war, und seiner Begleitung, einer Frau Ende sechzig, zurück. Beide schienen die Kommissare nicht zu bemerken und gingen geradewegs auf die Liege zu, auf der Maike Rosemeyer lag. Als der Mann seinen Arm nach der Toten ausstreckte, legte Marxen ihm die Hand auf die Schulter und sagte leise, aber eindringlich: »Das geht jetzt noch nicht, Dirk.« Der Mann blieb wie angewurzelt stehen und starrte auf seine Frau. Der älteren Dame neben ihm liefen die Tränen über die Wangen, sie schluchzte leise. Schließlich drehte sich Dirk Rosemeyer abrupt um und ging ohne ein Wort aus dem Raum. Marxen stand noch eine Weile neben der Mutter der Toten, bis er sie vorsichtig hinausführte.

Lars sah den beiden betroffen hinterher. »Nicht schön«, murmelte er.

Nach wenigen Minuten kam Marxen zurück zu ihnen. »Der Pastor ist jetzt bei den beiden. Ich hatte ihn schon vorab gebeten herzukommen.«

Hella nickte. »Wir müssen die Leiche nach Oldenburg in die Gerichtsmedizin bringen. In Bensersiel wird sie von einem Wagen abgeholt.«

»Ich organisiere das«, sagte Marxen sofort. »In zwei Stunden fährt die nächste Fähre. Kollege Heimann begleitet die Tote. Ist das in Ordnung?«

»Absolut«, antwortete Hella. »Im Moment sieht es danach aus, als würden wir in den nächsten Tagen hier auf der Insel ermitteln müssen. Haben Sie in der Polizeistation ein Büro für uns?«

»Schwierig«, meinte Marxen. »Aber ich werde den Aufenthaltsraum umräumen lassen. Wenn Ihnen das reicht?«

»Zwei Tische, zwei Stühle und ein Internetanschluss. Mehr brauchen wir nicht.«

3

Eine Stunde später saßen sie zu dritt im umstrukturierten Aufenthaltsraum der kleinen Polizeistation. Frau Dr. Wolters hatte Hella eine Nachricht geschrieben, dass sie am kommenden Tag obduzieren und sich anschließend mit einer Kurzeinschätzung bei ihr melden werde. Der Staatsanwalt und Kriminalrat Onken waren über den Stand informiert.

»Wie lange arbeiten Sie schon auf der Insel?«, fragte Hella Jan Marxen.

»Zehn Jahre, davon fünf als Leiter der Polizeistation.«

»Sie kannten Maike Rosemeyer?«

»Ja, aber das ist bei knapp zweitausend Einwohnern natürlich nicht verwunderlich.«

»Gab es in den letzten Jahren irgendwelche Vorkommnisse oder Schwierigkeiten, von denen Sie gehört haben oder wegen denen Sie gar selbst tätig wurden?«, hakte Hella nach.

Jan Marxen zögerte kurz, bevor er antwortete. »Gerede gibt es immer viel. Das ist hier ja quasi ein Dorf, schlimmer noch, ein relativ abgeschottetes Dorf.«

»Gerede?«

»Die beiden sollen Eheprobleme gehabt haben. Wohl nichts Schlimmes. Eher das Übliche. Von Trennung oder Scheidung habe ich aber nichts mitbekommen.«

»Und sonst?« Hella spürte, dass Jan Marxen etwas zurückhielt.

»Das alles war keine wirklich offizielle Untersuchung.« Er stöhnte leise. »Maikes Mutter hat sich einmal direkt an mich gewandt und gemeint, ihr Schwiegersohn würde Maike schlagen.«

»Häusliche Gewalt?«, fragte Lars und schrieb sich eine Notiz in sein kleines Heft.

»Ich persönlich denke, die alte Dame hat da was in den falschen Hals bekommen. Ich habe natürlich mit Maike darüber gesprochen. Sie hat sich schrecklich aufgeregt über ihre Mutter und abgestritten, dass Dirk sie geschlagen habe. Rein optisch ist mir auch nie etwas aufgefallen. Ich meine, ein blaues Auge oder so was.«

»Wie lange ist das jetzt her?«, fragte Hella.

»Zwei Jahre, vielleicht drei. Danach habe ich nie wieder etwas gehört. Auch nicht gerüchteweise.«

»Wie würden Sie Maike Rosemeyer beschreiben?«

»Sie ist … war eine resolute Person. Wenn sie sich etwas vorgenommen hatte, hat sie alles dafür getan. Im Positiven wie im Negativen. Als Geschäftsfrau kann man es wohl nicht immer allen recht machen.«

»Neider, Feinde?«, fragte Lars, dessen Stimme Hella anhörte, dass er von der zögerlichen Art des Kollegen genervt war.

»Neider vielleicht. Das bleibt ja nie aus, wenn jemand erfolgreich ist. Aber Feinde, so weit würde ich nicht gehen, und schon gar nicht im Zusammenhang mit den jüngsten Ereignissen.« Die Worte »Tötungsdelikt« oder gar »Mord« schien er nur ungern zu benutzen. Hella konnte sich gut vorstellen, dass ihr Kollege es im Moment nicht leicht hatte. Langeoogs guter Ruf stand auf dem Spiel und damit die Einnahmequelle Tourismus. Langeoog als Familienurlaubsziel war nur schwer mit einem brutalen Mord in Einklang zu bringen. »Unter Umständen ist Maike ja doch gestürzt und dann …« Er schluckte. »Nicht sehr wahrscheinlich, oder?«

»Warten wir ab, was die Rechtsmedizinerin sagt«, schlug Hella vor. »Meinen Sie, dass wir heute noch mit Dirk Rosemeyer sprechen können?«

»Ich denke schon. Soll ich Ihnen die Adresse aufschreiben?«

Hella nickte. »Das wäre gut. Wohnt die Mutter mit im Haus?«

»Nein. Sie hat eine eigene Wohnung.«

»Wenn Sie mir Straße und Hausnummer bitte auch aufschreiben würden? Falls Sie Freunde oder Bekannte von Frau Rosemeyer kennen, bitte auch die notieren.«

Jan Marxen stand auf. »Bekommen Sie gleich.«

Als er den Raum verlassen hatte, holte Lars seinen Laptop aus der Tasche und klappte ihn auf. »Das Ganze hier erinnert mich doch etwas an unsere Spiekeroog-Ermittlungen. Mal abgesehen davon, dass dort das Opfer schon sieben Jahre tot war. Ich werde jetzt erst mal nach öffentlich zugänglichen Informationen suchen, und dann geht es weiter in die verschiedenen Datenbanken. Wann wollten wir den Ehemann befragen?«

Hella hob ihre Hand. »Jetzt ist es elf Uhr. Lassen wir ihm etwas Zeit. Gegen zwei, würde ich sagen.«

»Okay. Dann mache ich mich mal an die Arbeit. Und du?«

»Ich schau mich etwas auf der Insel um.«

Lars zuckte mit den Schultern und konzentrierte sich auf seinen Laptop.

Auf dem kleinen Flur kam Hella Jan Marxen entgegen, der ihr einen Zettel mit zwei Adressen reichte. »Freunde und Bekannte sind etwas schwieriger. Aber ich telefoniere gleich ein wenig herum.«

»Danke, Herr Kollege.« Sie lächelte ihn an. »Unter uns: Maike Rosemeyer war nicht sehr beliebt auf der Insel?«

Jan Marxen atmete tief durch. »Ja, man könnte es so formulieren. Es gab wohl den ein oder anderen Streit, trotzdem kann ich mir nicht vorstellen, dass es so eskaliert ist, dass am Ende ein Mensch sein Leben dabei verliert.«

»Falls die Gerichtsmedizin bestätigt, dass wir von Fremdeinwirkung ausgehen müssen, werden wir alle Kontakte von Frau Rosemeyer prüfen müssen. Das ist das normale Prozedere.«

»Ich weiß«, antwortete Jan Marxen mit gequälter Miene.

Hella nickte ihm zu und verließ die Polizeistation, die am Rand der Dünenlandschaft lag. Sie schätzte, dass der Strand Luftlinie nicht weiter als vierhundert Meter entfernt war.

In Sichtweite stand der alte Wasserturm, an den sich Hella noch gut erinnern konnte. Er war nach wie vor das Wahrzeichen der Insel, auch wenn er schon lange nicht mehr in seiner eigentlichen Funktion genutzt wurde. Der achteckige Turm mit seinem markanten Aufbau war weiß gestrichen und hatte ein rotes Ziegeldach, aus dem die Turmspitze herausragte.

Hella wandte sich nach links, um gleich darauf nach rechts in die Hauptstraße einzubiegen. Von hier ging die Barghausenstraße ab, eine lange, breite Straße, an der sich zahlreiche Cafés und Restaurants befanden. Sie schlenderte an den Geschäften vorbei und ließ die Stimmung der Insel auf sich wirken. Jetzt, in der Hauptsaison, waren vermutlich fast alle der über fünfzehntausend Betten der Insel belegt. Trotzdem wirkte der Ort nicht überfüllt. Wie die Nachbarinsel Spiekeroog war auch Langeoog autofrei. Nur die Feuerwehr und die Krankenstation hatten Fahrzeuge mit Verbrennungsmotoren, ansonsten fuhren nur einige wenige Elektroautos auf den Straßen. Selbst die Fahrradfahrer nahmen Rücksicht auf die Fußgänger und schoben entweder in dieser belebten Straße ihre Räder oder fuhren sehr langsam. Hella sah sich nach einem Café um, als jemand ihren Namen rief.

»Hella, Hella Brandt! Bist du das?«

Sie drehte sich um und erkannte auf den ersten Blick ihre alte Schulfreundin Hannah, die mit einem Strahlen im Gesicht auf sie zukam.

»Ich fürchte, ich bin es«, meinte Hella grinsend und breitete ihre Arme aus. »Was machst du hier?«

Sie umarmten sich herzlich.

»Hättest dich ruhig mal wieder melden können«, meinte Hannah, trat einen Schritt zurück und musterte Hella. »Siehst gut aus!« Sie klopfte sich auf die Hüften. »Ich muss dringend mal wieder etwas abspecken. Aber meinst du, die Diäten helfen noch? Ein paar Wochen, klar, aber dann kommt es richtig dicke zurück. Was macht das dann noch für einen Sinn?« Sie hielt kurz inne. »Wie lange ist das jetzt her? Kurz nach dem Abitur warst du noch mal hier. Sechzehn Jahre! Verdammt lange Zeit, oder?«

Hella musste unwillkürlich schmunzeln. Ihre Schulfreundin war schon damals nicht zu bremsen gewesen und hatte ohne

Punkt und Komma geredet. Bevor Hella ihr antworten konnte, hatte Hannah sich bei ihr untergehakt und zog sie mit.

»Was ich hier mache, fragst du. Ich lebe hier, was sonst. Und jetzt fragst du dich, warum. Der Liebe wegen natürlich. Renke, mein Mann, ist hier geboren und aufgewachsen. Wir sind uns erst nach unserer Zeit, als ich meine Eltern für ein Wochenende besucht habe, über den Weg gelaufen. Was soll ich sagen, es hat gleich gefunkt. Du weißt doch noch, wie wählerisch ich immer war. Bei Renke war das anders. Ja, ich weiß, Liebe auf den ersten Blick ist was für einen Schnulzenroman. Aber ich sage dir, genau so war es. Ich habe ihn gesehen, und – rums! – alles war klar.«

Sie standen inzwischen vor einem kleinen Café, das etwas abseits in einem Hinterhof lag. Hannah hob ihre Hand. »Voilà! Das ›Hofcafé‹. Das ist meins. Immer noch der Kaffeejunkie von damals, Hella? Espresso, Latte oder …?«

»Egal! Hauptsache, Koffein!«

Hannah grinste übers ganze Gesicht. »Das hast du früher auch immer gesagt.« Ihr Blick fiel auf Hellas Waffe, die sie seitlich am Gürtel im Holster trug. »Bist du wirklich zur Polizei gegangen? Ich hatte immer gedacht, du machst Scherze.«

»Gehen wir rein?«, fragte Hella und zog die alte Holztür des Lokals auf.

Hannah zeigte ihr auf einem kurzen Rundgang das liebevoll eingerichtete Café. Sie hatte neben alten friesischen Elementen neue, moderne Formen und Farben verwendet. Die Binsenstühle und die dazugehörigen Holztische luden zu einem gemütlichen Tee oder Kaffee ein. Die Vorhänge setzten dazu einen farblichen Akzent mit ihren hellen Blautönen, die Wände waren in unterschiedlichen Pastellfarben gestrichen.

»Lass uns in den Garten gehen. Da habe ich immer ein ruhiges Plätzchen für mich reserviert«, sagte Hannah und führte Hella an der Theke vorbei durch einen schmalen Flur nach draußen. Hier befand sich ein circa sechzig Quadratmeter großer Innenhof, der geschickt mit Pflanzen und kleinen Büschen bepflanzt war und wie eine grüne Oase wirkte. Sie setzten sich außer Hörweite an einen kleinen Tisch. Hannah hatte schon auf dem Weg hierher mit einer der Kellnerinnen gesprochen, die jetzt mit einem Tablett auf sie zukam. Zwei Latte macchiato und für Hella einen Rhabarberkuchen.

»Das war doch immer dein Liebling«, meinte Hannah schmunzelnd. »Und jetzt erzählst du mir erst mal, wie es dir ergangen ist.«

Hella trank einen Schluck Kaffee und setzte das Glas wieder ab. »Sei mir nicht böse, aber ich stecke mitten in einer Ermittlung. Eigentlich wollte ich nur etwas frische Luft schnappen und die Insel auf mich wirken lassen.«

»Zehn Minuten wirst du ja wohl für eine alte Freundin übrig haben«, meinte Hannah gespielt empört. »Verheiratet, Kinder, Haus, Hund?«

»Das ist schnell zu beantworten. Keins von allem. Doch … stopp … das Haus kann ich bieten. Ich habe mich vor knapp drei Monaten nach Wittmund versetzen lassen und wohne jetzt in einem kleinen Häuschen in der Nähe von Bensersiel. Direkt hinterm Deich. Luftlinie zu dir nur ein paar Kilometer.«

»Verrückt«, meinte Hannah. »Und ich weiß von nichts. Sag mal, ich habe ein Gästezimmer. Willst du nicht bei mir übernachten? Meine beiden Kinder sind glücklicherweise gerade bei ihren Großeltern. Also: freie Bude!«

Hella aß ein Stück vom Rhabarberkuchen. »Wow! Machst du den selbst?«

»Spezialität des Hauses! Übrigens sind alle unsere Kuchen Eigenproduktionen.« Sie hielt inne. »Keine Zeit, sagst du. Also ermittelst du hier bei uns. Nennt man das nicht so? Doch nicht etwa im Fall Maike Rosemeyer? Ich habe schon gehört, dass sie heute Morgen tot am Strand gefunden wurde.«

»Du kanntest sie?«

»Klar. Sie ist zwar über zehn Jahre älter als wir, aber ja, wir kannten uns. Warum? Was ist genau passiert?«

»Das darf ich dir leider nicht sagen.«

»Verstehe! Das klingt aber nach …« Hannah stockte mitten im Satz. »Und du willst jetzt von mir etwas über Maike wissen?

Na ja, was soll ich da sagen? Ich hatte zum Glück geschäftlich mit ihr nichts zu tun. Wir haben uns hier und da mal getroffen und ein paar Nettigkeiten ausgetauscht.«

»Zum Glück?«

Hannah seufzte. »Maike ist … war sehr geschäftstüchtig, um es nett auszudrücken. Wenn es um ihren Vorteil ging, ist sie über …« Hannah zögerte, sprach dann aber weiter. »… also, sie ist sehr rabiat vorgegangen. Gegen Konkurrenten oder wie man so schön sagt: Mitbewerber. Gut, gegen den ein oder anderen Macho reichen schöne Worte manchmal nicht mehr. Sie war halt durch und durch Geschäftsfrau. Eigentlich ja nichts Schlimmes, aber bei Frauen wird das immer schnell mal negativ gesehen.«

»Sie hatte nicht viele Freunde auf der Insel?«

Hannah zuckte mit den Schultern. »Das weiß ich nicht. Wie gesagt, als Freundin hätte ich sie nicht gerade bezeichnet. Du willst jetzt aber nicht von mir wissen, mit wem sie im Clinch lag, oder?«

»Weißt du es denn?«, fragte Hella vorsichtig.

Ihre Schulfreundin zögerte. »Ich muss aber nicht irgendwie als Zeugin oder so …?«

»Nein, natürlich nicht. Du hast dir inzwischen sicher schon gedacht, dass Maike Rosemeyer keines natürlichen Todes gestorben ist. Wir sind ganz am Anfang und suchen natürlich nach allen möglichen Ansatzpunkten. Das ist reine Routine.«

»Na gut. Hagen Kramer und sein Bruder Lukas sollen reichlich Stress mit Maike gehabt haben. Es geht da wohl um Häuser, die zum Verkauf standen oder bald stehen sollen. Ganz genau kann ich dir das auch nicht sagen.«

»Kein Problem, das hilft mir schon weiter. Kannst du mir sonst noch was über Maike erzählen, was ich von ihren Freunden und Bekannten nicht zu hören bekommen werde?«

»Du meinst … Aber bitte erwähne nicht, dass du das von mir hast.« Hannah zögerte kurz, bevor sie fortfuhr. »Sagen wir mal so: Ich war froh, dass mein Mann nicht auf ältere Damen steht. Ansonsten hätte ich ihn nicht unbedingt länger mit Maike allein gelassen.«

»Sie hatte Affären?«

»Keine Ahnung, ob das der richtige Ausdruck dafür ist. Ihr Ehemann scheint ihr auf jeden Fall nicht ausgereicht zu haben. Und das ist kein wirkliches Geheimnis, aber ob es dir jemand direkt sagen würde, bezweifle ich. Es ist doch so: Wir sind hier alle aufeinander angewiesen, und das heißt auch, leben und leben lassen. Soweit ich weiß, war sie auch nicht gerade auf verheiratete Männer spezialisiert. Allenfalls Urlaubsgäste, die nach ein paar Wochen wieder weg sind.« Sie warf Hella einen fragenden Blick zu. »Hilft dir das jetzt irgendwie?«

»Auf jeden Fall. Danke erst mal!« Sie aß das letzte Stück Rhabarberkuchen. »Ich werde dein Café weiterempfehlen. Und wegen deines Angebots mit dem Gästezimmer … Ich will dir nicht zur Last fallen, und so weit ist …«

»Überhaupt kein Problem, Hella. Wirklich nicht. Und wenn du für morgen frische Unterwäsche oder ein neues T-Shirt brauchst, finden wir auch was. Ich habe noch so einiges aus den Jahren meiner schlanken Periode weggelegt. Also?«

Sie tauschten die Telefonnummern aus, und Hella versprach, sich bei ihr zu melden.

4

Lars sah von seinem Laptop auf, als Hella den Raum betrat. Sie legte die mitgebrachte Pizzaschachtel auf seinen Schreibtisch. »Salami mit Peperoni und viel Käse.«

»Was will man mehr!«, sagte er und öffnete die Schachtel. Nachdem er in eins der handlichen Stücke gebissen hatte, brummte er zufrieden. »Danke, Chefin!«

Während Lars aß, berichtete Hella ihm von Hannahs Informationen. Er klappte die Pizzaschachtel zu: »Das klingt nach viel Arbeit. Konkurrenten und Liebhaber. Wunderbar!«

»Lass uns im inneren Kreis beim Ehemann und der Mutter anfangen und uns dann langsam vorarbeiten.« Sie schaute auf die Uhr. »Was hast du für mich?«

»Maike Rosemeyer, geborene Wagner. Sie wäre dieses Jahr neunundvierzig geworden, keine Kinder, seit fünfzehn Jahren mit Dirk Rosemeyer verheiratet. Sie selbst besitzt vier Ferienwohnungen und ein Ferienhaus und verwaltet noch etliche fremde Immobilien. Hinzu kommt, dass sie seit vier Jahren als Immobilienmaklerin arbeitet. Das wohl mehr nebenbei, weil der Markt auf Langeoog natürlich begrenzt ist, dafür aber finanziell umso lukrativer. Weder sie noch ihr Mann haben Vorstrafen oder sind anderweitig in unseren Archiven zu finden. Wenn es nicht schon gelöschte Jugendstrafen gab, sind sie unbelastet. Das Gleiche gilt für die Mutter. Der Vater ist übrigens vor zehn Jahren verstorben, aber nach meinen Recherchen hat er nie auf der Insel gewohnt. Ich gehe mal davon aus, dass die Mutter Maike allein großgezogen hat. Weiterhin vermute ich, dass Mutter und Tochter einiges geerbt haben, da Maikes leiblicher Vater vermögend war. Genaueres müsste ich noch beim Nachlassgericht recherchieren. Die Mutter, die übrigens erst fünfundsechzig ist, hat noch ein weiteres Kind, die erheblich jüngere Halbschwester von Maike. Die Mutter hat den Vater ihres zweiten Kindes geheiratet, ist allerdings bereits wieder geschieden. Von daher stammt auch der Nachname Buschmann. Ingrid Buschmann. Die Halbschwester heißt Maren Buschmann, soll aber vor Kurzem geheiratet und vor vier Wochen ihr erstes Kind bekommen haben. Den jetzigen Nachnamen habe ich noch nicht. Da muss irgendwas in der Datenbank schiefgelaufen sein. Die Überprüfung von Maike Rosemeyers Handydaten habe ich beantragt. Ich glaube aber nicht, dass wir sie vor Montag bekommen.«

»Alle Achtung! Du hast dir deine Pizza wirklich verdient.« Lars lächelte verlegen. »Routinearbeit.«

Hella stand auf. »Dann sollten wir mal mit dem Ehemann sprechen.«

Auf dem Weg durch das Dorf sah Lars sich interessiert um. »Spiekeroog hat mir besser gefallen. Irgendwie übersichtlicher.«

»Kunststück! Langeoog hat fast fünfmal so viele Gästebetten.«

»Tatsächlich? So gesehen ist es hier ja noch ganz kuschelig.« Hella grinste. »Auf jeden Fall ist hier abends mehr los. Aber leider wirst du ja mit dem letzten Schiff aufs Festland übersetzen.«

»Du nicht?«

»Weiß ich noch nicht. Meine alte Freundin Hannah hat mich eingeladen, bei ihr zu übernachten. Wir haben uns ewig nicht mehr gesehen. Ich wusste gar nicht, dass sie hier auf Langeoog gelandet ist. Und vielleicht erfahre ich ja noch die ein oder anderen Inselinterna von ihr.«

Sie waren inzwischen einmal durch den Ort gegangen und befanden sich auf der Ostseite des Dorfes. Lars verfolgte ihren Weg auf dem Smartphone und zeigte auf eine kleine Straße. »Da müssen wir rein, und dann ist es das Haus Nummer vier.«

Der eineinhalbstöckige Backsteinbau, der nach Hellas Vermutung in den fünfziger Jahren erbaut worden war, schien erst vor kurzer Zeit restauriert worden zu sein. Neue Holzfenster und eine schicke Haustür, ein renoviertes Dach mit großen

Dachfenstern. Der Vorgarten sah gepflegt aus. Lars klingelte und wiederholte den Vorgang, als sich nichts im Haus rührte. Als er gerade ein drittes Mal auf die Klingel drücken wollte, öffnete sich die Tür. Der Mann, dem sie bereits im Feuerwehrhaus begegnet waren, stand vor ihnen. Hella wies sich aus und stellte Lars vor. »Wir würden gern mit Ihnen sprechen. Ist das jetzt möglich?«

Dirk Rosemeyer atmete schwer, nickte und trat zur Seite. Ihm war die Anstrengung der letzten Stunden anzusehen: Dunkle Augenringe, aschfahles Gesicht, sein Händedruck war zaghaft, als habe er Angst, Hella zu nahe zu kommen.

»Die zweite rechts«, sagte er und überließ es Lars, die Tür zu öffnen.

Im Wohnzimmer standen eine moderne Couchgarnitur und zwei Sessel, daneben ein kleiner Tisch. Außer einem für das Zimmer überdimensionierten Flachbildschirm an der gegenüberliegenden Wand befand sich ein Sekretär aus Kirschbaum im Raum. Auf dem Boden lag hochwertiges Parkett aus heller Birke.

»Nehmen Sie doch Platz«, forderte Dirk Rosemeyer sie auf.

Als Hella und Lars sich aufs Sofa gesetzt hatten, fragte er tonlos: »Wann kann ich Maike beerdigen?«

»Wollen Sie sich nicht auch setzen?«, fragte Hella und wartete, bis er ihrer Aufforderung Folge leistete. »Wir müssen morgen die Obduktion abwarten. Dann kann ich Ihnen vermutlich sagen, wann Ihre Frau nach Langeoog zurückkommen kann.« Sie hatte bewusst auf das Wort »freigeben« verzichtet und eine für den Ehemann erträglichere Formulierung gewählt.

»Ist sie ermordet worden?«, stieß Rosemeyer hervor.

»Auch das wissen wir noch nicht. Im Moment weisen einige Indizien darauf hin, dass sie keines natürlichen Todes gestorben ist.«

Wortlos nickte Dirk Rosemeyer und starrte mit gesenktem Kopf auf seine Finger.

Hella ließ ihm einen Augenblick Zeit, bevor sie fragte: »Sie haben Ihre Frau gestern Nachmittag gegen siebzehn Uhr bei unserem Kollegen vermisst gemeldet.« Als Rosemeyer nickte, fuhr sie fort: »Wann haben Sie sie zum letzten Mal gesehen?«

»Gesehen?«, fragte Rosemeyer irritiert. »Das ist schon länger her. Ich war doch bei meinen Eltern in Oldenburg. Mein Vater ist vor ein paar Tagen ins Krankenhaus gekommen und da …« Er verstummte.

»Seit wann waren Sie in Oldenburg?«, fragte Hella weiter.

Rosemeyer senkte wieder den Blick und antwortete leise. »Seit Dienstag.«

»Aber Sie haben sicher mit Ihrer Frau telefoniert.«

»Ja, natürlich. Jeden Tag. Immer abends, wenn meine Mutter im Bett lag. Das war so gegen neun Uhr.« Er atmete schwer. »Am Donnerstag habe ich sie nicht erreicht. Ich habe mir nichts dabei gedacht, weil ich sowieso am Freitag …« Er schluckte. »Und gestern bin ich dann ja zurückgekommen.«

»Mit welcher Fähre?«

»Mit der um halb zwei.«

»Dann waren Sie also Viertel vor drei zu Hause«, rechnete Hella nach. »Sie sind doch gleich nach Hause gegangen?«

»Ja, natürlich. Aber Maike war …« Wieder verschlug es ihm die Sprache. »Sie ist immer noch nicht ans Handy gegangen, und dann habe ich alle abtelefoniert, aber niemand wusste etwas.«

»Sie hätte aber doch aufs Festland gefahren sein können?«, warf Lars ein.

Rosemeyer warf Lars einen abwertenden Blick zu. »Warum denn? Heute ist Bettenwechsel, da fährt Maike doch nicht einfach weg.«

»Das ist nachvollziehbar«, sagte Hella ruhig. »Gab es denn in den letzten Tagen oder Wochen etwas Besonderes?«

»Was meinen Sie?«, fragte Rosemeyer mit genervter Stimme.

»Ist etwas anders gewesen in dem Tagesablauf Ihrer Frau, oder hatte sie Ärger mit jemandem?«

»Ärger hat man in dem Job doch häufig. Irgendwer mosert immer herum, und wenn man dann nicht gleich klein beigibt …«

»Also war alles so wie immer?«, fragte Hella hartnäckig weiter.

»Eigentlich … Gut, sie hatte diese alten Schulkameraden eingeladen. Die müssten eigentlich immer noch da sein.«

»Schulkameraden? Was war das genau für ein Treffen, und wo fand es statt?«

»Ach, ich weiß auch nicht, was Maike sich dabei gedacht hat. Nach dreißig Jahren. Hier gab es doch früher ein Internat. Das ist 1988 geschlossen worden, und dann stand es leer und ist irgendwann abgebrannt. Maike ist ja auch zum Gymnasium gegangen und war damals in solch einer Internatsclique. Auf jeden Fall hat sie die Leute eingeladen. Vier an der Zahl, und sie sind alle gekommen.«

»Und wo sind diese ehemaligen Schulkameraden untergebracht?«, fragte Lars. Hella hörte, wie sehr er sich bemühte, ruhig zu bleiben.

»In unserem Ferienhaus. Wo denn sonst?«

Dirk Rosemeyer nannte ihnen die Adresse, Hella nickte Lars zu, der gleich darauf aufstand und aus dem Raum ging. Vermutlich würde er Jan Marxen bitten, zu besagtem Haus zu fahren, um die Bewohner daran zu hindern, die Insel zu verlassen.

»Meinen Sie etwa, die haben damit etwas zu tun?«, fragte Rosemeyer, als Lars die Tür hinter sich geschlossen hatte.

»Wir müssen mit allen Personen sprechen, die in letzter Zeit Kontakt zu Ihrer Frau hatten. Könnten Sie mir dann bitte noch die Adresse Ihrer Eltern und deren Telefonnummer aufschreiben?«

Rosemeyer stand auf und suchte im Sekretär nach einem Kugelschreiber und einem Block. Schließlich reichte er Hella den Zettel und setzte sich wieder. Auch Lars war inzwischen zurückgekehrt.

»Wie würden Sie Ihre Ehe beschreiben?«, fragte Hella.

»Normal. Ganz normal. Warum?«

»Hatten Sie häufiger Streit?«

»Ach, jetzt verstehe ich. Jan Marxen hat Ihnen diese ver-

rückte Geschichte mit meiner Schwiegermutter aufgetischt.«
Er rollte mit den Augen. »Da war nichts dran. Ingrid hat da
etwas in den falschen Hals gekriegt und einfach drauflosge-
brabbelt. Vergessen Sie's einfach.«

»Sie würden Ihre Ehe also als gut bezeichnen?«, hakte Hella
nach.

»Ja, natürlich. Mit Hochs und Tiefs. Das ist doch nirgendwo
anders. Oder bei Ihnen etwa?«

»Wir brauchen von Ihnen eine Liste von Freunden und Bekannten Ihrer Frau«, fuhr Hella fort, ohne auf seine Frage einzugehen. »Können Sie uns die bitte heute zusammenstellen?«

»Ja, das kann ich machen.«

»Welche Funktion haben Sie in der Firma Ihrer Frau?«

Dirk Rosemeyer zögerte eine Weile, bevor er antwortete.
»Das ist unsere gemeinsame Firma. Auch wenn Maike offiziell
als Inhaberin eingetragen ist.« Er hatte nach Hellas Gefühl
etwas zu hastig gesprochen, als sei er bemüht, schnell über das
Thema hinwegzukommen.

»Das beantwortet aber noch nicht, welche Funktion Sie in
der Firma haben«, sagte Hella und sah ihn dabei direkt an.

»Ich bin fürs Handwerkliche zuständig. Wenn halt etwas
repariert werden muss und so weiter. Bei diesen vielen Gästen
ist immer mal was kaputt.«

»Sie sind eine Art Hausmeister?«, fragte Lars.

»Technischer Verwalter heißt das bei uns.«

»Okay!«, sagte Lars mit der Betonung auf der letzten Silbe.
Er schrieb etwas in sein kleines Heft, das er immer bei sich
trug.

Hella hatte schon seit einer Weile bemerkt, dass Dirk Rosemeyer die Antworten immer schwerer fielen und er noch erschöpfter wirkte als bei ihrer Ankunft.

Sie stand auf. »Wir müssten noch einen Blick in das Büro
Ihrer Frau werfen. Es ist doch hier im Haus?«

Dirk Rosemeyer nickte. »Ja, bitte kommen Sie.«

Er führte sie in den ersten Stock und öffnete dort eine Tür.
Der kleine Raum war geschickt eingerichtet und bot Platz für

einen Schreibtisch, zwei Aktenschränke und eine größere Regalwand, die mit Ordnern gefüllt war. Auf dem Schreibtisch stand ein Laptop.

»Wir müssten den Laptop mitnehmen«, sagte Lars. »Ist das in Ordnung?«

Wieder nickte Dirk Rosemeyer.

»Haben Sie irgendwo im Haus das Handy Ihrer Frau gefunden?«

»Nein. Ich hätte doch auch das Klingeln gehört, als ich sie angerufen habe. Nein, hier kann es nicht sein.«

»Es könnte sein, dass wir hier noch einmal die Unterlagen sichten müssen. Dazu würden wir uns aber einen richterlichen Beschluss besorgen. Wir versiegeln den Raum solange. Sie bekommen spätestens am Montag von uns Bescheid. Das Telefon können Sie gern mit rausnehmen.«

Dirk Rosemeyer zog das Telefon aus der Steckdose, sie verließen den Raum, und Hella versiegelte ihn.

»Wir werden sicher noch Fragen an Sie haben und würden dafür morgen noch einmal bei Ihnen vorbeischauen.«

Rosemeyer schien erleichtert zu sein, dass die Befragung zu Ende ging, und ging mit den Kommissaren ins Erdgeschoss.

Lars, der neben Hella auf dem Flur stand, räusperte sich. »Ihre Frau hat noch eine Halbschwester. Können Sie uns vielleicht noch den Namen und die Adresse geben?«

Rosemeyer ging ins Wohnzimmer und kam kurz darauf mit einem weiteren Zettel zurück, den er Lars reichte. Schließlich begleitete er die Kommissare bis zur Haustür und verabschiedete sich.

»Versuchst du dich zuerst an dem Laptop, bevor wir ihn nach Aurich schicken?«, fragte Hella, als sie vor dem Haus standen.

»Hatte ich vor. Außerdem beantrage ich einen richterlichen Beschluss für die Handydaten von Maike Rosemeyer. Und ich werde das Handy orten lassen.«

»Vor Montag kommen wir wohl kaum an die Daten«, meinte Hella.

Sie machten sich auf den Weg zu Rosemeyers Ferienhaus.

»Ich habe übrigens unseren Kollegen gebeten, schon mal hinzufahren und unseren Besuch anzukündigen«, sagte Lars. »Die nächste Fähre würde um sechzehn Uhr abgehen.« Als Hella etwas einwerfen wollte, fuhr er schnell fort: »Jan Marxen wird den Leuten ausrichten, dass sie noch nicht abreisen können.«

»Die können frühestens morgen fahren, wenn wir das Ergebnis der Obduktion haben. Selbst das sehe ich noch nicht. Wir werden sicher jeden einzeln befragen und dann abklären müssen, ob es Widersprüche gibt.«

»Sehe ich auch so«, meinte Lars und zog den Zettel mit der Adresse der Halbschwester aus der Tasche.

»Gut, dass du daran noch gedacht hast«, meinte Hella und nahm das Blatt von Lars entgegen. Sie warf einen kurzen Blick drauf und wollte ihn schon zurückgeben, als sie stutzte und noch einmal las: »Maren von Bohlen.« Ihr stockte der Atem, und im nächsten Augenblick entfuhr ihr ein »Verdammt!«.

Lars blieb stehen und sah sie überrascht an. »Du kennst die Frau?«

»Nein, aber ihren Mann.«

»Doch nicht etwa …« Hella hatte vor Kurzem bei einem Feierabendbier ihren Ex Alexander beiläufig erwähnt und gesagt, dass seine Frau gerade ein Kind erwartete. »Gut, aber dein Ex wird ja hier kaum auftauchen, und die Befragung dieser Maren kann ich vor Ort in Oldenburg erledigen.«

Hella, die wie Lars stehen geblieben war, atmete tief durch und schloss kurz die Augen. »Wir werden sehen.«

5

Das Ferienhaus der Rosemeyers, ein eineinhalbstöckiges Backsteingebäude am Rand der Dünen, war größer als ihr eigenes Heim. Hella schätzte, dass man von hier zu Fuß in fünf Minuten beim Hauptstrand sein würde. Der Vorgarten war zweckmäßig mit Bodendeckern angelegt, ein diskretes Schild wies auf den Namen des Hauses hin: »Inselvilla«. Vor dem Haus stand Jan Marxens Fahrrad. Als die beiden Kommissare an die Tür traten, öffnete er ihnen.

»Die vier sind noch auf der Insel, allerdings sind zwei von ihnen schon seit dem Vormittag unterwegs. Ich vermute mal, sie halten sich am Strand auf. Die beiden, die im Haus waren, warten im Garten«, informierte sie Marxen.

»Danke, Herr Kollege, für den schnellen Einsatz«, sagte Hella.

»Dafür nicht«, meinte Jan Marxen lächelnd. »Ich werde dann wohl nicht mehr gebraucht?«

»Nein, wir werden zurechtkommen. Eventuell benötigen wir später noch einen Ihrer Kollegen, der hier auf die zwei Abwesenden wartet. Aber dann würde ich mich noch melden.«

Marxen nickte und stieg auf sein Fahrrad.

An einem großen Tisch im Garten saßen ein Mann und eine Frau. Beide hatten eine Tasse vor sich stehen und wirkten niedergeschlagen. Die Frau mit mittellangen dunklen Haaren stützte sich, als Hella in den Garten trat, mit beiden Armen auf dem Tisch ab, die Hände an der Stirn. Sie schien geweint zu haben, ihre Augen waren feucht, die Mimik versteinert. Der Mann, groß, dunkelhaarig, mit Dreitagebart, schien gefasster zu sein, aber sein Blick war ebenso starr wie der der Frau. Hella stellte sich und Lars vor und erklärte den Grund ihres Besuchs.

Der Mann bat sie, Platz zu nehmen, und bot ihnen etwas zu trinken an.

»Danke, im Moment nicht«, sagte Hella. »Darf ich bitte Ihre Ausweise sehen?«

Der Mann zog sein Portemonnaie aus der Tasche und reichte ihr das Dokument, während die Frau ins Haus ging, um ihren Ausweis zu holen.

»Holger Jakobs«, las Hella. »Sie wohnen in Hannover?«

»Ja, die Adresse stimmt.«

»Seit wann sind Sie auf der Insel?«

»Ich bin Mittwochvormittag angekommen.«

Die Frau war inzwischen wieder im Garten. »Ich auch. Wir sind mit der gleichen Fähre gefahren.« Sie reichte Hella ihren Ausweis.

»Bettina Voß«, las Hella vor. »Sie leben in Stuttgart unter der angegebenen Adresse?«

Sie nickte. »Können Sie uns sagen, was mit Maike passiert ist?«

»Wir gehen im Moment von Fremdeinwirkung aus. Um herauszufinden, was genau passiert ist, sind wir hier. Wir würden gern einzeln mit Ihnen sprechen. Gibt es einen Raum im Haus, wo wir uns ungestört unterhalten können?«

»In der Küche«, antwortete Jakobs. »Soll ich zuerst, Betty?«

Bettina Voß schien über seinen Vorschlag erleichtert zu sein und nickte zustimmend. Jakobs stand auf und sah Hella auffordernd an.

Als sie zu dritt in der Küche an dem großen Tisch Platz genommen hatten, stellte Hella ihre erste Frage. »Frau Rosemeyers Mann meinte, dass Sie fünf sich aus der Schulzeit kennen. Ist das richtig?«

»Absolut. Das ist zwar unser erstes Treffen nach über dreißig Jahren, aber wir waren während unserer Internatszeit sozusagen unzertrennlich. Maike war allerdings nicht im Internat, aber das wissen Sie ja wahrscheinlich schon.«

»Das war sozusagen ein Jubiläumstreffen?«, fragte Lars.

Jakobs zuckte kurz mit den Schultern. »Maike hat uns eingeladen. Ich und, soweit ich weiß, die anderen auch haben weder mit so einem Treffen gerechnet noch wären wir selbst auf die Idee gekommen, aktiv zu werden. Und bevor Sie fragen: Ich habe es versäumt, Maike zu fragen, warum sie das Ganze so plötzlich organisiert hat.«

»Sie sind alle vier am Mittwoch angereist?«, fragte Hella.

»Ja, im Laufe des Tages. Am Abend waren wir zuerst essen und haben später hier im Haus zusammengesessen. Was wir gemacht haben, wollen Sie sicher auch wissen. Hauptsächlich über die alten Zeiten gequatscht. Dieses Internatsding war schon sehr prägend. Auf die ein oder andere Weise.«

»Erzählen Sie!«, forderte Hella ihn auf.

Jakobs grinste. »Das würde jetzt aber ziemlich lange dauern. Stellen Sie sich einfach hundert Jugendliche vor, die alle auf eine kleine Insel verbannt worden sind. Alkohol ist reichlich geflossen, obwohl der natürlich strengstens verboten war. Neben der Schule, der wir eigentlich alle nicht so wirklich zugeneigt waren, haben wir unsere Freizeit intensiv gemeinsam verbracht. Da ging es schon manchmal hoch her.«

»Auf die Insel verbannt?«, fragte Lars.

»So haben es wohl viele von uns empfunden. Drüben, auf dem Festland, da war die Freiheit. Hier, auf Langeoog, da war … das Gegenteil eben. Wenn man es nicht gewohnt ist, sich auf so wenig Raum zu bewegen, dann kann man schon schnell einen Koller bekommen. Wir haben das dann immer ›Inselwahn‹ genannt. Aber gut, irgendwie sind wir alle mit der Situation zurechtgekommen.«

»Auf die ein oder andere Weise«, ergänzte Hella.

»Sozusagen«, kam es mit einem Schmunzeln von Jakobs zurück. Es schien Hella, als wolle er mit ihr flirten. Ohne darauf zu reagieren, fuhr sie fort.

»Gab es während der Internatszeit Konflikte?«

»Klar! Haufenweise.« Hella fand sein Grinsen selbstgefällig, aber da war noch etwas, das sie nicht orten konnte. »Zwei Jungs und drei Mädels. Das geht nicht immer gut. Aber bevor Sie sich da etwas zusammenreimen, das waren alles pubertäre Albernheiten, die nach ein paar Tagen immer wieder vergessen waren. Vielleicht haben uns diese Streitigkeiten auch gerade erst zusammengeschweißt. Ihre nächste Frage ist sicherlich, wer was mit wem hatte. So ganz genau weiß ich das nicht mehr. Von den anderen zumindest nicht. Ich selbst war selbstredend mit allen drei Mädels zusammen. Eine nach der anderen natürlich. Aber wie gesagt, alles ganz harmlos und nichts, was man dreißig Jahre mit sich herumschleppt, um dann jemanden von damals … umzubringen, zu ermorden. Absurd. Wir waren damals, aufs Ganze gesehen, ein Herz und eine Seele.«

»Und am Mittwoch? Gab es da Reibereien? Sind alte Wunden aufgebrochen?«

Jakobs warf ihr einen genervten Blick zu. »Nein. Alle waren lieb zueinander. Ich verstehe ja, dass Sie so etwas fragen müssen, aber Sie sind wirklich auf dem Holzweg.«

»Hatten Sie in den letzten dreißig Jahren Kontakt zu Maike Rosemeyer?«

»Persönlich, meinen Sie? Nein, nicht wirklich. Eher so ganz lose. Hier mal eine Postkarte, dort mal ein kurzer Anruf zum Geburtstag. Nichts, was die Einladung zu diesem Treffen gerechtfertigt hätte.«

»Wann haben Sie Frau Rosemeyer das letzte Mal gesehen?«

Jakobs legte seinen Kopf in den Nacken. »Darüber habe ich auch schon nachgedacht. Gestern, also Freitag am späten Nachmittag, war ihr Ehemann hier und hat nach ihr gesucht. Am Abend hatten wir uns sozusagen freigenommen. Maike wollte wohl etwas Zeit mit ihrem Mann verbringen, der auf dem Festland gewesen war. Wir fünf hatten ja auch schon zwei Abende zusammengehockt. Heute wollten wir wieder etwas unternehmen.« Er machte eine kurze Pause. »Ja, wann habe ich Maike das letzte Mal gesehen? Wenn Sie mich so fragen, muss das am Donnerstagabend gewesen sein. Wir waren zuerst in einem Restaurant und danach …« Er zögerte. »Haben wir alle etwas allein gemacht. Ich habe einen Spaziergang unternommen und, wenn ich mich richtig entsinne, noch in einem

Lokal etwas getrunken. Als ich ins Haus kam, war schon alles ruhig.«

»Wann ist Frau Rosemeyer aus dem Lokal gegangen?«, fragte Lars.

»Das weiß ich nicht genau.« Er grinste schief. »Mag sein, dass ich etwas zu viel getrunken hatte. Es war auf jeden Fall vor Mitternacht.«

»Was sind Sie von Beruf?«, stellte Hella gleich die nächste Frage.

Jakobs zögerte und schien zu überlegen, ob er überhaupt antworten sollte. Dann seufzte er leise. »Ich bin selbstständiger Finanzberater. Ausbildung bei der Deutschen Bank, Studium der Betriebswirtschaft, zehn Jahre in London in der Investmentabteilung von JPMorgan. Eine klassische Karriere mit Happy End. Der Gewinn bleibt jetzt bei mir hängen und nicht … aber lassen wir das.«

»Verheiratet?«, fragte Lars. Hella hatte aus dem Augenwinkel beobachtet, wie anstrengend es für ihn gewesen war, Jakobs' Antworten ruhig zu registrieren.

»Wieder frei! Das war nur eine kurze Episode in meinem Leben, die glücklicherweise vorbei und deren juristisches Nachspiel glimpflich für mich ausgegangen ist. Und ja, die Ehe war kinderlos.«

Hella stand auf. »Vielen Dank für Ihre offenen Worte, Herr Jakobs. Ich würde Sie bitten, uns Frau Voß reinzuschicken.«

Als Jakobs die Tür hinter sich geschlossen hatte, stöhnte Lars theatralisch. »So ein blasierter Idiot. Finanzberater! London, Paris, New York. Alles klar?«

Als er Hellas Blick bemerkte, lenkte er gleich ein. »Ja, ich weiß, ich soll meine persönlichen Animositäten hintanstellen. Das fällt mir aber manchmal …«

Es klopfte an der Tür, und Bettina Voß trat ein. Sie war einen Kopf kleiner als Hella und wirkte zart und zerbrechlich. »Sie wollten jetzt mit mir sprechen?«, fragte sie mit zurückhaltender Stimme.

»Kommen Sie doch rein, Frau Voß«, sagte Hella, die mit der Hand auf den freien Stuhl zeigte.

Die Frau aus Stuttgart saß mit einem verlegenen, unsicheren Blick vor ihnen und wartete auf die Fragen.

»Wie sind Ihre persönlichen Verhältnisse, Frau Voß? Verheiratet, Kinder?«

Sie nickte. »Ja, ich bin seit fünfundzwanzig Jahren verheiratet. Unsere beiden Söhne sind schon aus dem Haus. Der eine studiert, der andere arbeitet nach seiner Ausbildung in einer Möbeltischlerei und will jetzt seinen Meister machen.« Sie schien froh zu sein, erst mal über ein unverfängliches Thema sprechen zu können.

»Was haben Sie für einen Beruf?«

»Ich bin Sozialpädagogin und arbeite im Jugendamt. Ich kümmere mich da um die Jugendzentren und -freizeiteinrichtungen. Auch mit Schulen habe ich viel zu tun.«

Hella nickte. »Haben Sie sofort zugesagt, als Sie von Ihrer alten Schulfreundin die Einladung bekommen haben?«

Sie seufzte leise. »Um ehrlich zu sein, hatte ich nicht allzu viel Lust, auf die Insel zu kommen. Von Stuttgart aus ist das ganz schön weit.«

»Aber das war nicht der einzige Grund?«, hakte Hella nach, die spürte, dass sie auf dem richtigen Weg war.

»Ich weiß jetzt ja nicht, was Holger gesagt hat, aber … Wie soll ich es ausdrücken …« Sie knetete ihre Hände und schien einen Moment über etwas nachzudenken. »Es stimmt schon, dass wir während der letzten zwei Jahre hier im Internat eine feste Clique waren, aber ich habe das nie als eine so innige Freundschaft fürs Leben empfunden. Was bleibt einem auch übrig, wenn man auf einer Insel lebt und dann noch in einem Internat. Das ist doch quasi eine doppelte Insel. Natürlich sucht man sich da Menschen, die einem halbwegs liegen. Nicht dass Sie mich jetzt falsch verstehen, ich will unsere alte Freundschaft jetzt nicht kleinreden, nein, das nicht. Aber letztlich haben wir uns alle über dreißig Jahre nicht mehr gesehen. Dreißig Jahre! Das allein spricht doch für sich.«

»Hatten Sie zwischenzeitlich keinen Kontakt zu Maike Rosemeyer?«

»Nein.« Bettina Voß schien noch mehr dazu sagen zu wollen, schwieg aber. Ihr Lächeln misslang.

»Hatten Sie beide Probleme miteinander?« Hella hatte die Frage so sachlich wie möglich ausgesprochen, sah aber, dass Bettina Voß kurz zusammenzuckte.

»Probleme? Nein, so kann man das nicht nennen.« Sie hielt kurz inne. »Maike und ich waren einfach nicht die dicksten Freundinnen damals.«

Als sie nicht weitersprach, sah Hella sie fragend an.

»Das war so ein blödes Jungending. Es waren ja noch mehr Jungs in der Clique, zumindest zeitweilig, und, nun ja, ich hatte mich wohl in einen verliebt. Wie das eben so ist in diesem Alter. Es fing alles ganz romantisch an …« Vor dem Wort »romantisch« hatte Bettina Voß eine kurze Pause gemacht, als wenn sie hätte überlegen müssen, ob das Adjektiv richtig gewählt war. »… und dann hat sich Maike zwischen uns gedrängt und den Jungen regelrecht – auch wenn das jetzt komisch klingt – verführt. Sie war da nicht kleinlich in der Wahl ihrer Mittel. Wenn es sein musste, ging sie auch schnell bis zum Letzten, wenn Sie verstehen, was ich meine.«

»Sie haben sich trotzdem entschlossen, zum Jubiläumstreffen zu kommen. Warum?«

Bettina Voß zuckte mit den Schultern. »Wie das so ist. Man lässt sich bequatschen und …« Wieder zögerte sie. »Ich musste auch mal raus aus der ganzen Routine zu Hause. Arbeit, Haushalt, Garten. Sie kennen das sicher.«

Hella lächelte zustimmend und stellte die nächste Frage: »Wann haben Sie Frau Rosemeyer das letzte Mal gesehen?«

»Am Donnerstagabend. Wir waren essen, und dann haben wir uns mehr oder weniger getrennt. Ich war müde und bin direkt ins Haus gegangen. Christina ist mit mir gekommen. Ich habe mich dann auch schnell schlafen gelegt.«

»Wie ist der Abend im Restaurant verlaufen?«

Bettina Voß stand auf und öffnete das Fenster. Als sie zurück zum Tisch kam, meinte sie: »Etwas stickig hier. Finden Sie nicht auch?«

Hella nickte und wartete auf die Antwort.

»Muss ich da denn drüber reden?«, fragte sie mit ängstlichem Gesichtsausdruck.

»Das hier ist eine einfache Befragung. Wenn Sie nicht wollen, müssen Sie nicht antworten«, sagte Hella wahrheitsgemäß.

Bettina Voß atmete schwer. »Aber?«

»Spätestens, wenn Sie vom Staatsanwalt vorgeladen werden, müssen Sie antworten oder die Aussage verweigern. Wenn Sie sich selbst belasten würden, wäre das natürlich …«

»Nein!«, fiel sie ihr entsetzt ins Wort. »Ich habe nichts mit dem Tod von Maike zu tun. Nicht das Geringste. Ich will aber auch nicht irgendwelche Gerüchte in die Welt setzen. Wenn Maike wirklich …« Es verschlug ihr den Atem.

»Der Abend ist nicht so harmonisch verlaufen?«, fragte Hella in ruhigem, sachlichem Ton.

»Ich hätte einfach nicht herkommen sollen«, antwortete Bettina Voß leise. »Nach dreißig Jahren …«

Als Hella bemerkte, dass Lars zu einer Frage ansetzte, gab sie ihm einen Wink, sich zurückzuhalten.

»Was ist passiert?«, fragte Hella nach einer kurzen Pause.

»Zu viel Alkohol, zu viel aufgestaute Emotionen, alte Geschichten, die niemals abgeschlossen wurden. Schon am Mittwoch habe ich mich unwohl gefühlt. Eigentlich wollte ich wieder abreisen, aber Chris, also Christina, hat mich gebeten hierzubleiben.« Sie erschrak. »Nicht dass Sie jetzt glauben, dass einer von uns Maike etwas angetan hätte. Ich meine …« Sie verstummte, Tränen liefen ihr über die Wangen.

Hella reichte ihr ein Taschentuch, das sie für solche Gelegenheiten immer bei sich trug. Bettina Voß trocknete ihre Augen und sah erschöpft von Hella zu Lars und wieder zurück. »Wann kann ich die Insel verlassen?«

»Ich würde Sie bitten, noch mindestens bis morgen Nachmittag zu bleiben«, antwortete ihr Hella. »Ist das möglich?«

Bettina Voß nickte schweigend, stand auf und verließ die Küche.

Lars schloss die Tür hinter ihr. »Was war das denn?«

»Eine Frau, die etwas durcheinander ist. Frag bitte Jakobs nach den Handynummern der beiden anderen aus der Clique.«

Lars nickte und verließ den Raum.

6

Hella erreichte Christina Altenberg, eine der vier Gäste von Maike Rosemeyer, am Handy.

»Polizei?«, hörte Hella ihre erstaunte Stimme, nachdem sie sich vorgestellt und gefragt hatte, wo sie und Olaf Reiter sich aufhielten. »Was ist passiert?«

»Ihre Gastgeberin, Maike Rosemeyer, ist heute Morgen tot am Strand aufgefunden worden, und wir müssen dringend mit Ihnen und Herrn Reiter sprechen. Wo halten Sie sich auf?«

Christina Altenberg schwieg eine Weile. »Tot? Maike? Wollen Sie mich verar…?«

»Nein, Frau Altenberg. Wo halten Sie sich auf?«

Wieder entstand eine Pause. »Am Strand. Im Moment zumindest. Olaf steht hier neben mir.«

»Ich würde Sie bitten, direkt zur Langeooger Polizeistation zu kommen. Wann können Sie dort sein?« Sie nannte ihr die Adresse und gab einen Hinweis, wo die Straße zu finden war.

»Gleich …« Hella hörte, wie Christina Altenberg etwas zu jemandem sagte, konnte es aber nur undeutlich verstehen. »Ich meine, so in einer halben Stunde. Ist das in Ordnung?«

»Ja. Wir erwarten Sie dann beide.«

Lars sah sie fragend an. Hella erzählte ihm von dem Gespräch und meinte: »Eine halbe Stunde ist nicht gerade sportlich. Da will sich wohl jemand mit den anderen absprechen.«

Lars grinste. »Dann bin ich ja gespannt, welche der beiden bisherigen Versionen wir aufgetischt bekommen.«

Auf dem Weg zur Polizeistation hielten sie an einem Eisstand. Lars bestellte sich schwarzes Lakritz-Eis, während die Hauptkommissarin Stracciatella vorzog. Als Hella einen am Rand entlanglaufenden Eistropfen ableckte, musste sie an den kleinen Jungen aus Neuharlingersiel denken. Seine entwaffnenden Fragen hatten Hella den ganzen gestrigen Abend verfolgt. Es kam ihr vor, als hätte der Junge einen in ihr schwelenden Konflikt intuitiv erfasst.

Als Alexander vor mehr als zwei Jahren angefangen hatte, von Familie und Kindern zu sprechen, hatte sie sich zunächst bedeckt gehalten und später immer deutlicher Abstand von seinen Ideen genommen. Zunächst schloss sie aus, mehr als ein Kind zu bekommen, wenig später liebäugelte sie mit der Aussage, dass viele Frauen sich erst um die vierzig für oder gegen eine Familiengründung entschieden. Als Alexander nicht lockerließ, musste sie Farbe bekennen. Heirat ja, Kind nein.

Merkwürdigerweise kam ihr die Vorstellung, mit Leon ein Kind zu bekommen, keineswegs abwegig vor. Das kategorische Nein hatte sich in ein »Vielleicht!« und ein »Warum nicht?« verwandelt. Sie vermied es allerdings, das Thema anzusprechen, wenn sie mit Leon zusammen war.

»So in Gedanken?«, fragte Lars, als sie in die Straße einbogen, an der die Polizeistation lag.

»Der Fall«, wich Hella ihm aus. »Versuchst du, schon mal etwas über Jakobs und Voß herauszubekommen? Ich wollte noch kurz mit Kollege Marxen sprechen.«

Sie fand den Inselpolizisten in seinem Büro, das er mit seinem Kollegen teilte. Marxen nickte ihm zu, der Kollege stand auf und verließ den Raum.

»Ich habe gehört, dass Hagen und Lukas Kramer nicht so gut auf Frau Rosemeyer zu sprechen waren.«

Jan Marxen zog die Augenbrauen hoch. »Sie sind aber schnell.«

»Sie kennen die beiden persönlich?«

»Hagen und ich sind im gleichen Boßelverein. Wie das so ist …«

»Dann haben Sie ja sicher von dem Konflikt gehört?«, fuhr Hella fort.

»Konflikt? Das sind meines Wissen ganz normale geschäftliche Kontroversen gewesen. Beide waren an der Vermarktung eines Objekts interessiert, und nur einer konnte den Auftrag bekommen. Sie sind nun mal Konkurrenten.«

»Um was für ein Objekt hat es sich gehandelt, und wer hatte letztlich die Nase vorn?«

»Maike hat das Geschäft gemacht, oder sollte ich sagen, hätte das Geschäft gemacht? Ich weiß ja nicht, wie es jetzt mit Maikes Firma weitergeht.«

»Eine große Sache?«

»Etwas größer ist das Projekt schon. Ein Wohn- und Geschäftshaus. Soweit ich mich erinnere, sollen da sechzehn Wohnungen und sieben Geschäftsflächen entstehen. Ich glaube, in der Zeitung war von dreißig Millionen Euro Bausumme die Rede.«

»Da wird einiges an Provisionen für den Makler abfallen, vermute ich mal. Das ganze Projekt ist privat finanziert?«

»Ja, die Gemeinde hat für solche Initiativen kein Geld, aber sie hat vorgeschrieben, dass der Anteil des Wohnraums entsprechend hoch ist und auch für einen halbwegs bezahlbaren Preis vermietet wird.«

Hella kannte die üblichen Probleme der ostfriesischen Inseln. Immer mehr Wohnraum wurde in Ferienwohnungen oder -häuser umgewandelt oder geschäftlich genutzt. Insulaner, die nicht über Eigentum verfügten, fanden kaum bezahlbaren Wohnraum. Gerade junge Familien, die besonders wichtig für die Inseln waren, kapitulierten vor der Situation und zogen aufs Festland.

»Gibt es Gerüchte, wieso Maike Rosemeyer und nicht Kramer den Auftrag bekommen hat?«, fragte Hella weiter.

Jan Marxen hob entschuldigend die Arme. »Dazu kann ich nun wirklich nichts sagen. Aber ich bin mir sicher, dass Hagen und Lukas nichts mit Maikes Tod zu tun haben.«

Hella wiegte den Kopf hin und her. »Leider kann ich auf solche Einschätzungen nicht bauen. Wenn Sie mir noch die Adresse und Telefonnummer der beiden heraussuchen würden …«

»Kein Problem.« Er räusperte sich. »Die ganze Sache wird sehr viel Staub aufwirbeln. Mir ist klar, dass …« Er zögerte einen Moment. »Natürlich gehen die Ermittlungen vor, aber wenn es irgend möglich ist, würde ich mir wünschen, dass nicht zu viel Porzellan zerschlagen wird. Die Menschen müssen hier auch nach der Aufklärung des Falls weiterleben und …« Er stockte.

»Ich weiß, was Sie meinen, Herr Kollege. Wenn es sich vermeiden lässt, werde ich einen Bogen um das besagte Porzellan machen.« Sie schenkte ihm ein Lächeln. »Verschonen können wir allerdings niemanden mit unseren Fragen.«

Jan Marxen nickte. »Das ist mir natürlich klar. Und Sie können sich selbstverständlich auf meine volle Unterstützung verlassen.«

Auf dem Weg zurück in ihr provisorisches Büro kam Hella ein Paar entgegen, das sich als Christina Altenberg und Olaf Reiter vorstellte. Sie bat Herrn Reiter, im Flur Platz zu nehmen, und ging neben Christina Altenberg her, eine große, schlanke Frau, der man ansah, dass sie viel Sport trieb. Sie trug eine helle Bluse und eine elegante Leinenhose, ihren leichten Sommerpullover hatte sie lässig über die Schultern gelegt. Die eleganten Sportschuhe rundeten das modische Bild ab. Hella vermutete, dass die kurzen hellblonden Haare gefärbt waren.

»Es tut mir leid, dass Sie nach uns suchen mussten«, meinte Christina Altenberg, nachdem sie ihre Personalien angegeben hatte. »Wir haben nichts davon mitbekommen, dass Maike …« Sie schluckte.

»Was sind Sie von Beruf?«, fragte Lars, der wieder hinzugestoßen war.

»Ich habe Betriebswirtschaft studiert und zehn Jahre in einer großen Unternehmensberatung gearbeitet. Inzwischen bin ich selbstständig und berate mittelständische Unternehmen.«

»Waren Sie überrascht, als Sie von Ihrer alten Schulfreundin eine Einladung bekommen haben?«, fragte Hella weiter.

Im ersten Moment schien die Befragte irritiert zu sein, fing sich aber sofort wieder. »Ist Maike denn wirklich … ermordet worden?«

»Das zu untersuchen, ist unsere Aufgabe«, antwortete Hella und schaute ihr Gegenüber fragend an.

»Ach, entschuldigen Sie. Ob ich überrascht war? Sagen wir mal so, gerechnet habe ich mit der Einladung nicht. Unsere Schulzeit ist ja schon eine Weile her, und unser Kontakt war mehr lose.«

»Das war Ihr erstes Treffen mit Maike Rosemeyer?«

»Ja, das würde ich so formulieren. Wenn ich mich recht entsinne, haben wir uns nach dem Abitur ein- oder zweimal gegenseitig besucht, aber das ist schnell eingeschlafen.«

»Erzählen Sie uns doch von den beiden Abenden, die Sie zu fünft hier auf der Insel verbracht haben.«

Sie zögerte und verzog leicht die Mundwinkel. »Ich bin jetzt aber nicht in irgendeiner Weise verdächtig?«

Hella zwang sich, ruhig zu bleiben. »Wir befragen alle Personen, die in der letzten Zeit Kontakt zu Maike Rosemeyer gehabt haben. Das betrifft Sie und Ihre ehemaligen Schulfreunde natürlich auch.«

»Verstehe«, sagte sie mit einem überheblichen Lächeln. »Ich kann Ihnen aber versichern, dass keiner von uns etwas mit Maikes Tod zu tun hat. Warum auch? Wir haben uns eine Ewigkeit nicht …«

»Frau Altenberg«, fiel Hella ihr ins Wort. »Je eher Sie antworten, desto schneller sind wir hier fertig.« Sie fixierte Christina Altenberg kurz. »Erzählen Sie einfach, wie die beiden Treffen abgelaufen sind.«

»Ganz normal«, sagte sie verschnupft. »Nach dreißig Jahren hat man sich nun mal viel zu erzählen. Wir haben geredet, gegessen und getrunken. Alles sehr angenehm und freundlich.«

»Gab es einen besonderen Grund, weshalb Maike Rosemeyer Sie und Ihre Schulfreunde eingeladen hat?«

Christina Altenberg warf Hella einen irritierten Blick zu. »Hatte ich die Frage nicht schon beantwortet? Das war oder ist hier ein ganz normales Treffen von alten Schulfreunden. Ich weiß wirklich nicht, worauf Sie hinauswollen.«

Hella reagierte nicht auf Frau Altenbergs theatralische Reaktion. »Es gab also keinen besonderen Grund?«

Christina Altenberg sah sie direkt an und setzte ein Businesslächeln auf. »Nicht dass ich wüsste.«

»Wie war Ihr Verhältnis zu Maike Rosemeyer? Damals und heute.«

Sie rollte mit den Augen. »Das ist jetzt nicht Ihr Ernst, oder?« Hella wartete, bis Frau Altenberg leise stöhnend fortfuhr. »Maike war in unserer Internatsclique. Mal habe ich sie bewundert, mal gehasst, wie Teenager halt sind. Alles hat eine riesige Bedeutung, man streitet sich, verträgt sich aber auch in der nächsten Minute wieder. Da Maike mehr auf Jungs fixiert war, war unsere Freundschaft nicht so tief. Reicht Ihnen das?« Die Befragte schien keine Antwort erwartet zu haben und sprach direkt weiter. »Und heute? Ich fand es nett, dass sie uns eingeladen hat. Mir persönlich wäre es zu aufwendig gewesen, und klar, die Insel hat nach wie vor ihren Reiz, auch wenn wir es damals nicht immer so gesehen haben. Maike hat sich nicht groß verändert. Sie steht, wahrscheinlich sollte ich lieber sagen stand, immer noch gern im Mittelpunkt. Heute kann ich darüber gut hinwegsehen. Menschen sind unterschiedlich, und man muss halt nur das Beste draus machen.« Sie hielt kurz inne. »Ich finde es sehr schade, dass Maikes Leben jetzt so enden musste. Das hat niemand verdient. Also, ich mochte Maike nach wie vor. Sie konnte sehr lustig sein, hat nie ein Blatt vor den Mund genommen, und sie hatte Ideen. Das muss man ihr lassen. Wirklich tragisch, dass sie nicht mehr lebt.«

Altenbergs Worte waren das eine, ihre Gestik und Mimik das andere. Auch wenn sich Trauer sehr unterschiedlich bei Menschen zeigen konnte, Christina Altenberg schien weit davon entfernt zu sein, den Tod ihrer Schulfreundin an sich heranzulassen. Sie sprach in gleicher Lautstärke, senkte nicht einmal den Blick und schien ihre Konzentration voll auf Hella zu richten.

»Haben Sie noch weitere Fragen?«

Christina Altenberg hatte schon zu Beginn angegeben, dass sie ledig und kinderlos sei. Hella wog ab, ob sie in dieser Richtung weiterfragen sollte, vermutete aber, dass Altenberg sich weigern würde, weitere persönliche Angaben zu machen.

»Ihre beiden gemeinsamen Treffen waren also sehr harmonisch?«

»Hatte ich nicht auch das schon beantwortet? Aber gut. Ja, wir fünf kommen immer noch gut miteinander zurecht.«

»Wann haben Sie das Restaurant am Donnerstag verlassen? Und mit wem?«

»Sie fragen nach meinem Alibi?«, mokierte sich Christina Altenberg belustigt. »Also gut. Wir waren eine ganze Weile in diesem Lokal. Ein hervorragendes Fischrestaurant übrigens. Irgendwann hat sich die Gruppe aufgelöst, und ich bin dann zusammen mit Betty zurück zum Ferienhaus gelaufen. Betty ist gleich schlafen gegangen, und ich habe noch etwas ferngesehen.«

»Wir müssen Sie bitten, mindestens noch den morgigen Tag auf Langeoog zu bleiben«, schloss Hella die Befragung ab. »Es wird sich sicher noch die ein oder andere Frage auftun.«

Christina Altenberg stand auf. »Das passt mir nicht sonderlich, aber ich werde versuchen, es einzurichten.« Sie verließ den Raum mit Lars, der Olaf Reiter hereinrief.

»Auf in den Kampf«, verkündete er und setzte sich auf den leeren Stuhl gegenüber von Hella. »Ich vermute mal, dass dies mein Platz ist?«

Hella nickte und begrüßte Olaf Reiter.

»Können Sie uns kurz etwas über Ihre persönlichen Verhältnisse sagen?«, fragte Hella, als Herr Reiter vor ihnen saß.

»Verheiratet, zwei Kinder, wohnhaft in Oldenburg, Oberstudienrat am ehrwürdigen ›Alten Gymnasium‹, seit Mittwochnachmittag auf der Insel.« Er strich seine mittelblonden Haare nach hinten und sah zwischen Hella und Lars hin und her. »Brauchen Sie weitere Angaben?«

Olaf Reiter war etwas kleiner als Hella, sein Bauchansatz war deutlich zu sehen. Er trug eine leichte Stoffhose und ein helles kurzärmliges Hemd. Sein Blick verriet, dass er konzentriert bei der Sache war.

»Im Moment reicht uns das«, meinte Hella. »Wie war Ihr Verhältnis zu Maike Rosemeyer?«

»›Verhältnis‹, das klingt etwas sehr persönlich. Wir kannten uns von der Internatszeit, wobei Maike ja hier auf der Insel bei ihren Eltern gewohnt hat, aber mit uns zusammen auf die Schule ging. Doch das wissen Sie sicher schon. Nun gut, sie hat mich, wie die anderen, zu diesem Treffen eingeladen. Wir sind ja alle in einem Alter, in dem man schon mal zurückschaut auf sein Leben, und die Schulzeit ist natürlich eins der prägenden Ereignisse, schon gar, wenn es sich um ein Internat handelt.«

»Meine Kollegin fragte nach Ihrem Verhältnis zu der Toten«, warf Lars mit deutlich spürbarer Gereiztheit in der Stimme ein.

Olaf Reiter wandte sich kurz zu Lars um, lächelte und sah wieder Hella an. »Ich wäre schon noch darauf gekommen, junger Mann. Also: Maike war damals eine allseits beliebte Mitschülerin. Mir ging es da nicht anders. Wir haben sie gern in unseren kleinen Kreis aufgenommen. Sie war lustig, sprühte immer vor Ideen und war auch mal risikobereit, wenn es um den ein oder anderen Streich ging.« Er hob schützend die Hände hoch und grinste. »Nichts Kriminelles, alles im Rahmen der üblichen pubertären Entfaltungsszenarien.« Er wurde wieder ernst. »Und heute? Ich war erfreut über die Einladung und hatte, da ja bekanntlich noch Schulferien sind, auch durchaus Zeit und Lust. Es war sehr angenehm, mit den alten Freunden ein wenig Zeit zu verbringen. Tragisch, dass diese traurige Angelegenheit jetzt unser Treffen überschattet. Möge Maike in Frieden ruhen.«

Olaf Reiter schien ein begnadeter Selbstdarsteller zu sein und erinnerte Hella an einen ihrer Lehrer in der Oberstufe. Seine Antworten hörten sich wie ausformulierte Stellungnahmen an. Auch bei ihm schien sich die Trauer um die Schulfreundin in Grenzen zu halten.

»Sie haben sich am Mittwoch- und Donnerstagabend getroffen. Ist es dort oder auch vorher zu Konflikten oder Auseinandersetzungen gekommen?«

Hellas Frage schien den Oberstudienrat zu belustigen. Er zog eine Augenbraue hoch und meinte: »Sie suchen jetzt aber nicht nach einem Mordmotiv, Frau Kommissarin?«

»Hauptkommissarin«, korrigierte ihn Hella. »Die Fragen stellen ausnahmsweise wir, Herr Oberstudienrat. Es wäre ausgesprochen freundlich, wenn Sie mir antworten könnten.«

»Gern! Ich kann Ihnen versichern, dass ich persönlich mit keinem der vier Anwesenden einen Streit ausgetragen habe. Wie die anderen sich gefühlt haben mögen, kann ich hier nicht mit Bestimmtheit sagen. Menschen reagieren nun mal unterschiedlich, und ich möchte wirklich niemandem zu nahe treten. Ernsthafte Auseinandersetzungen gab es meines Wissens nicht.«

»Sprich: Es gab durchaus Auseinandersetzungen?«, bohrte Hella nach.

»Wissen Sie, mein Motto war schon immer: leben und leben lassen. Wenn Freunde zusammen Alkohol trinken, fällt auch mal das ein oder andere nicht so durchdachte Wort. Wie gesagt, nicht meinerseits.« Er zog seine Mundwinkel zu einem angedeuteten Lächeln hoch. »Ich habe das ehrlich gesagt nicht so ernst genommen und erinnere mich auch nicht an jede Kleinigkeit. Alles in allem waren das zwei sehr schöne und harmonische Treffen von alten Schulfreunden.«

»Was haben Sie am Donnerstag nach dem Essen im Restaurant gemacht?«

»Gute Frage«, sagte er.

Hella hatte den Verdacht, dass er Zeit gewinnen wollte. »Sie erinnern sich nicht?«

»Doch, natürlich. Ich bin wohl noch etwas durch den Ort geschlendert.« Er rieb sich mit der Hand das Kinn. »Ja, und dann habe ich noch einen Absacker getrunken. Fragen Sie mich jetzt bitte nicht, wann ich schlussendlich im Ferienhaus war. Vielleicht war es kurz nach Mitternacht.«

»Hatten Sie in den dreißig Jahren Kontakt zu Frau Rosemeyer?«, fragte Lars weiter.

»Nicht wirklich. Ich glaube, wir sind uns einmal in Oldenburg über den Weg gelaufen. Und wenn ich mich recht entsinne, war ich auch mal auf Langeoog. Es mag sein, dass wir uns da gesehen haben. Und bevor Sie fragen, ich weiß leider nicht mehr genau, wann diese beiden Ereignisse stattgefunden haben. Ich bitte um Nachsicht, wenn ich gewusst hätte …« Er ließ den Satz unvollendet und lehnte sich auf dem Stuhl zurück.

»Danke, Herr Reiter«, sagte Hella. »Wir möchten auch Sie bitten, die Insel vorerst nicht zu verlassen. Vermutlich haben wir morgen noch Fragen an Sie.«

»Das ist kein Problem. Ich hatte ohnehin geplant, bis Dienstag zu bleiben.«

7

»Alles wunderbar, alle waren lieb zueinander. Wer soll das denn glauben?«, stieß Lars hervor, als Reiter den Raum verlassen hatte. »So kommen wir keinen Schritt weiter.«

Hella schmunzelte. »Hast du geglaubt, jemand von den vier wird uns reumütig die Tat gestehen?«

»Nein, natürlich nicht«, antwortete Lars gereizt. »Aber ein paar Hinweise habe ich mir schon versprochen.«

»Ich denke, die haben wir auch bekommen. Keiner der vier hatte eine plausible Erklärung, warum Maike Rosemeyer sie nach dreißig Jahren plötzlich eingeladen hat. Sie sind gekommen, obwohl sie keine große Lust verspürt haben. Die Stimmung war gereizt, Maike war tonangebend und hat die Gruppe dominiert. Und das sicher nicht nur, weil sie das ganze Treffen finanziert hat. Irgendetwas stimmt da nicht.«

»Waren wir bei unterschiedlichen Befragungen?«, maulte Lars.

Hella lachte. »Jetzt krieg dich mal ein, Herr Kollege. Wir sind erst ein paar Stunden auf der Insel und haben es hier offensichtlich mit einem handfesten Mord zu tun. Das lässt sich nicht mal eben nebenbei ermitteln. Also: Erkundige dich bitte bei den beiden Restaurants, ob sich dort jemand an die Gruppe erinnert.«

Lars hatte sich die Namen der Lokale von Holger Jakobs geben lassen und nickte jetzt. »Ich schau gleich, wann ich da jemand erreiche.« Er öffnete seinen Laptop und begann mit der Suche.

Als Hella sich Notizen zu den vier Befragungen machen wollte, klopfte es an der Tür. Jan Marxen trat ein und fragte, ob alles in Ordnung sei.

»Alles gut«, antwortete Hella.

»Wie sieht es mit der Übernachtung aus? Ich hätte noch ein Gästezimmer, das ich zur Verfügung stellen könnte.«

Lars schaute auf. »Wenn es keine Umstände bereitet, würde ich da gern zugreifen. Ich sehe gerade, dass ich bei den beiden Restaurants erst gegen Abend jemanden erreiche.«

Jan Marxen warf Hella einen Blick zu, die den Kopf schüttelte. »Ich schlafe bei einer alten Schulfreundin, die hier auf Langeoog ein Café hat. Hannah Grevens.«

»Kenn ich gut«, meinte Jan Marxen lächelnd. »Nette Person.«

Eine halbe Stunde später machten sich Hella und Lars zu den Gebrüdern Kramer auf. Jan Marxen hatte für sie einen Termin vereinbart und erreicht, dass sich Hagen und Lukas in ihrem Büro aufhielten.

»Meinst du, dass die vier Schulfreunde etwas mit dem Tod von Maike Rosemeyer zu tun haben?«, fragte Lars.

»Ich mache mir da noch keine Gedanken drüber. Wir brauchen mehr Fakten. Nicht einmal der Todeszeitpunkt ist bisher klar.« Sie seufzte. »Ich fürchte nur, dass uns die Gerichtsmedizinerin da auch nicht viel weiterhelfen kann. Die Zeit im Wasser und dann noch der vermutlich große Zeitraum zwischen Tod und Auffinden …«

»Na ja, etwas eingrenzen können wir es schon. Ich denke, es ist in der Nacht von Donnerstag auf Freitag oder am frühen Morgen passiert. Ihr Mann war gegen halb drei nachmittags zu Hause. Allerdings hat er sie nicht auf dem Handy erreicht, was bei einer Geschäftsfrau eher ungewöhnlich ist.«

»Selbst wenn ich deinem Vorschlag folge, haben wir immer noch einen Zeitraum von bis zu acht Stunden. Und das noch zu einer Zeit, wo die meisten Menschen schlafen und selten ein handfestes Alibi vorzuweisen haben.«

Sie standen inzwischen vor einem hell verputzten Neubau mit drei Stockwerken, in dem im Erdgeschoss Büroflächen für Firmen ausgewiesen waren. Auf ihr Klingeln hin summte kurz darauf der Türöffner. Ein Mann Mitte dreißig, schlank und mit hellblonden Haaren, Jeans und schwarzem Jackett stand in der Bürotür und erwartete die Kommissare.

»Hagen Kramer«, stellte er sich vor. Er lächelte, aber in seinem Blick lag etwas Abwartendes und Skeptisches, das Hella nicht genau zuordnen konnte.

Hella nannte ihren Namen und folgte ihm ins Büro. Der Besprechungsraum war großzügig geschnitten, in der Mitte stand ein Tisch mit sechs Stühlen.

»Setzen Sie sich doch! Mein Bruder sollte jeden Augenblick hier sein. Möchten Sie etwas trinken?« Er zeigte auf den Tisch, auf dem mehrere Flaschen Mineralwasser, Cola und Sprite standen. »Ich habe natürlich auch Tee oder Kaffee.«

In diesem Augenblick hörten sie Geräusche vom Flur her. Kurz darauf stand eine zehn Jahre jüngere Ausgabe von Hagen Kramer vor ihnen. Er hatte die gleiche Statur wie sein Bruder, trug Freizeitkleidung und schien nicht besonders erfreut zu sein, von der Polizei befragt zu werden. Er nickte den beiden Kommissaren zu und setzte sich erst mit an den Tisch, nachdem ihn sein Bruder dazu aufgefordert hatte.

»Was können wir für Sie tun?«, fragte Hagen Kramer.

Hella reichte ihm ihre Visitenkarte. »Wir untersuchen den Tod von Maike Rosemeyer und befragen in diesem Zusammenhang alle Personen, die in der letzten Zeit privat und geschäftlich mit ihr zu tun hatten.«

»Da werden Sie aber viel zu tun haben«, murmelte Lukas Kramer.

Ohne auf seine Bemerkung einzugehen, stellte Hella ihre erste Frage: »Sie standen geschäftlich mit Frau Rosemeyer in Verbindung?«

»Wir sind ... waren Konkurrenten«, antwortete Hagen Kramer. »Aber das hat sich ja offensichtlich schnell zu Ihnen herumgesprochen. Und ja, wir beide waren nicht gerade mit Maike befreundet. Aber das liegt in der Natur der Sache. Hier auf der Insel ist die Nachfrage nach Grundstücken extrem hoch bei gleichzeitig übersichtlichem Angebot. Sprich: Um jeden Quadratmeter wird hart gekämpft. Mal gewinnt der eine, mal der andere. Natürlich bedauern wir beide, dass sie so entsetzlich umgekommen ist, obwohl sie uns das Leben nicht gerade leicht gemacht hat. Selbstredend haben wir mit ihrem Tod nichts zu tun.«

Wieder jemand, der ein fast druckreifes Statement abgibt, dachte Hella. Lukas Kramer hatte bei dem kleinen Vortrag seines Bruders gelangweilt aus dem Fenster geschaut, dabei aber nervös mit den Fingern gespielt.

»Wann haben Sie Maike Rosemeyer das letzte Mal gesehen?«, fragte Lars, der bisher von Hagen Kramer ignoriert worden war.

»Gute Frage«, antwortete er und wandte sich an seinen Bruder. »So ganz genau kann ich das eigentlich nicht sagen. Du?«

»Ich hatte mit der Tante nichts zu tun«, meinte Lukas Kramer in abfälligem Ton. »Und du? Hast du mir nicht vor ein oder zwei Wochen mal erzählt, dass du sie im Café getroffen hast?«

Hagen Kramers erhobener Zeigefinger schoss nach oben. »Richtig! Wir hatten uns verabredet. Quasi zu Friedensverhandlungen. Die Initiative ging übrigens von mir aus. Maike war nicht abgeneigt, sonst wäre sie wohl kaum gekommen. Das Gespräch könnte man als durchaus konstruktiv bezeichnen, aber einen wirklichen Durchbruch hat es nicht gebracht. Und bevor Sie fragen, wir waren im ›Hofcafé‹.«

»Frau Rosemeyer hat Ihnen ein sehr lukratives Projekt vor der Nase weggeschnappt«, sagte Lars und wartete, bis Hagen Kramer sich ihm zugewendet hatte. »Das muss sehr bitter für Sie gewesen sein.«

»Sie meinen sicher das Wohn- und Geschäftshaus am Deichweg. Ja, da hatte sie tatsächlich die Nase vorn. Aber gut, wir können nicht jedes Mal gewinnen. Solange alles fair verläuft und nicht gemauschelt wird, muss man das akzeptieren, was wir in diesem Fall auch klaglos getan haben.«

»Um welches Provisionsvolumen handelt es sich?«, fragte Lars weiter.

»Junger Mann, das kann man im Vorfeld nie so genau sagen. Aber es wäre sicher kein kleiner Auftrag gewesen.«

»Routinemäßig überprüfen wir alle Alibis der Befragten«,

erklärte Hella. »Wo waren Sie von Donnerstag um Mitternacht bis in den frühen Freitagmorgen, sagen wir gegen zehn Uhr?«

Hagen Kramer stand auf, ging zu einem Sideboard und zog eine Schublade auf, aus der er einen Tischkalender herausnahm. Er blätterte kurz darin herum, bevor er sich wieder an den Tisch setzte.

»Entschuldigung. Ich wollte sichergehen, dass ich keinen Termin am Donnerstag hatte. Ich war mit meiner Frau essen und vermutlich gegen zehn oder elf zu Hause. Mit dem Schlafengehen warten wir in aller Regel nicht so ewig lange. Also gehe ich mal davon aus, dass wir vor Mitternacht im Bett waren. Meinen ersten Termin hatte ich hier im Büro um neun Uhr. Kurz davor bin ich nach einem ausgiebigen Frühstück von zu Hause losgegangen. Meine Frau wird Ihnen das sicher gern bestätigen.«

»Und Sie?«, fragte Hella an Lukas Kramer gewandt.

»Keine Ahnung. Wann genau war das mit der Rosemeyer?« Er kratzte sich am Hinterkopf und tat so, als wenn er überlegen würde. »Ja, doch. Ich war mit ein paar Freunden in der Pizzeria am Markt, und danach haben wir noch einen kleinen Zug durch die Gemeinde gemacht. Wann ich genau zu Hause war, weiß ich nicht. Eine Ehefrau habe ich nicht. Tut mir leid.« Er sah Hella mit aufgerissenen Augen an und grinste schließlich. »Bin ich jetzt Ihr Hauptverdächtiger?«

»Wir brauchen die Namen und Telefonnummern Ihrer Freunde«, sagte Hella ungerührt. »Und es wäre sicher von Vorteil, wenn Sie die Zeit noch weiter eingrenzen könnten.«

»Okay, ich denke drüber nach«, sagte er in einem Ton, der klarmachte, dass er keine weitere Mühe an die Aufgabe verschwenden würde.

Hella stand auf. »Sie haben nicht vor, die Insel in den nächsten Tagen zu verlassen?«

»Bisher stand das noch nicht auf unserer Agenda«, antwortete Hagen Kramer, dem das Auftreten seines Bruders sichtlich nicht gefallen hatte.

»Keine Ahnung«, murmelte Lukas Kramer.

»Informieren Sie uns bitte rechtzeitig.« Lars stand inzwischen neben ihr. »Vielen Dank, wir finden allein hinaus«, sagte sie, als Hagen Kramer Anstalten machte, sich zu erheben.

»Zeitverschwendung«, raunte Lars Hella zu, als sie vor dem Haus standen.

»Sicher, diese Art Menschen sind anstrengend, aber Zeitverschwendung war das nicht.«

»Sondern?« Sie waren bereits auf dem Weg zur Polizeistation.

»Ein erster Einblick. Die beiden waren doch sehr offen. Auch wenn Hagen Kramer der bessere Schauspieler von beiden ist, hat er uns doch bestätigt, dass Maike Rosemeyer für ihn eine ausgesprochen unangenehme Konkurrentin und … Gegnerin war.«

»›Selbstredend‹ …«, äffte Lars Hagen Kramer nach. »Wir werden also diese Möchtegern-Immobilienhaie genau unter die Lupe nehmen?«

»*Selbstredend!*«, antwortete Hella schmunzelnd. »Versuch du, etwas über ihre finanzielle Lage herauszubekommen, ich spreche heute Abend mit meiner alten Schulfreundin. Das Café, in dem die angeblichen Friedensverhandlungen stattgefunden haben sollen, gehört ihr.«

»Wird gemacht, Chefin!«

Schweigend liefen sie nebeneinander zur Polizeistation. Lars zog sich in ihr provisorisches Büro zurück, während Hella noch einmal mit Jan Marxen sprach, der sich auch nach den Öffnungszeiten noch im Büro aufhielt.

»Wir haben mit den Kramer-Brüdern gesprochen. Mir kam es so vor, als wenn Hagen Kramer der tatsächliche Motor der Firma ist.«

Jan Marxen seufzte. »Mag sein. Die Eltern der beiden sind bei einem Verkehrsunfall auf dem Festland umgekommen. Da war Hagen gerade mal vierundzwanzig und hat dann die Vormundschaft für seinen Bruder übernommen, der zehn Jahre jünger ist. Das war für beide wohl keine so leichte Zeit.«

»Haben Sie häufiger in amtlicher Funktion mit Lukas zu tun gehabt?«

»Woher wissen Sie das?«, fragte Jan Marxen erstaunt.

»Das war eine reine Vermutung. Worum ging es?«

»Im Grunde genommen um Kleinigkeiten. Alkohol, Drogen, Belästigungen. Zu einer regulären Anzeige ist es nie gekommen. Seinerzeit war ja noch mein Vorgänger am Ruder. Harald Wiese hatte die Eltern von Lukas persönlich gekannt, und da war … Es mag sein, dass das einen Einfluss auf seine Entscheidungen hatte.«

»Lebt der Kollege noch auf der Insel?«

»Nein, er ist schweren Herzens aufs Festland gezogen. Seine Frau wollte unbedingt nach Bayern, wo die beiden Söhne leben. Lukas hat sich aber inzwischen gefangen. Die Arbeit in der Firma seines Bruders tut ihm gut, und seit er die Ausbildung abgeschlossen hat, scheint er sich im Griff zu haben.«

Hella nickte, auch wenn ihr Eindruck von Lukas Kramer nicht ganz so positiv ausgefallen war, wie Jan Marxen es gern darstellen wollte. Aber sie konnte ihren Kollegen nicht weiter drängen, die alten Geschichten, die nie aktenkundig geworden waren, zu offenbaren. Er war durch die Bekanntschaft oder vielleicht sogar Freundschaft zu Hagen Kramer nicht objektiv. Sie wusste aus Erfahrung, dass im Verlauf der weiteren Befragungen Lukas Kramers Vergangenheit vermutlich wieder zur Sprache kommen würde.

»Darf ich Ihnen einen Rat geben?«, fragte Hella den Inselpolizisten.

Jan Marxen seufzte. »Mir ist schon klar, worauf Sie hinauswollen. Aber ich lebe hier nun mal mit all diesen Menschen auf engem Raum zusammen. Und das gern. Mir ist trotzdem klar, dass ich Polizist bin, und Sie können sich darauf verlassen, dass ich entsprechend handeln werde.«

»Ich wollte Ihnen eigentlich empfehlen, sich nicht selbst zu sehr unter Druck zu setzen. Kein Insulaner wird es Ihnen übel nehmen, wenn Sie sich aktiv an der Aufklärung der Tat beteiligen. Das ist nun mal Ihr Job, und letztlich ist es im Interesse von allen Langeooger Bürgern, dass der Täter schnell gefasst wird. Wenn uns das nicht gelingt, werden schnell die Verdächtigungen wild um sich greifen.«

Jan Marxen schwieg eine Weile, bevor er antwortete. »Ja, Sie haben recht. Das wäre sicherlich die schlechteste aller Varianten.«

8

Hella verabschiedete sich von Lars, rechtzeitig, bevor die Läden auf der Insel schlossen. Sie verabredeten sich für acht Uhr zum Frühstück im Café.

Auf dem Weg zu Hannah kaufte Hella sich neue Unterwäsche und eine Zahnbürste. Als sie den Laden verließ, lief sie direkt hinter einem Pärchen her, das einen Kinderwagen schob. Unwillkürlich kam ihr Alexander in den Sinn. Würden er und seine Frau trotz des erst vier Wochen alten Kindes nach Langeoog kommen, um der Mutter beizustehen? Hatte sie bisher diesen Gedanken für absurd gehalten, wurde ihr plötzlich klar, dass sie fest damit rechnen musste. Alexander war ein Familienmensch oder hielt sich zumindest dafür. Er würde seine Frau in jedem Fall begleiten und ihr sogar dazu raten, nach Langeoog zu fahren.

Ohne dass sie etwas dagegen tun konnte, sah Hella sich um und suchte die Gegend nach weiteren Kinderwagen ab. Plötzlich stoppte sie in der Bewegung und stöhnte leise auf. Wieso ließ sie sich durch den Umstand, dass Alexander auf der Insel sein könnte, so irritieren? Sie hatte sich von ihm getrennt, weil es keinen anderen Weg gegeben hatte. Es war vorbei, lange vorbei. Sie war eine erwachsene Frau und würde keine Probleme damit haben, selbst Alexanders Frau zu befragen.

Als Hannah ihr die Tür öffnete, warf diese ihr einen erstaunten Blick zu. »Du siehst aber fertig aus, Hella. Hattest du so einen anstrengenden Tag?«

»Nein, alles gut«, wich Hella ihr aus. »Eine private Sache liegt mir etwas quer im Magen.«

Das Alter von Hannahs Haus schätzte Hella auf gute sechzig Jahre. Auf den äußerlich kargen Charme des Gebäudes stieß im Inneren eine wohlige Atmosphäre. Die Wände waren in Weiß gehalten, geölte Echtholztüren und helle Bodendielen aus Holz taten das Ihrige. Die Einrichtung bestand aus einer Mischung aus Antiquitäten und modernen Möbeln, die sich harmonisch zueinanderfügten. Hannah führte Hella durchs Erdgeschoss und anschließend in den Garten. Dort standen eine Flasche Weißwein in einem Kühlbehälter und daneben zwei Gläser.

»Ich hab's einfach nicht mehr geschafft, einzukaufen und zu kochen.« Sie reichte ihr eine Karte einer Pizzeria. »Such dir doch bitte eine aus. Die sind alle hervorragend, und da die Wege hier auf der Insel kurz sind, auch noch garantiert heiß, wenn sie geliefert werden.«

»Gute Idee! Ich hatte schon ein schlechtes Gewissen und wollte dich zum Essen einladen. Aber hier in deinem Garten ist es natürlich viel angenehmer.«

Hella suchte sich eine Pizza aus, und Hannah bestellte für sie beide. Anschließend schenkte sie Wein ein und reichte Hella ein Glas.

»Auf unser Wiedersehen!«, prostete sie ihr zu.

Hella schmunzelte. »Auf viele weitere Wiedersehen, wo wir doch jetzt quasi Nachbarn sind.«

Sie trank einen Schluck. »Der ist um Welten besser als das Gesöff, das wir zu Schulzeiten getrunken haben.«

»Da könntest du ausnahmsweise recht haben.« Hannah stellte das Glas ab. »So, und jetzt will ich endlich hören, wie es dir ergangen ist.«

Hella erzählte von ihrer Entscheidung, Polizistin zu werden, von dem Studium und den ersten Jahren bis hin zu ihrer Zeit beim LKA in Hannover, als es an der Tür klingelte.

»Der Pizzabote«, meinte Hannah und lief ins Haus hinein. Wenig später kehrte sie mit zwei großen Tellern in der Hand zurück. »Voilà!«

Während sie aßen, fuhr Hella mit dem Erzählen ihrer Geschichte fort: das zufällige Aufeinandertreffen mit Alexander, die Wochenendbeziehung und der Entschluss, sich nach Oldenburg zur Kriminalpolizei versetzen zu lassen.

»Und dann kam das Aus?«, fragte Hannah.

»Kennst du die Halbschwester von Maike Rosemeyer?«

»Wie kommst du da jetzt drauf? Fragst du wegen des ... Todes von Maike? Ja, ich kenne Maren, aber sie ist ja um einiges jünger und ist wegen der Schule auch schon früh von der Insel weg. Sie hat gerade ein Kind bekommen und ...« Hannah stutzte. »Du willst mir jetzt aber nicht sagen, dass dein Alexander mit Maren ...«

»Er ist nicht *mein* Alexander«, unterbrach Hella sie.

»Sorry, das ist mir so rausgerutscht. Aber ich habe recht mit Maren?«

Hella nickte. »Blödes Zusammentreffen. Ich hoffe nur, die beiden erscheinen hier nicht.«

»Puh! Echt dumme Situation.« Hannah hielt kurz inne. »Sag mal, so richtig bist du noch nicht über diesen Alexander hinweg, oder? Kein neuer Mann in Sicht?«

»Eigentlich schon ...«

Hannah grinste. »Ein Eigentlich-Freund? Lass hören!«

Hella zögerte kurz, erzählte dann aber von Leon und dem Fall auf Spiekeroog.

»Das klingt etwas nach Regen und Traufe«, meinte Hannah. »Du kannst ja wohl kaum mit ihm gehen.« Sie musterte ihre alte Schulfreundin. »Oder denkst du über so einen verrückten Schritt nach?«

»Natürlich nicht. Soll ich irgendwo auf der Welt am Strand sitzen und Leon bewundern? Ich fürchte, das reicht mir nicht als Lebensinhalt.«

»Wenn er dich wirklich liebt, bleibt er hier. Wenn nicht gleich, so doch in absehbarer Zeit.«

»Ich fürchte, so ist Leon nicht gestrickt.« Nach einer Weile fügte sie hinzu: »Und ich auch nicht. Haus, Garten, Mann, Kinder und ...« Hella brach ab.

»Ach, ich kann einem solchen Leben durchaus was abgewinnen. Es bringt Ruhe und ein Stück Gelassenheit. Einen Versuch ist es allemal wert.«

»Selbst wenn ich darüber nachdenken würde, es gehören immer noch zwei zu solch einem Projekt.« Hella seufzte. »Und jetzt genug davon. Erzähl mir lieber was von deinen Kindern. Wie schaffst du das überhaupt alles? Mann, Kinder, Café, Haus und diesen wunderschönen Garten hier?«

Hannah lachte. »Mit einer Prise Humor und viel Unterstützung durch meinen Göttergatten geht das prima.« Sie begann zu erzählen, wie es ihr in den Jahren ergangen war, und sprach darüber, dass ihr die Entscheidung, auf Langeoog zu leben, nicht so leichtgefallen sei, wie es manch einem heute erscheinen mochte. »Das war ein langer Kampf mit mir und meinen Gefühlen, aber ich bin immer noch überzeugt, dass es die richtige Entscheidung war.«

»Toll, wenn man das so sagen kann. Wirklich!« Hella geriet ins Grübeln.

Hannah schenkte ihr Wein nach. »Hey, Melancholie ist heute nicht angesagt.«

Hella nickte und trank einen kräftigen Schluck. »Sag mal, du warst nicht zufällig in deinem Café, als sich Hagen Kramer und Maike Rosemeyer dort getroffen haben? Lange kann das noch nicht her sein.«

Hannah sah sie vorwurfsvoll an. »Wer hat da schon wieder nur die Arbeit im Kopf?« Sie lehnte sich auf ihrem Stuhl zurück. »Aber ja, ich habe das mitbekommen. Was willst du wissen?«

»Laut Hagen Kramer war das eine Art Friedensverhandlung mit positivem Ausgang. Hattest du auch den Eindruck?«

Hannah lachte. »Dann muss es aber vorher richtig zur Sache gegangen sein. Und positiver Ausgang? Eher nicht! Hagen ist wutentbrannt aus dem Café gelaufen. Und vorher war die Stimmung auch nicht gerade sehr friedlich, um es mal vorsichtig zu formulieren.«

Hella hatte geahnt, dass der Immobilienmakler es mit der Wahrheit nicht so genau genommen hatte. »Okay! Weißt du, worum es ging?«

»Das hat doch die ganze Insel mitbekommen. Dieses überkandidelte Projekt am Deichweg. Definitiv war das das Thema. Hagen hat Maike vorgeworfen, dass sie sich den Zuschlag ergaunert habe. Und jetzt frag mich nicht, was er damit gemeint hat. Maike hat überhaupt nicht auf seine Vorwürfe reagiert, was Hagen nur noch wütender gemacht hat. Das ganze Gespräch habe ich natürlich nicht verfolgt, aber du weißt ja schon, dass die beiden sich nicht gerade geliebt haben.«

»Und der jüngere Bruder? Wie schätzt du ihn ein?«

Hannah stöhnte theatralisch. »Werde ich hier gerade zu deiner Hauptinformantin?« Dann grinste sie übers ganze Gesicht. »Kein Problem. Ja, der Lukas … Dass die Eltern bei einem Autounfall ums Leben gekommen sind, hast du ja sicher schon gehört. Lukas hatte danach auf der Insel eine Art Schutzstatus. Du kannst dir sicher vorstellen, dass jeglicher Mist, den er verzapft hat, mit dem frühen Tod seiner Eltern entschuldigt wurde. Klar, wir waren in unserer Jugend alle keine Engel, aber Lukas hat's auf die Spitze getrieben. Ich will gar nicht wissen, was er alles angestellt hat, das dann irgendwie vertuscht wurde.«

»Ich habe schon gehört, dass der ehemalige Inselpolizist …«

»Genau so war es!«, fiel Hannah ihr ins Wort. »Wie nennt man das? Rechtsbeugung? Das war alles ziemlich grenzwertig, und so manch ein Insulaner hat sich mächtig darüber aufgeregt.«

»Sprichst du von richtigen Straftaten und nicht nur irgendwelchen pubertären Streichen?«

Hannah zuckte mit den Achseln. »Wo da genau die Grenze liegt, habe ich keine Ahnung. Aber ein Einbruch in ein Ferienhaus ist ja eigentlich schon keine Kleinigkeit mehr. Von den etlichen Schlägereien, die er provoziert hat, mal ganz abgesehen. Hagen war dann immer schnell zur Stelle und hat die Wogen geglättet. Vermutlich ist da auch der ein oder andere Euro geflossen.«

»Ist er auch Mädchen oder Frauen zu nahe getreten?«

»Das hast du jetzt aber nett formuliert. Es gab da eine Sache, bei der er wohl verdächtig war.«

Die Hauptkommissarin wurde hellhörig. »Um was ging es genau?«

»Ein Mädchen, ich glaube, es war fünfzehn oder sechzehn,

hat damals behauptet, vergewaltigt worden zu sein. Sie war mit irgendeiner Jugendgruppe hier. Die haben auf dem Platz der Jugendherberge gezeltet, und sie behauptete, dass es nachts in den Dünen passiert wäre. Genau beschreiben konnte sie den Mann oder Jungen nicht, aber deine Kollegen haben natürlich ihre Arbeit gemacht, und dabei ist wohl Lukas in deren Fokus gekommen. Sagt man das nicht so?«

»Doch. Weißt du mehr darüber?«

»Nee, das wurde schnell alles unter den Teppich gekehrt, und am Schluss hieß es, das Mädchen hätte sich das nur ausgedacht, um im Mittelpunkt zu stehen.«

»Weißt du noch, wann das ungefähr war?«

Hannah legte den Kopf in den Nacken. »Da muss ich nachdenken. Mein Großer ist jetzt fünf, schwanger war ich auch nicht, also muss es vorher gewesen sein. Ich glaube, ich hatte gerade vor vier oder fünf Jahren das Café aufgemacht. Das heißt, es muss vor sieben oder acht Jahren gewesen sein.«

»Das reicht mir schon. Und jetzt lassen wir das Thema. Wann kommt dein Mann? Oder versteckt er sich vor mir?«

Hannah schmunzelte. »Er ist zwar niemand, der gern in der Öffentlichkeit steht, aber um meine Freundinnen hat er noch nie einen großen Bogen gemacht.« Sie sah auf die Uhr. »Eigentlich …« In diesem Augenblick hörten sie, wie eine Tür geöffnet und wieder geschlossen wurde. »Wenn man vom Teufel spricht …«

Kurz darauf stand ein großer, kräftiger Mann in der Terrassentür, kurze blonde Haare, freundliches Gesicht. Er kam auf Hella zu und reichte ihr die Hand. »Hella, vermute ich mal. Hannah hat schon viel von dir erzählt.«

»Hoffentlich nicht von unserer wilden Schulzeit«, meinte Hella mit strengem Blick zu ihrer Freundin.

»Nee, ich glaube, die ganz schlimmen Sachen hat sie mir verschwiegen.« Er zog Hannah an sich und küsste sie auf die Wange. »Habe ich recht?«

»Papperlapapp! Setz dich zu uns. Wein oder Bier?«

Hella streckte sich im Bett. Sie waren erst nach Mitternacht schlafen gegangen. Renke, Hannahs Mann, war ein ausgesprochen liebenswerter Mensch, und Hella fand, dass er perfekt zu ihrer Freundin passte. Er war humorvoll, konnte sich im richtigen Augenblick zurückhalten, hielt dabei aber nicht mit seiner Meinung hinterm Berg.

Hella quälte sich aus dem Bett und öffnete das Fenster. Die frische salzige Luft weckte ihre Lebensgeister. Unwillkürlich musste sie an Leon denken, mit dem sie noch in der Nacht ein paar Worte gewechselt hatte. Er hatte vorgeschlagen, am Abend aufs Festland zu kommen. Da die Spiekeroog-Fähre tideabhängig war, wechselten die Abfahrtzeiten von Tag zu Tag. Am heutigen Sonntag würde die letzte glücklicherweise erst um siebzehn Uhr ablegen.

Das abwechselnd warme und kalte Wasser der Dusche vertrieb Hellas letzte Müdigkeit. Als sie aus dem Bad trat, roch sie den Kaffeeduft. Hannah hatte darauf bestanden, dass sie zumindest eine Tasse gemeinsam trinken würden, bevor Hella sich auf den Weg machte.

»Guten Morgen«, flötete die gut gelaunte Hannah, als Hella die Küche betrat. »Gut geschlafen?«

»Kurz, aber gut.« Hella nahm die dampfende Tasse entgegen und setzte sich an den Tisch.

»Mein Murmeltier schläft noch. Aber ich soll dir einen dicken Abschiedskuss geben und dir sagen, dass du bald mal wiederkommen sollst.«

»Ich fürchte, ich werde in der nächsten Woche häufiger auf Langeoog zu tun haben. Wir sehen uns sicher noch mal.«

»Wenn du wieder bei uns schlafen willst, kein Problem. Die Kinder kommen zwar heute Nachmittag zurück, aber in der Nacht schlafen die Rabauken tief und fest.«

»Danke, kann gut sein, dass ich darauf zurückkomme.« Sie trank einen Schluck von dem herrlich duftenden Kaffee. »Das war übrigens ein wirklich netter Abend.«

Hannah strahlte übers ganze Gesicht. »Ja, finde ich auch!«

9

Punkt acht betrat Hella das Café, in dem sie sich mit Lars verabredet hatte. Sie suchte sich einen ruhigen Platz im hinteren Teil des Lokals und bestellte sich einen Latte macchiato. In Gedanken ging sie die vier Gäste von Maike Rosemeyer durch. Bettina Voß schien als Einzige vom Tod ihrer Schulfreundin emotional betroffen zu sein. Ihre Aussage wich erheblich von denen der drei anderen ab. Sie hatte schon nach dem ersten Abend abreisen wollen, sich aber von Christina Altenberg überreden lassen. Holger Jakobs, der aalglatte Finanzberater, hatte auf jede Frage eine gut formulierte Antwort parat gehabt. Hella nahm ihm nicht ab, dass er nach der Internatszeit keine Verbindung zu Maike Rosemeyer gehabt hatte. Seine Antworten hörten sich an wie eingeübte Statements. Ihre Intuition sagte ihr, dass er etwas verbarg, auch wenn sein Geheimnis nicht unbedingt etwas mit Maikes Tod zu tun haben musste. Viele Menschen reagierten beim Kontakt mit der Kriminalpolizei abweisend und distanziert. Hier die Spreu vom Weizen zu trennen, sah Hella als eine ihrer wichtigsten Aufgaben an. Christina Altenberg war es durch ihren Beruf gewohnt, mit Menschen zu sprechen und sie schnell einzuschätzen. Sie war arrogant aufgetreten, hatte aber schließlich die Fragen beantwortet und sehr deutlich gesagt, dass das Treffen der alten Schulfreunde ausgesprochen harmonisch verlaufen war. Hellas Gefühl sagte ihr, dass auch sie in diesem Punkt nicht die Wahrheit gesagt hatte und vermutlich im Nachhinein nicht froh war, sich so konkret festgelegt zu haben. Der Vierte im Bunde war der Oberstudienrat Olaf Reiter, der mit Wohnsitz in Oldenburg den kürzesten Weg zur Insel hatte. Im Gegensatz zu Christina Altenberg hatte er sich nicht darauf festlegen lassen, dass die Abende vollkommen harmonisch verlaufen waren. Nur für sich selbst schloss er jeglichen Konflikt mit einem der Schulfreunde aus. Hella war aufgefallen, dass er als

Einziger Maike rundum positiv gesehen hatte. In der Internatszeit und auch bei der Wiedersehensfeier. Bei der Frage, ob er zwischenzeitlich Kontakt zu seiner alten Schulfreundin gehabt hatte, wich er auf schwammige Formulierungen aus und hielt sich damit ein Hintertürchen offen.

Hella zog ihr Handy aus der Tasche und scrollte ihre Kontakte durch, bis sie die Nummer eines Oldenburger Kollegen und Freundes fand. Kurz nachdem sie ihm eine Textnachricht mit Bitte um Rückruf geschickt hatte, klingelte ihr Telefon.

»Moin, Hella! Wird ja auch mal Zeit, von dir zu hören. Wie geht es dir in der Provinz?«

»Moin, Holger! So früh auf am Sonntagmorgen?«

»Wochenenddienst«, stöhnte er. »Aber zum Glück scheinen alle Bösen im Urlaub zu sein. Drück mir die Daumen, dass es so bleibt. Und bei dir?«

»Ich bin auch im Dienst. Ermittlungen wegen eines Tötungsdelikts auf Langeoog.«

»Echt jetzt? Ich dachte, in Ostfriesland …«

Hella lachte. »Holger! Lass es gut sein. Ich brauche deine Hilfe.«

»Erzähl! Alte Liebe rostet nicht, das weißt du doch.«

»Genau das wollte ich hören«, flötete Hella. Holger Harms war einer ihrer Lieblingskollegen gewesen. Ruhig, konzentriert und immer mit einem Scherz auf den Lippen. Er war seit fünfundzwanzig Jahren mit ein und derselben Frau verheiratet und mit seinen vier Kindern ein absoluter Familienmensch. »Ich habe hier jemanden aus Oldenburg im Fokus. Oberstudienrat Olaf Reiter, Lehrer am ›Alten Gymnasium‹. Adresse schicke ich dir gleich. Könntest du deine Fühler ausstrecken, ob du etwas über ihn in Erfahrung bringen kannst?«

»Klar! Für dich doch immer. Ist er tatverdächtig?«

»Er ist einer von vier Gästen eines Jubiläumstreffens alter Schulfreunde, zu der das Opfer geladen hatte. Ich werde nicht ganz schlau aus ihm. Und nein, im Moment ist er nicht tatverdächtig, aber wir haben auch erst gestern Mittag unsere Ermittlungen aufgenommen.«

»Okay. Ich werde sehen, was sich machen lässt.« Er hielt kurz inne. »Sonst alles gut bei dir?«

»Im Prinzip ja.«

»Immer noch dieser … wie hieß er doch gleich?«

»Alexander. Nein, nicht wirklich … Aber das erzähle ich dir ein anderes Mal. Mein Kollege kommt gerade rein.«

»Dann grüß ihn mal unbekannterweise von mir. Ich melde mich.«

Hella ließ das Handy wieder in die Tasche gleiten und sah zum gehetzt wirkenden Lars auf.

»Tut mir leid, Chefin. Mein Handy war zu leise eingestellt. Ich habe verschlafen.«

»Immer mit der Ruhe. Kaffee?« Sie hob die Hand, um die vorbeilaufende Servicekraft zu sich an den Tisch zu rufen.

»Gern!«, sagte Lars und ließ sich auf den Stuhl fallen.

Hella bestellte zwei Latte macchiato und für jeden ein Frühstück. Als sich die Kellnerin außer Hörweite befand, berichtete Hella von dem Gespräch mit Hannah.

»Ich hatte Lukas Kramer schon in dieser Richtung geortet«, kommentierte Lars das Gehörte. Er sprach leise, auch wenn der nächste besetzte Tisch einige Meter entfernt stand. »Wir müssen mehr über diesen Immobiliendeal in Erfahrung bringen.«

»Sehe ich auch so. Leider werden wir heute am Sonntag kaum jemanden erreichen. Aber gut, die Brüder Kramer laufen uns nicht weg. Wir sollten uns erst mal auf die vier Schulfreunde konzentrieren. Wir können sie nicht zwingen, länger auf Langeoog zu bleiben. Unter Umständen haben die sich schon mit einem Anwalt in Verbindung gesetzt und wissen um ihre Rechte.«

Die Getränke und das Frühstück wurden serviert. Lars trank einen kräftigen Schluck Kaffee und lehnte sich mit einem Croissant in der Hand auf seinem Stuhl zurück. »Ich war gestern noch eine Weile unterwegs. Es war gar nicht so einfach, die richtigen Ansprechpartner zu finden.«

»Und?«

»Der Abend am Mittwoch – da war die Gruppe in einer Pizzeria – scheint tatsächlich recht harmonisch abgelaufen zu sein. Zumindest, solange sie im Restaurant waren. Der Besitzer konnte sich gut erinnern, da er Maike Rosemeyer kannte und fast die ganze Zeit hinter der Theke stand oder die Bestellungen aufgenommen hat. Also: Kein Streit, alle sind gleichzeitig gekommen und auch wieder gegangen. Der Alkoholkonsum hat sich wohl auch in Grenzen gehalten. Mehr als leicht beschwipst sollen sie alle nicht gewesen sein.«

»Trotzdem wollte Bettina Voß schon nach dem ersten Tag abreisen. Irgendwas muss vorgefallen sein.«

»Vielleicht hat sie ja bessere Antennen als der Rest der Truppe. Oder es ist im Ferienhaus noch etwas passiert.«

»Und der zweite Abend?«, wollte Hella wissen.

»Da waren die fünf in einem Fischrestaurant. Das gestern Abend anwesende Personal hatte an dem betreffenden Tag keinen Dienst gehabt, deshalb musste ich bis elf Uhr abends warten, bis der Chef des Lokals reinkam. Aber … es hat sich gelohnt. Die Gruppe kam am Donnerstag nicht gemeinsam an. Nach der Beschreibung meines Zeugen waren Christina Altenberg und Holger Jakobs als Erste da, anschließend ist der Lehrer gekommen und danach Bettina Voß zusammen mit Maike Rosemeyer.«

»Das könnte noch wichtig sein«, meinte Hella und biss in ihr Croissant. »Und anschließend gab es Zoff?«

»Der Restaurantchef hat sich zunächst sehr zurückhaltend geäußert, aber als ich ihm klargemacht habe, worum es hier geht, ist er mit mehr herausgerückt. ›In vino veritas‹, würde ich mal vermuten. Auf jeden Fall ist von dem Traubensaft einiges geflossen. Um es kurz zu machen: Die Runde hat das Restaurant nicht gemeinsam verlassen, und das hatte auch wohl einen guten Grund. Es ist laut hergegangen, sagt mein Zeuge, so laut, dass er die Gruppe auffordern musste, sich zu mäßigen. Viel geholfen hat es wohl nicht. Er hat sie nur nicht rausgeworfen, weil Maike Rosemeyer dabei war.«

»Mit wem zusammen hat sie das Lokal verlassen?«

»Holger Jakobs. Das muss so gegen elf Uhr gewesen sein.«

Hella trank den letzten Schluck ihres Kaffees und überlegte, ob sie noch einen dritten bestellen sollte. Als Lars zum Aufbruch drängte, entschied sie sich dagegen.

»Wie gehen wir weiter vor?«, fragte er auf dem Weg zur Polizeistation.

»Ich schlage mal vor, du schnappst dir den Laptop von Maike Rosemeyer, oder bist du gestern noch dazu gekommen? Ist er passwortgeschützt?«

»Ja, ist er, das habe ich gleich gestern kontrolliert, mehr habe ich nicht geschafft. Eigentlich sollte ich das heute hinbekommen. Ansonsten muss ich einen Freund zurate ziehen.« Er warf Hella einen kurzen Blick zu. »Auch wenn das nicht ganz nach Vorschrift wäre.«

»Darüber mach dir keine Sorgen. Wir müssen vorankommen. Und das schnell. Ich werde mich übrigens gleich noch einmal mit Bettina Voß verabreden. Und anschließend bestellen wir Holger Jakobs ein. Für den frühen Nachmittag habe ich die Mutter von Maike eingeplant und anschließend noch einmal ihren Ehemann. Vielleicht werden wir uns vor der Abreise auch noch Altenberg und Reiter vornehmen müssen. Kannst du uns bitte bei der Mutter anmelden?«

Lars nickte. »Ich habe da übrigens, als ich gestern im Restaurant warten musste, eine Homepage gefunden, die ein ehemaliger Internatsschüler vor ein paar Jahren aufgesetzt haben muss. Der hat da unzählige Informationen und Dokumente zusammengetragen. Wenn ich Zeit habe, werde ich mich noch einmal darin vertiefen. Keine Ahnung, ob das Sinn macht, aber es reizt mich einfach, mehr über diese Zeit zu erfahren.«

Hella nickte ihm zu und gesellte sich zu Jan Marxen, der gerade mit ihr die Polizeistation betrat. Sie begrüßte ihn und fragte nach dem Vergewaltigungsvorfall.

»Natürlich erinnere ich mich«, antwortete er. »Allerdings lag ich zu der Zeit in Aurich im Krankenhaus. Bandscheibenoperation, zwei Wochen, und danach war ich in der Reha. Zwischen Krankenhaus und Reha war ich knapp eine Woche auf der Insel, habe zwar nicht gearbeitet, aber mich über den Fall informiert. Wenn ich mich richtig entsinne, war auch ein Kollege der Kriminalpolizei aus Wittmund hier.«

»Gibt es eine Akte über die Angelegenheit?«

»Nein, das wird in Wittmund archiviert sein. Die Sache ist ja damals im Sande verlaufen, weil das Mädchen wohl nicht ganz die Wahrheit gesagt hatte.«

»Lukas Kramer stand auch unter Verdacht?«

»Wie eine ganze Reihe von anderen Jungen, die in seinem Alter waren und Kontakt mit dem Mädchen hatten. Aber dazu kann ich nicht wirklich was sagen. Ich war ganze sechs Wochen in der Reha, und als ich zurückkam, war der Fall zu den Akten gelegt worden.«

»Okay, ich werde mal sehen, was ich in Wittmund darüber finde. Danke erst mal, Herr Kollege.«

Gegen halb zehn kam Bettina Voß auf die Polizeistation zu. Hella, die draußen auf sie gewartet hatte, schlug einen Strandspaziergang vor, was Bettina Voß dankend annahm. Die knapp zweihundert Meter bis zum nächsten Strandübergang liefen sie schweigend nebeneinander her. Erst als sie abseits des sich langsam füllenden Hauptstrandes gingen, fragte Bettina Voß, warum gerade sie noch einmal befragt würde.

»Wir werden heute auch noch mit Ihren Schulfreunden sprechen. Mir war es wichtig, zuerst Sie zu treffen.«

Bettina Voß blieb abrupt stehen. »Warum?«

»Ich will ehrlich zu Ihnen sein. Das harmonische Bild, was der Rest der Gruppe uns vermitteln wollte, halte ich für, nett formuliert, etwas geschönt. Selbst in Ihrer Version fehlen mir die Details zum Donnerstagabend. Die brisanten Details, meine ich.«

Bettina Voß stöhnte leise. »Ich wollte niemanden mit meiner Aussage belasten. Es ist absurd anzunehmen, dass einer von uns …« Sie brach ab.

»Wollen wir weitergehen?«, fragte Hella.

Bettina Voß nickte und lief neben der Kommissarin her.

»Wie kam es am Donnerstag zu dem Streit im Restaurant?«, fragte Hella nach einer Weile.

Bettina Voß zögerte lange, bevor sie antwortete. »Wenn ich das nur wüsste. Habe ich nicht schon bei unserem ersten Gespräch erwähnt, dass ich am liebsten am Mittwoch schon wieder abgereist wäre?«

»Ja, das haben Sie.«

»Das erste Wiedersehen war herzlich, wenn auch etwas distanziert. Das habe ich aber auf die lange Zeit geschoben, die wir uns alle nicht mehr gesehen haben. Aber dann … Da war eine unterschwellige Aggressivität im Raum, und ich bin mir sicher, dass sie von Maike ausging.« Sie schluckte. »Es fällt mir schwer, etwas Schlechtes über sie zu sagen, wo sie doch so grausam umgekommen ist.« Sie seufzte. »Ich habe einfach nicht verstanden, weshalb uns Maike eingeladen hat, wenn sie doch dann einen solchen Druck machte.«

»Druck? Wie hat sich das geäußert?«

Wieder blieb Bettina Voß stehen. Sie schloss kurz die Augen, bevor sie Hella direkt ansah. »Vielleicht reagiere ich auf bestimmte Signale zu empfindlich.«

»Das glaube ich nicht. Im Gegensatz zu weniger empathischen Menschen empfangen Sie die Signale. Dafür muss man sich nicht entschuldigen, im Gegenteil.«

»Danke«, sagte Bettina Voß mit einem erleichterten Lächeln.

»Sie sagten, dass Ihre Schulfreundin Maike Druck ausgeübt habe?«

»Ja, aber sehr subtil. Das waren Blicke, abschätzig oder voller Hass. Und Halbsätze, die sie ins Gespräch hat einfließen lassen. Frauen haben diese Art der Bestrafung oftmals verinnerlicht. Nur hätte ich nie gedacht, dass Maike, die eigentlich immer geradeheraus gesagt hat, was sie meinte, zu diesen Mitteln greift.«

»Diese *Mittel*, wie Sie sie nennen, müssen schon auf fruchtbaren Boden fallen, wenn sie ihre Wirkung voll entfalten sollen.«

Bettina Voß nickte. »Das ist wohl richtig. Und vielleicht hat mich das am meisten irritiert. Olaf und Holger haben auf jeden Fall auf ihr Verhalten reagiert. Nicht offen, weil genau das ja schwierig ist, wenn nicht klar im Raum steht, um welchen Vorwurf es sich handelt. Aber die beiden waren betroffen …« Sie stutzte und sah Hella an. »Wahrscheinlich können Sie sich jetzt nicht vorstellen, dass Olaf und Holger überhaupt auf solch subtile Signale reagieren. Und so ganz unrecht haben Sie damit sicher nicht.«

»Sie sagten gerade, dass die beiden Männer auf diese Signale reagiert haben. Es klang aber so, als wenn auch Frau Altenberg nicht neutral war?«

»Sie hat sich sehr zurückgehalten, und das ist eigentlich gar nicht ihre Art. Vielleicht interpretiere ich da jetzt zu viel hinein …«

»Wollen wir noch ein Stück gehen?«, fragte Hella. Sie waren an einem Punkt angelangt, an dem Bettina Voß ihr nicht weiterhelfen konnte, weil sie selbst die Ereignisse noch nicht verarbeitet hatte. Nach Hellas Erfahrung half da Ablenkung wie das Spazierengehen. Vielleicht würde sich der Knoten in ihrem Kopf noch lösen, eventuell aber auch erst in ein paar Tagen oder Wochen. Das war letztlich wie ein Puzzlespiel mit zu vielen Einzelteilen. Bettina Voß wusste nicht, wo sie anfangen sollte und welche der Teile des Puzzles die wichtigen waren.

»Ja, sehr gern«, sagte Bettina Voß und schien erleichtert zu sein, dass Hella im Moment keine weiteren Fragen stellte.

Eine Weile liefen sie schweigend nebeneinander her, bis Hella vorschlug, umzukehren.

»Wie gut erinnern Sie sich an die Internatszeit?«, fragte Hella.

»Es geht. Dreißig Jahre sind eine lange Zeit. Damals habe ich es gehasst, meine Freunde zurücklassen zu müssen und auf eine aus meiner Sicht einsame Insel zu ziehen. Jeder von uns hatte einen Grund, warum er dort war. Die einen kamen wegen ihrer katastrophalen Noten, die anderen waren auf der Heimatschule auf die ein oder andere Weise nicht zurechtgekommen, bei den nächsten hatten die Eltern keine oder zu wenig Zeit für sie, und die kleinste Gruppe hatte sich selbst dazu entschlossen, ins Internat zu gehen.«

»Zu welcher Gruppe gehörten Sie?«

»Mein Vater war im Vorstand einer sehr großen Firma, und meine Mutter ... Sie war depressiv und hat sich hinter ihrer Krankheit versteckt. Für mich war da nicht so viel Platz. Eigentlich hätte ich auf eine Eliteschule in England gehen sollen, aber dagegen habe ich mich gewehrt und mich für Langeoog entschieden. Ich glaube, ich wollte meine Eltern provozieren, und hatte wohl gehofft, dass sie den ganzen Plan ad acta legten.« Sie zuckte mit den Schultern. »So bin ich halt auf Langeoog gelandet. Da war ich zwölf, zu klein für mein Alter und mit wenig Selbstbewusstsein. Mit sechzehn bin ich dann mehr durch einen Zufall in die Clique um Holger Jakobs gekommen. Das hat mir gutgetan.«

»Gab es irgendeinen besonderen Vorfall in dieser Zeit, der mit Ihrer Gruppe zusammenhing?«

»Vorfall? Was meinen Sie?«

»Etwas Ungewöhnliches? Ist einer von Ihnen unfreiwillig vom Internat gegangen, oder hat einer Ihrer Mitschüler unter der Gruppe gelitten? Gab es einen Unglücksfall oder Schlimmeres?«

»Dramen haben sich ständig bei uns abgespielt. Aber das war, wenn ich das aus heutiger Sicht betrachte, vollkommen normal. Hin und wieder auch jemand mitten im Schuljahr das Internat verlassen. Warum, wurde uns in aller Regel nicht gesagt. Unglücksfall? Davon weiß ich nichts.« Sie stockte. »Vielleicht ... Ich erinnere mich an einen Uwe, der nach einem Wochenende nicht wieder zurück ins Internat kam. Damals wurde gemurmelt, dass er von einer Brücke gesprungen sei.«

»Wissen Sie noch den Nachnamen?«

»Wir haben uns alle mit Vornamen angesprochen, viele sogar nur mit einem Spitznamen. Nein, den kenne ich nicht. Ich kann nicht mal dafür garantieren, dass die Geschichte stimmt. Jugendliche erzählen viel und gern.«

Hella nickte. »Hatte dieser Uwe etwas mit Ihrer Clique zu tun?«

»Er war in unserem Jahrgang, da bin ich mir ganz sicher. Die Grenzen von Clique zu Clique waren fließend. Manchmal hockte man da und dann wieder dort oder war eine Zeit lang auch nur zu zweit unterwegs.«

Der Strandübergang kam in Sicht, die Dichte der Strandkörbe nahm zu. »Ist Ihnen noch etwas zum Donnerstagabend eingefallen?«

»Vielleicht, dass Olaf sehr ruhig war. Aber ich habe das auf seine private Situation geschoben.«

»Was ist vorgefallen?«

»Hat er das nicht erzählt? Seine Frau hat sich vor ein paar Monaten von ihm getrennt. Eigentlich ist es in unserem Alter häufig umgekehrt. Die Männer lernen eine jüngere Frau kennen und laufen irgendeinem Jugendwahn hinterher. Ich glaube, Olaf hat sehr daran zu knabbern und hofft wohl noch, dass sie zurückkommt.«

Sie hatten inzwischen den Strandübergang erreicht und drehten sich noch einmal zur Nordsee um. Das Wasser war inzwischen auf dem Höchststand, der Wind schob hohe Wellen an Land.

»Der Strand war damals mein Lieblingsplatz«, sagte Bettina Voß leise. »Hier konnte ich nachdenken und zu mir finden. Ich würde gern näher an der See wohnen. Darum beneide ich Sie.«

10

»Hast du das Passwort geknackt?«, fragte Hella, als sie, zurück im Büro, Lars vor Maike Rosemeyers Laptop fand.

»Hat ein paar Minuten gedauert, aber ich bin drin. Bei der Menge an Daten braucht es aber eine Weile, bis ich mir da einen Überblick verschafft habe. Und bei dir?«

Hella berichtete Lars von ihrem Gespräch mit Bettina Voß und fügte hinzu: »Inzwischen glaube ich, dass sie nur eingeladen wurde, um den Eindruck zu wahren, dass es sich hier um eine Wiedersehensfeier handelte.«

»Was es gar nicht war?«

»Das ist zumindest meine Ausgangsthese. Hinter diesem Treffen steckt mehr. Da bin ich mir fast sicher. Warum sollte ich nach dreißig Jahren diese Menschen zu so einem langen Treffen einladen, wenn ich mich dann nur mit ihnen streite?«

Lars wiegte den Kopf hin und her. »Weiß nicht. So etwas kann sich auch schnell in einer Gruppe entwickeln. Hier ein falsches Wort, da eine blöde Bemerkung, und schon ist die Stimmung dahin. Die haben sich dreißig Jahre nicht mehr gesehen und wissen nichts voneinander. Es mag ja sein, dass die Zeit im Internat sehr prägend war, aber danach fing doch das richtige Leben erst an. Beruf, Beziehung, Kinder. Erwachsenwerden halt.«

»Du hast mir gestern etwas von einer Homepage erzählt, die das Internatsleben auf Langeoog zum Thema hat. Schick mir doch bitte mal den Link.«

Er nickte und konzentrierte sich wieder auf den Laptop. Hella griff zum Handy und wählte die Nummer von Holger Jakobs.

Nach dem fünften Klingelton sprang die Mailbox an, und als Hella gerade etwas aufs Band sprechen wollte, nahm Jakobs das Gespräch an.

»Jakobs«, hörte Hella seine bellende Stimme.

»Hella Brandt. Ich muss Sie noch einmal sprechen. Kommen Sie bitte zur Polizeistation.«

»Straße?«

»An der Kaapdüne. Wann können Sie hier sein?« Als Jakobs nicht gleich antwortete, fügte sie hinzu: »Fünf Minuten Gehweg.«

»Worum geht es? Ich habe Ihnen bereits alles gesagt, was ich weiß.«

»Können Sie in zehn Minuten hier sein?«, fragte Hella, ohne auf seine Frage einzugehen.

»Fünfzehn«, sagte er und legte ohne Abschiedsgruß auf.

Hella öffnete ihren Laptop und klickte auf den Link, den Lars ihr geschickt hatte. Eine einfach gestrickte Homepage und unzählige Unterseiten öffneten sich. Sie surfte eine Weile herum und vertiefte sich in einzelne Geschichten, die der Autor der Seite hinterlegt hatte, bis jemand an die Tür klopfte und gleich darauf hereinkam. Holger Jakobs nickte den Kommissaren zu und sah Hella fragend an.

Sie zeigte auf den Stuhl vor ihrem provisorischen Schreibtisch. »Setzen Sie sich doch, Herr Jakobs.«

Er zog widerwillig den Stuhl vor und warf einen abwertenden Blick auf das einfache Holzmöbel. Schließlich setzte er sich und sah sich gelangweilt im Zimmer um. »Wird das lange dauern? Ich war gerade am Kofferpacken.«

Inzwischen war Lars zu ihnen gestoßen, nahm an der Stirnseite des Tisches Platz und schlug sein Notizheft auf.

Hella entschloss sich, ohne lange Vorrede zur Sache zu kommen. »Nach Auskunft des Restaurantleiters war Ihr Treffen am Donnerstag bei Weitem nicht so friedlich, wie Sie es uns dargestellt haben.«

Er stöhnte theatralisch. »Wird man eigentlich heutzutage überall bespitzelt? Was hat dieser Clown bitte schön mit den Gesprächen seiner Gäste zu tun?«

»Sie hatten Streit?«

»Mit dem Restaurantkasper? Nein, nicht dass ich wüsste.«

»Herr Jakobs, Sie sind doch ein intelligenter Mann. Wir

können die Befragung jetzt ganz normal fortsetzen oder zu einem offiziellen Verhör übergehen.« Hella stellte demonstrativ das Aufnahmegerät auf den Tisch. »Ihre Entscheidung.«

Holger Jakobs zeigte keine Reaktion. »Wenn ich das richtig sehe, muss ich nicht einmal hier sitzen, ganz davon abgesehen, dass ich Ihnen auch noch auf Fragen antworte. Etwas mehr Respekt gegenüber unbescholtenen Bürgern scheint mir in diesem Falle durchaus angebracht.« Seine Stimme klang, als würde er seiner Haushaltshilfe Anweisungen geben. Sein Lächeln war aufgesetzt, der spöttische Zug um den Mund deutlich wahrnehmbar.

Hella ließ sich Zeit, bevor sie antwortete. »Sie leben in …« Sie blätterte in ihren Notizen. »Stimmt! Hannover. Ich gehe dann mal davon aus, dass Sie sich weigern, befragt zu werden, und nicht kooperieren wollen. Die bisherigen Hinweise scheinen ausreichend, um Sie als Verdächtigen im Tötungsfall Maike Rosemeyer zu führen. Stellen Sie sich bitte darauf ein, dass Sie in Kürze eine Vorladung der Auricher Staatsanwaltschaft bekommen. Vermutlich wird das Mitte der Woche sein und …«

»Stellen Sie Ihre Fragen, Frau Brandt«, unterbrach er sie mit genervtem Blick.

»Okay!« Hella nahm sich für ihre folgende Frage viel Zeit. »Was ist am Donnerstagabend vorgefallen?«

»Ein paar kleine Kabbeleien zwischen alten Freunden. Alles halb so wild. Von außen betrachtet mag das nach Streit ausgesehen haben, aber dem war nicht so.«

»Worum ging es?«

»Frauen … entschuldigen Sie, wenn ich das jetzt so direkt sage, aber Frauen machen manchmal aus einer Mücke einen Elefanten.«

»Worum ging es genau?«, wiederholte Hella ihre Frage.

Jakobs rollte mit den Augen. »Irgendein Weiberkram. Maike fühlte sich wohl nicht ausreichend von uns gewürdigt. Ich vermute einfach mal, dass sie unter einem Minderwertigkeitskomplex litt, weil sie als Einzige von uns nicht studiert hatte. Den Eindruck konnte man zumindest gewinnen. Und bevor Sie weiterfragen, es ging alles ganz schnell. Im einen Augenblick waren alle noch gut gelaunt, und plötzlich war böses Blut mit im Spiel. Ein Stimmungsumschwung um hundertachtzig Grad.«

»Warum hat Maike Rosemeyer nicht studiert? Waren ihre Zensuren so schlecht?«

»Sie stellen Fragen! Ich meine, mich zu erinnern, dass sie einen sehr guten Durchschnitt gehabt hat. Nicht jeder fühlt sich in der Lage, ein Studium durchzustehen.« Er zog die Augenbrauen zusammen und schien selbst den Widerspruch in seinen Worten erkannt zu haben. »Na ja, ich weiß nicht, warum Maike nicht studiert hat. Fragen Sie doch ihre Mutter. Die wird es ja wohl wissen.«

»Wann haben Sie das Restaurant am Donnerstag verlassen und mit wem?«

»Stellen Sie immer Fragen, deren Antworten Sie schon wissen?« Als Hella nicht reagierte, fuhr er sichtlich genervt fort. »Gegen elf und zusammen mit Maike. Wir sind ein paar Schritte gegangen und haben uns dann getrennt. Zeugen dafür habe ich nicht. Ich bin noch etwas herumgelaufen, habe in einem Lokal einen Whisky getrunken und war dann irgendwann wieder im Haus. Und nein, auch dafür habe ich keine Zeugen. Hätte ich gewusst, was passiert, wäre ich natürlich schlauer gewesen.«

»Wie hieß das Lokal, in dem Sie den Drink genommen haben?«

»Darauf habe ich nun wirklich nicht geachtet.«

»Warum haben gerade Sie mit Frau Rosemeyer das Restaurant verlassen?«, schob Hella direkt die nächste Frage hinterher.

Jakobs schnaubte. »Ihre Fragen gehen mir reichlich …« Er brach ab und schien sich eines Besseren zu besinnen. »Das muss reiner Zufall gewesen sein.«

Hella legte ein Plastikröhrchen vor ihm auf den Tisch. »Wir brauchen von Ihnen eine DNA-Probe. Sie kennen das sicher aus dem …«

Jakobs schob das Röhrchen zurück. »Das geht jetzt wirklich zu weit.« Er stand auf. »Wenn es sonst keine Fragen mehr gibt.«

»Ihre Entscheidung!«, sagte Hella und fixierte ihn.

Wortlos verließ Jakobs den Raum. Lars schloss die Tür hinter ihm und setzte sich zurück an seinen Schreibtisch. »Manche Menschen meinen wirklich, sie stünden außerhalb des Gesetzes. Herr Jakobs hat sich soeben auf die erste Position meiner Liste der Tatverdächtigen katapultiert. Herzlichen Glückwunsch, kann ich da nur zu sagen.«

Hella zog die Augenbrauen hoch. »Bevor wir den wiedersehen werden, haben wir noch eine Menge Arbeit vor uns.«

»Abwarten! Ich habe schon Pferde kotzen sehen.« Er notierte sich etwas in sein Heft. »Willst du die beiden anderen Kandidaten auch noch einmal befragen?«

»Nein, das macht im Moment keinen Sinn. Wir brauchen mehr Fakten, ansonsten haben wir da keine Chance. Die DNA-Probe von Jakobs bekommen wir schon noch. Ich wollte nur sehen, wie er darauf reagiert. Jetzt warten wir erst mal ab, ob es überhaupt Vergleichsmaterial gibt. Dann sehen wir weiter.«

Lars nickte und konzentrierte sich wieder auf die Auswertung von Maike Rosemeyers Laptop, während Hella zu der Homepage zurückkehrte. Sie hatte kurz vor Eintreffen von Jakobs einen Gästebuchbereich entdeckt, in dem es mehrere hundert Einträge gab. Sie scrollte sich durch die Postings und überflog sie. Beim fünfundachtzigsten Eintrag stoppte sie und las die Nachricht eines ehemaligen Lehrers, der sich lobend über die Internetseite äußerte und sein Bedauern darüber aussprach, dass das Internat seinerzeit aufgrund finanzieller Schwierigkeiten so abrupt geschlossen werden musste. Hella schrieb sich seinen Namen und die eingetragene E-Mail-Adresse auf und suchte unter dem Menüpunkt »Inselalltag« nach dem Namen des Lehrers. Schließlich fand Hella ein Foto, auf dem ein Mann, den sie auf Anfang vierzig schätzte, abgelichtet war und der im Untertitel als Vertrauenslehrer Dieter Langewohl bezeichnet wurde. Sie suchte weiter, fand aber keinen Eintrag, der ihr einen Hinweis gegeben hätte, in welcher Stadt dieser Herr momentan lebte. Nach ihrer Berechnung musste der ehemalige Lehrer heute fast achtzig Jahre alt sein. Sie öffnete ihren Mailaccount und schrieb Langewohl eine Nachricht, in der sie ihn bat, sich bei ihr zu melden.

»Hast du noch was gefunden?«, fragte Hella Lars.

»Einiges, aber gib mir noch eine halbe Stunde, dann bekommst du einen Zwischenbericht.«

Sie stand auf und murmelte: »Ich lege eine kurze Pause ein.«

Hella schlenderte eine Weile durch die belebten Straßen, die am Sonntag zusätzlich durch eine beträchtliche Anzahl von Tagesgästen bevölkert waren. Sie kaufte sich eine Tüte Pommes frites, mit der sie sich auf eine Holzbank in Sichtweite des Museumsschiffes, einem ausgedienten Rettungsboot, setzte. An ihr vorbei liefen Scharen von Urlaubern, die sich auf dem Weg zum Strand befanden. Viele zogen einen Bollerwagen hinter sich her, in dem kleinere Kinder saßen oder die Strandutensilien transportiert wurden. Die Stimmung war trotz der zahlreichen Menschen gelassen und friedlich. Dass die Insel autofrei war, tat ein Übriges für den ruhigen Gesamteindruck.

Hella entsorgte die leere Tüte im Abfalleimer und machte sich auf den Weg zurück zum Polizeirevier. Auf halbem Weg rief sie Leon an, der das Gespräch direkt entgegennahm.

»Pause oder noch nicht im Einsatz?«, fragte sie.

»Pause! Meine Schüler hatten Hunger. Alles gut bei dir?«

»Außer dass ich mich auf der falschen Insel aufhalte, ist alles in Ordnung.«

»Sicher? Du hast schon gestern Abend so angespannt geklungen.«

»Mach dir keine Sorgen um mich. Ich komm schon klar.«

»Erzählst du's mir heute Abend?«

Hella wurde warm ums Herz. Auch wenn sie es eigentlich nicht mochte, so durchschaubar zu sein, machte sie bei Leon eine Ausnahme. Er hörte schon am Klang ihrer Stimme, wie es um ihre Gemütsverfassung bestellt war, und wenn sie voreinander standen, konnte sie ihm noch weniger etwas vormachen. Sie musste unwillkürlich schmunzeln über den Begriff »Gemütsverfassung«. Ihre Großmutter Meta hätte dieses Wort benutzt. Hella vermisste sie schmerzlich. Was hätte sie ihr geraten? Leon zu bitten, bei ihr zu bleiben? Nein, Metas Mann war Fischer gewesen, genau wie sein Vater und Großvater. Das waren Menschen, die tagtäglich mit den Naturgewalten lebten und vor allem die Freiheit mehr als alles andere liebten. Diese Menschen kannst du nicht festhalten, hatte Meta ihr mehr als einmal gesagt und dabei vielsagend gelächelt.

»Ja, ich erzähle es dir heute Abend«, versprach Hella.

»Schreibst du mir, wenn du auf der Fähre bist?«

»Ja.« Leon war der erste Mann in ihrem Leben, der sich offen Sorgen um sie machte. Jedes Mal, wenn sie ihre Waffe mit nach Hause brachte, bemerkte sie seinen ängstlichen Blick und erriet seine Gedanken. Sie wusste, dass er nicht ruhig schlafen konnte, wenn sie sich nicht am Abend noch einmal bei ihm gemeldet hatte. Selbst die Überfahrt zum Festland schien für ihn etwas Bedrohliches zu haben. Dabei war er derjenige, der in den Monaten außerhalb von Deutschland beim Surfen hohe Risiken einging. Würde sie ruhig schlafen können, wenn er sich auf Hawaii in haushohe Wellen stürzte?

»Ich liebe dich«, flüsterte er. »Pass auf dich auf.«

Hella stellte Lars einen Latte macchiato, den sie aus einer Bäckerei mitgebracht hatte, auf den Tisch.

»Danke!«

»Was macht der Laptop?«

»Ich arbeite gerade noch an der PowerPoint-Präsentation, mit der ich dir das Ergebnis meiner mühsamen Arbeit …«

Hella lachte. »Schon gut. Ich höre zu!«

»Na gut, dann eben auf die einfache Art.« Er grinste und klappte den Laptop zu. »Die Dame war sehr umtriebig und hatte sich ein beeindruckendes Netzwerk geschaffen. In vielen der Mails wird sie geduzt und zum Teil sehr persönlich angesprochen, obwohl es sich eindeutig um geschäftliche Korrespondenz handelt.«

»Du hast eine bestimmte Vermutung?«

»Ich weiß, mit solchen Gedanken muss man vorsichtig sein. Aber liegt es nicht nahe, dass hin und wieder auch sehr persönliche Kontakte ihr Geschäftsleben bereichert haben?«

»Nett ausgedrückt«, meinte Hella schmunzelnd. »Und ja, wir sollten tatsächlich vorsichtig sein mit vorschnellen Behauptungen. Ihr Privatleben geht uns nichts an, es sei denn, es ist relevant für unsere Ermittlungen.«

»Okay, dann stelle ich das mal hintenan. Ich habe aber eine Liste ihrer Geschäftspartner und Freunde erstellt mit jeweiligem Mailkontakt. Sie ist noch nicht vollständig, weil ich erst die letzten vier Wochen durchsucht habe.«

»Klingt doch gut. Gab es denn eine Person, die dir besonders aufgefallen ist?«

»Reinhard Glaser, er arbeitet beim Tourismusservice Langeoog. Das ist ein Eigenbetrieb der Gemeinde. Wahrscheinlich eine Art Kurverwaltung, vermute ich mal. Die Mails sind vorsichtig formuliert, aber meiner Meinung nach lassen sie darauf schließen, dass er für Maike Rosemeyer so was wie ein Tippgeber war. Auf jeden Fall scheinen sie ein herzliches Verhältnis zueinander gehabt zu haben.«

»›Tippgeber‹? Als Angestellter oder gar Beamter der Gemeinde? Hast du handfeste Beweise?«

»Gerichtsverwertbar wohl kaum. Indizien ja. Wie gesagt, ich vermute es anhand der Mails, die ich gelesen habe. Brisante Infos würde man ja auch kaum per Mail schicken, sondern nur unter vier Augen weitergeben.«

»Okay, wir werden ihn für eine Befragung vormerken«, sagte Hella. »Was hast du weiter?«

»Ich habe über die letzten vier Wochen hinaus nach Maikes vier Gästen gesucht. Sie hat sie per Mail eingeladen, eine Woche Langeoog mit allem Drum und Dran. Danach war erst mal ein bis zwei Wochen Funkstille. Zumindest beim Mailverkehr. Als

Erste hat dann Christina Altenberg zugesagt, danach Bettina Voß und eine Weile später die beiden Männer. Nach übergroßer Freude sieht das nicht gerade aus. Oder würdest du dir so lange mit deiner Entscheidung Zeit lassen, wenn dich eine alte Schulfreundin so zuvorkommend einlädt?«

»Ich würde direkt anrufen und mich erst mal bedanken. Wenn ich dann nicht direkt zusagen könnte – weil ich Urlaub nehmen oder mich familientechnisch absichern müsste –, würde ich das ankündigen und mich später melden.«

»Eben! Die vier scheinen sich tatsächlich per Mail angemeldet zu haben. Zumindest gibt es keinen Hinweis darauf, dass einer von ihnen mit Maike Rosemeyer telefoniert hat. Ich habe aber die Telefonlisten angefordert. Vielleicht finde ich ja da was.«

Hella nickte. »Die Suche nach der Stecknadel. Hast du noch etwas gefunden?« Sie wusste, dass Lars gern die wichtigste Information am Schluss preisgab.

»Der Browserverlauf war gut nachzuverfolgen. Drei Themen waren ihr wohl in der letzten Zeit wichtig: Vergewaltigung und die rechtlichen Konsequenzen, wie zum Beispiel die Verjährung. Dann hat sie sich über Ehescheidungen informiert. Das war wohl mehr pauschal. In aller Regel geht man ja auch schnell zu einem Anwalt, der einen individuell beraten kann. Und der letzte Punkt ist das Beamtenrecht, Bestechung, Vorteilsnahme und so weiter. Das waren auch mehrere Seiten, die sie interessiert haben. Ansonsten das Übliche: ein paar Presse- und Modeseiten und einige Onlineshops. Zu guter Letzt kommt noch die Internatshomepage, die du dir heute auch angeschaut hast. Die hat sie in den letzten Wochen fast jeden Tag besucht.«

»Merkwürdige Mischung«, meinte Hella nachdenklich. »Da kann man ja einiges hineininterpretieren.«

»Sehe ich auch so«, sagte Lars. »Aber bisher bin ich da noch nicht schlau draus geworden. Allerdings habe ich auch erst einen kleinen Teil des Laptops ausgewertet. Vielleicht finde ich ja noch eine Art Tagebuch.«

»Schön wär's. Aber ich fürchte, Maike Rosemeyer war dafür nicht der richtige Typ.« Sie sah auf die Uhr. »Eigentlich müsste sich die Rechtsmedizinerin schon längst gemeldet haben.«

Im gleichen Moment klingelte Hellas Handy. Sie warf einen Blick aufs Display und meinte: »Da ist sie ja, pünktlich wie die Eieruhr!«

11

»Guten Tag, Frau Dr. Wolters«, begrüßte Hella die Gerichtsmedizinerin aus Oldenburg.

»Guten Tag, Frau Hauptkommissarin. Tut mir leid, dass ich
erst jetzt anrufe, aber mein Assistent war nicht zu erreichen.
Und Sie wissen ja, allein darf ich nicht arbeiten. Vor fünf Minuten habe ich die Obduktion abgeschlossen.«

Sie machte eine Pause. Hella wartete, bis sie weitersprach.

»Das Wichtigste zuerst. Ich gehe von Fremdeinwirkung
mittels stumpfer Gewalt aus. Da wir in der Wunde Glassplit-
ter gefunden haben, ist eine Flasche die wahrscheinlichste
Variante. Es handelt sich um weißes Glas. Aber die Details
können Sie morgen im Obduktionsbericht lesen. Der mögliche
Todeszeitpunkt ist schwer zu ermitteln. Der Kollege, der vor
Ort hinzugerufen wurde, hat glücklicherweise die Temperatur
gemessen. Allerdings ist die Nordsee auch im August relativ
kalt und schwer zu berechnen. Auch von daher ist die Körper-
temperatur der Frau nur ein sehr vages Indiz. Wenn ich jetzt
andere Komponenten, die in einem solchen Fall einer Was-
serleiche relevant sind, berücksichtige, komme ich – aber das
ist mit Vorsicht zu genießen – auf einen möglichen Todeszeitpunkt von Donnerstagnacht elf Uhr bis Freitag früh um sechs.
Und bevor Sie nach einem enger gefassten Zeitrahmen fragen:
Schon mit dieser Angabe lehne ich mich weit aus dem Fenster.
Hätte die Leiche lediglich am Strand gelegen, wären die Angaben selbstverständlich präziser.« Sie holte hörbar Luft. »Wir
haben weiterhin Salzwasser in der Lunge gefunden.«

»Sie ist also ertrunken?«

»Ja, allerdings gehe ich im Moment davon aus, dass der
Schlag auch allein ausgereicht hätte, den Tod der Frau her-
beizuführen. Weiterhin habe ich festgestellt, dass sie einige
Stunden vor ihrem Tod Geschlechtsverkehr hatte. Sperma ja,
aber ob es für eine DNA-Bestimmung reicht, müssen wir ab-

warten. Der genaue Zeitpunkt des Verkehrs ist nicht präzise zu bestimmen, aber wenn Sie mich persönlich fragen, würde ich von bis zu sechs Stunden vor dem Tod ausgehen.« Sie hielt inne. »Definitiv nicht gerichtsverwertbar.«

»Das habe ich verstanden, Dr. Wolters. Vielen Dank, dass Sie trotzdem eine Prognose wagen.«

»Ich weiß ja, wie wichtig die Angaben für Ihre Ermittlungen sein können. Aber, wie gesagt …« Sie hielt kurz inne. »Abwehrspuren im klassischen Sinne haben wir nicht gefunden, allerdings haben wir DNA-Material unter den Fingernägeln sichergestellt.«

»Was nicht direkt zusammenpasst.«

»Richtig. Entweder kam es vorher zu einem Kampf, oder die Spuren haben eine andere Ursache, die dann unter Umständen mit dem Geschlechtsverkehr in Zusammenhang steht. Aber da bin ich schon tief in Ihrem Arbeitsbereich, Frau Hauptkommissarin.«

»Würde es nicht Abwehrspuren geben, wenn es vor der eigentlichen Tat zu handgreiflichen Auseinandersetzungen gekommen wäre?«

»Ach, wissen Sie, in der Fachliteratur findet man die unwahrscheinlichsten Kombinationen. Ich weiß, das hilft Ihnen jetzt überhaupt nicht weiter. Also gut, ich würde an Ihrer Stelle auch von der wahrscheinlichsten Annahme ausgehen. Wenn eine körperliche Auseinandersetzung stattgefunden hat, sollten sich in aller Regel mehr Hinweise finden. Unter Umständen hat allerdings die lange Liegezeit im Wasser auch mögliche Abwehrspuren unbrauchbar gemacht.«

»Danke. Haben Sie noch mehr? War Maike Rosemeyer eventuell krank?«

»Wie kommen Sie darauf? Haben Sie konkrete Hinweise?«

»Nein«, antwortete Hella. Sie hatte die Frage aus dem Gesprächsverlauf gestellt, ohne sich zuvor Gedanken darüber gemacht zu haben.

»Bisher habe ich noch nichts Relevantes entdecken können, aber die Laboruntersuchungen stehen natürlich noch aus. Ich werde Sie sofort informieren, falls wir etwas finden.«

»Vielen Dank für den Anruf«, sagte Hella und verabschiedete sich von der Gerichtsmedizinerin.

Lars klappte den Laptop zu. »Und?«

»Sie ist ertrunken, wäre aber wahrscheinlich auch an dem Schlag, der vermutlich mit einer Flasche ausgeführt wurde, gestorben. Wenige Stunden vorher war sie mit einem Mann zusammen. Dr. Wolters hat keine offensichtlichen Abwehrspuren entdeckt, aber DNA-Material unter den Fingernägeln. Wir beide haben mal vermutet, dass das von dem Mann, mit dem sie Sex hatte, stammen könnte.«

»Ertrunken! Schrecklicher Tod. Da kann man nur hoffen, dass sie davon nicht mehr so viel mitbekommen hat.« Er stand auf. »Ich habe uns für halb drei bei der Mutter von Frau Rosemeyer angemeldet. Wir können eigentlich schon losgehen.«

Ingrid Buschmann wohnte in einem weiß verputzten Neubau mit vier Parteien. Schon von außen war zu sehen, dass die Wohnungen einen hohen Standard hatten. Das Haus hatte einen gepflegten Vorgarten, der mit Sträuchern, Büschen und Stauden ansprechend gestaltet war. Von Dirk Rosemeyer hatte Hella erfahren, dass es sich um eine Eigentumswohnung handelte.

Unmittelbar auf ihr Klingeln hörten sie das Summen des Türöffners. Sie traten ein und stiegen die Treppe zum ersten Stock hinauf. Frau Buschmanns Gesicht war blass, und ihren Augen sah man an, dass sie geweint hatte. Wortlos trat sie zur Seite und bat die Kommissare mit einer Handbewegung herein.

Im Wohnzimmer bot sie ihnen Platz an und fragte, ob sie etwas trinken wollten. Hella verneinte und wartete, bis Frau Buschmann sich zu ihnen gesetzt hatte.

»Wir haben jetzt Gewissheit, dass Ihre Tochter durch Fremdeinwirkung zu Tode kam«, begann Hella.

»Fremdeinwirkung?«, fragte sie tonlos. »Wollen Sie mir damit sagen, dass sie ermordet wurde?«

»Ja, Frau Buschmann, davon gehen wir aus«, sagte Lars ernst.

»Warum sollte das jemand tun?«

»Das wissen wir noch nicht«, meinte Hella und ließ der älteren Frau einen Moment Zeit, bevor sie ihre erste Frage stellte. »Gab es in den letzten Wochen oder Monaten etwas Besonderes in Bezug auf Ihre Tochter?«

»Was meinen Sie damit?« Ingrid Buschmann sprach leise und langsam.

»War etwas anders als normalerweise? War Ihre Tochter häufiger auf dem Festland? Hat sie Ihnen erzählt, dass sie mit jemandem Probleme hatte? War sie nervöser und unruhiger als normal?«

»Fragen Sie das bitte meinen Schwiegersohn. Ich kann Ihnen dazu nichts sagen.« Sie schloss für einen Moment die Augen. »Maike war wie immer.«

»Sie hat vier ehemalige Schulfreunde eingeladen. Haben Sie mit ihr darüber gesprochen?«, fragte Hella weiter.

»Sie hat mir das erzählt. Die waren alle auf dem Internat, das es ja schon lange nicht mehr gibt.«

Lars räusperte sich. »Wissen Sie, warum sie die vier eingeladen hat?«

»Das habe ich sie auch gefragt.«

Als Ingrid Buschmann nicht weitersprach, fragte Hella: »Und was hat sie geantwortet?«

Sie sah auf und atmete tief durch. »Dass das alles schon seinen Sinn habe, hat sie mir gesagt. So war Maike. Richtige Erklärungen habe ich selten von ihr bekommen.« Sie schluckte und wiederholte: »Das hat schon alles seinen Sinn.«

»War Ihre Tochter während der Schulzeit gut mit den vieren befreundet?«

»Das weiß ich nicht. Maike war schon damals sehr verschlossen. Sie hat nie Freunde mit nach Hause gebracht.«

»Was hat Ihre Tochter nach dem Abitur gemacht? Wir wissen nur, dass sie nicht studiert hat.«

Ingrid Buschmann seufzte. »Eigentlich wollte sie studieren, aber dann … Von heute auf morgen ist sie aufs Festland gegangen und hat in Oldenburg eine Lehre begonnen. Immobilienkauffrau. Sie ist erst nach ein paar Jahren zurück auf die Insel gekommen.«

»Sie hat Ihnen nie erzählt, warum sie sich gegen ein Studium entschieden hat?«, fragte Lars. »War es vor dreißig Jahren nicht üblich, mit einem halbwegs guten Abiturzeugnis zu studieren?«

»Junger Mann, ich würde es Ihnen ja erzählen, aber ich weiß es wirklich nicht. Sie war in dieser Zeit nur ganz selten auf der Insel, und wenn sie da war, hat sie kaum etwas von sich erzählt.«

»Hatte Maike damals einen Freund?«, stellte Hella die nächste Frage.

»Vorgestellt hat sie mir keinen, und Dirk hat sie auch erst später kennengelernt.« Sie hielt kurz inne und sah Hella fragend an. »Ich verstehe nicht, warum Sie das alles fragen.«

»Wir müssen uns ein Bild von Ihrer Tochter machen«, antwortete Lars ruhig. »Dafür müssen wir viele Fragen stellen.«

Ingrid Buschmann schien sich mit der Antwort zufriedenzugeben. »Was wollen Sie noch wissen?«

»Noch einmal zu den letzten Wochen«, sagte Hella. »Sie sagten schon, dass es nichts Besonderes gegeben hatte. Es kann auch sein, dass es nur eine Kleinigkeit ist, die anders war als sonst.«

»Eigentlich nichts. Außer …« Sie schien zu überlegen. »Vielleicht war Maike doch häufiger auf dem Festland. Das kann sein. Ich weiß aber nicht, warum.« Sie stockte. »Wann können wir meine Tochter beerdigen?«

»Die Obduktion hat heute schon stattgefunden. Ich hoffe, dass Ihre Tochter morgen zurück nach Langeoog gebracht werden kann.«

Ingrid Buschmann nickte gedankenversunken.

Hella stand auf, Lars folgte ihr. Erst als Hella sich räusperte, sah Ingrid Buschmann auf. »Bleiben Sie ruhig sitzen, Frau Buschmann. Wir finden allein den Weg.«

Als die Kommissare die Treppe hinuntergingen, hörten sie den Türöffner summen und gleich darauf Schritte im Erdgeschoss. Hella erstarrte, als sie eine dunkle Männerstimme fragen hörte, ob sie den Aufzug nehmen sollten. Eine Frauenstimme antwortete. »Lass uns ruhig gehen.« Im nächsten Augenblick sah Hella Alexander um die Ecke biegen. Er blieb erstaunt stehen. »Hella? Was machst du ...« Er schluckte, als sein Blick auf ihre Waffe fiel. »Warst du ... wart ihr bei Ingrid? Wegen Maike?«

»Das ist richtig, Herr von Bohlen«, antwortete Lars geistesgegenwärtig. »Wir ermitteln im Todesfall Maike Rosemeyer.«

Inzwischen war die Frau, die einen Säugling auf dem Arm hielt, neben Alexander von Bohlen getreten. »Was bedeutet das?«, fragte sie und schaute zwischen den Kommissaren und ihrem Mann hin und her.

»Hella Brandt, Kriminalpolizei Wittmund«, fand Hella ihre Stimme wieder. »Ihre Halbschwester ist Opfer eines Tötungsdelikts geworden.«

Alexanders Frau starrte Hella an. »Maike ist ... ermordet worden?«

Lars reichte ihr eine Visitenkarte. »Ja, davon müssen wir im Moment ausgehen. Wahrscheinlich wollen Sie jetzt erst mal zu Ihrer Mutter. Wir haben Sie gerade befragt. Wie lange werden Sie auf Langeoog bleiben? Vermutlich haben wir auch noch ein paar Fragen an Sie.«

»Bis morgen«, antwortete Alexander von Bohlen für seine Frau.

»Gut. Wir haben Ihre Oldenburger Nummer und werden uns dann bei Ihnen melden.«

Als Lars eine Treppenstufe nach unten ging, machten die beiden Neuankömmlinge Platz und ließen ihn und Hella durch. Hella nickte Alexander zu und verabschiedete sich von seiner Frau.

Erst als sie sich einige Meter vom Haus entfernt hatten, blieb Hella stehen und atmete tief durch. »Danke, Lars.«

»Kein Thema. Ist doch alles gut verlaufen, würde ich mal sagen. Auf zu Dirk Rosemeyer?«

Dirk Rosemeyer öffnete die Tür.

»Guten Tag, Herr Rosemeyer«, begrüßte Lars ihn.

»Guten Tag«, murmelte Rosemeyer und ließ die Kommissare ins Haus. »Wir können in den Garten gehen. Ich halte es im Moment im Haus nicht aus.«

Rosemeyer bot ihnen einen Platz an einem großen, massiven Tisch aus Teakholz an und setzte sich zu ihnen.

»Wir wissen inzwischen, dass Ihre Frau einem Verbrechen zum Opfer gefallen ist«, begann Hella.

»Meine Schwiegermutter hat mich, kurz bevor Sie gekommen sind, angerufen und mir davon erzählt.« Seine Stimme klang, als habe er starke Beruhigungsmittel genommen. Er sprach leise und wenig akzentuiert.

»Wir haben noch ein paar Fragen an Sie. Kennen Sie die vier Gäste, die Ihre Frau im Ferienhaus beherbergt hat?«

»Nein, nur vom Namen.«

»Es war also keine dieser Personen in den letzten Jahren hier zu Besuch?«

»Davon weiß ich zumindest nichts.«

»Hatte Ihre Frau in den letzten Jahren Kontakt zu einer der Personen?«

Dirk Rosemeyer zuckte mit den Schultern. »Ich kann Ihnen dazu nicht viel sagen. Soweit ich weiß, war das das erste Treffen seit der Schulzeit.«

»Hat Ihre Frau ein Testament gemacht?«

Dirk Rosemeyer schaute misstrauisch auf. »Wir haben keinen Ehevertrag und ein gegenseitiges Testament. Ganz normal, wie fast alle das machen.«

»Liegen die Unterlagen bei einem Notar?«

»Nein, ich habe sie hier im Haus.«

»Wir brauchen davon eine Kopie. Haben Sie einen Kop…«

»Ja, ich fertige Ihnen gleich eine an.« Dirk Rosemeyer stand auf, aber Hella bat ihn, sitzen zu bleiben und die Kopie später zu machen.

»Wir haben Sie beim letzten Mal gefragt, ob in den letzten Wochen oder Monaten etwas Besonderes vorgefallen ist. Haben Sie darüber noch einmal nachgedacht? Ihre Schwiegermutter sagte uns, dass Ihre Frau vermehrt auf dem Festland war. Ist das richtig?«

»Mag sein. Ich habe nicht darüber Buch geführt.«

»Wissen Sie, welche Termine sie dort hatte?«, fragte Hella weiter.

»Das Übliche, vermute ich mal. Geschäftstreffen und so was.«

Hella gab ihm Zeit, über ihre Frage nachzudenken.

Er hob entschuldigend die Hände. »Ich weiß es wirklich nicht genau. Tut mir leid.«

»Waren Sie bei der Bewerbung um die Vermarktung des Bauprojektes am Deichweg beteiligt?«

Er schüttelte den Kopf. »Das war alles Maikes Bereich. Damit hatte ich nichts zu tun. Warum wollen Sie das wissen?«

»Wir haben mit Hagen und Lukas Kramer darüber gesprochen«, warf Lars ein. »Sie hatten sich auch Hoffnung auf den Vertrag gemacht.«

Dirk Rosemeyer verzog sein Gesicht. »Das sind zwei widerliche Typen, die uns seit Jahren das Leben schwer machen. Hat einer von ihnen Maike umgebracht? Wegen diesem verdammten Bauprojekt?«

»Über laufende Ermittlungen können wir nicht reden«, mischte sich Hella wieder ein. »Hat einer der Brüder Ihre Frau bedroht?«

Dirk Rosemeyers Miene verfinsterte sich. »Klar! Lukas Kramer. Sie wollte ihn schon verklagen. Diese kleine fiese Ratte hat Maike aufgelauert. In der Nacht.«

»Wann war das?«, hakte Hella nach.

»Vor ein paar Wochen. Zwei oder drei. Maike war länger unterwegs gewesen. Es muss schon nach Mitternacht gewesen sein.«

»Was genau ist passiert?«

»Ich war ja nicht dabei, und Maike hat solche Sachen nie so richtig ernst genommen. Sie hat mir erst am nächsten Abend davon erzählt. So nebenbei. Und dann habe ich nachgefragt.

Natürlich habe ich das. Ich war wütend und hatte Angst um meine Frau.«

»Was wollte Lukas Kramer von Ihrer Frau?«

»Sie einschüchtern!« Dirk Rosemeyer saß inzwischen mit durchgebogenem Rücken auf dem Stuhl und sprach lauter als notwendig. Es schien, als habe ihm die Erinnerung an den Vorfall neue Kraft eingehaucht. Mit wutentbranntem Gesicht meinte er: »Sie sollte die Bewerbung zurückziehen. Ansonsten würde er ...« Rosemeyer schluckte und sackte regelrecht in sich zusammen. »Ich weiß nicht genau, was er gesagt hat. Aber er hat ihr gedroht.«

»Ihre Frau war aber nicht beunruhigt?«, fragte Lars.

Dirk Rosemeyer zögerte, zuckte schließlich mit den Achseln und meinte: »Nein, nicht so richtig, glaube ich.«

»Wie wird es jetzt mit dem Projekt weitergehen?«, fragte Hella, die bemerkt hatte, dass die Kraft des Mannes schwand und sie die Befragung bald abbrechen mussten.

»Darüber habe ich noch nicht nachgedacht. Ich muss mit unserem Anwalt sprechen.« Er atmete flach. »Ich weiß wirklich nicht, wie es weitergehen soll ...«

Hella gab Lars ein Zeichen und stand auf. »Vielen Dank, Herr Rosemeyer. Falls wir noch Fragen haben, melden wir uns bei Ihnen.«

»Ich habe das Gefühl, wir drehen uns im Kreis«, sagte Lars, als sie die Straße hinuntergingen. »Brechen wir für heute ab?« Er sah auf die Uhr. »Wir könnten noch die Fähre um vier schaffen.«

»Okay! Lass uns kurz noch bei Kollege Marxen vorbeigehen. Das liegt ohnehin fast auf der Strecke.«

Sie liefen schweigend nebeneinander her, bis sie in die Straße An der Kaapdüne einbogen. Schon aus der Entfernung bemerkte Hella, wer dort vor dem Haus auf sie wartete.

12

»Ich komme schon allein zurecht«, sagte Hella zu Lars, der ebenfalls stehen geblieben war, als er Alexander von Bohlen bemerkt hatte. »Wenn es länger dauert, nehme ich die nächste Fähre.«

Lars nickte. »Um halb sechs fährt noch eine und zwei Stunden später dann die letzte.«

»Okay.« Hella setzte sich wieder in Bewegung. Im Grunde genommen war ihr schon bei der ersten Begegnung mit Alexander an diesem Tag klar geworden, dass es nicht die letzte sein würde. Alexander war nie einem Gespräch ausgewichen, im Gegenteil, er hatte jede Chance genutzt, um seine Sicht der Dinge deutlich zu machen.

Die letzten Meter kam er auf sie zu, lächelte und sagte: »Kann ich dich sprechen?«

Hella nickte Lars zu, der daraufhin zum Abschied winkte und weiterging.

»Worum geht es?«, fragte Hella und bemühte sich dabei um einen sachlichen Tonfall.

»Hier auf der Straße?«

Sie zeigte auf das Haus, in dem die Polizeiwache untergebracht war. »Wir können auch reingehen.«

»Wollen wir nicht einfach ein paar Meter laufen?«

Ohne zu antworten, wandte sich Hella um und ging den Weg zurück. Alexander bemühte sich, mit ihr Schritt zu halten. Beim Wasserturm bog sie in Richtung Strand ab und wurde langsamer.

»Was kann ich für dich tun, Alexander?«

»So formal?« Er zuckte mit den Schultern, als er ihren Blick bemerkte. »Okay. Aus Marens Mutter war nicht viel herauszubekommen. Ist Maike tatsächlich ermordet worden?«

»Sonst würde ich wohl kaum den zweiten Tag hier auf Langeoog ermitteln«, antwortete Hella und ärgerte sich, nicht souveräner mit der Situation umgehen zu können.

»Gibt es denn schon einen Verdächtigen?«

Hella blieb stehen und sah Alexander zum ersten Mal direkt in die Augen. »Erwartest du jetzt darauf wirklich eine Antwort?«

»Hat Maikes Mann etwas mit der Sache zu tun?«, fragte Alexander unbeirrt weiter.

»Wieso vermutest du das?«

»Sie haben sehr viel gestritten, und Maike hat Maren beim letzten Telefongespräch erzählt, dass sie sich scheiden lassen will.«

»Wann war das?«

»Das war kurz nach der Geburt von ...« Er stutzte. »Also vor etwas mehr als drei Wochen.«

»Ist dein Schwager auch handgreiflich geworden?«, fragte Hella, die Alexanders Fragen hatten aufhorchen lassen.

Alexander stöhnte leise. »Ich will Dirk nicht belasten, aber Maren ist davon überzeugt, dass er sie mehrfach geschlagen hat und dass Maike zu stolz war, um das öffentlich zu machen.«

»Ist die Immobilienfirma nur auf den Namen von Maike Rosemeyer eingetragen?«

»Soweit ich weiß, ja. Ich glaube auch kaum, dass Maike Dirk da ohne Not größere Zugriffsrechte gegeben hätte.«

»Das heißt, Dirk Rosemeyer wäre im Falle einer Scheidung vor dem Nichts gestanden?«

»Sie sind ja schon eine Weile verheiratet, und ich gehe nicht davon aus, dass sie einen Ehevertrag gehabt haben. Also hätte Dirk bei einer Scheidung auch auf eine gewisse Summe Anrecht gehabt. Wie viel das gewesen wäre, weiß ich natürlich nicht.«

»Okay. Zu deiner Information: Dein Schwager war zur Tatzeit nicht auf der Insel, sondern ist erst am nächsten Tag zurückgekommen.«

»Ist das absolut sicher?«

»Mehr kann ich dir dazu nicht sagen. Eigentlich hätte ich dir nicht mal das verraten dürfen.«

»Ich würde das an deiner Stelle gründlich überprüfen. Ich persönlich traue Dirk keinen Meter über den Weg. Und bevor du fragst, das ist nur mein persönlicher Eindruck. Mehr weiß ich nicht und Maren auch nicht.«

»Gut, ich werde ein Protokoll schreiben, und du wirst es dann unterschreiben müssen. Das kannst du dann in Oldenburg machen.«

Alexander nickte. »Ist gut.« Er reichte ihr eine Visitenkarte. »Meine neue Handynummer und auch das Festnetz.«

Als Hella sich gerade abwenden wollte, um zurück zur Polizeistation zu gehen, berührte Alexander sie an der Schulter und fragte: »Wie geht es dir?«

Hella drehte sich wieder zu ihm um. »Wieso fragst du?«

»Weil es mich interessiert. Unsere … Trennung verlief ziemlich abrupt. Immerhin waren wir über vier Jahre zusammen und …« Er stockte und schien vergessen zu haben, was er sagen wollte.

»Mir geht es sehr gut in Ostfriesland.« In Gedanken fügte sie hinzu: Auf unsere heutige Begegnung hätte ich allerdings durchaus verzichten können.

»Ich fand es schade, dass wir uns nie ausgesprochen haben.«

Hella spürte, wie die Wut langsam in ihr hochkroch. Wenn sie etwas hasste, dann war es Heuchelei. »Wann genau hast du Maren doch gleich kennengelernt? Wieso hast du mir nie von ihr erzählt? Sie scheint doch sehr nett zu sein.«

Alexander schluckte. »Das ist jetzt … Ja, ich kenne Maren schon aus der Zeit, als wir noch zusammen waren. Was aber nicht heißt, dass wir … Das ist erst viel später passiert.«

»Was genau? Die Zeugung deines Kindes – oder wovon sprichst du? Sei doch einmal ehrlich. Ich habe mich immer wieder gefragt, was mich wirklich gekränkt hat: Dass du mich betrogen hast oder dass du nicht ehrlich zu mir warst und dazu – was immer es gewesen sein mag – gestanden hast. Ich glaube, es ist eindeutig Zweiteres.«

»Unsere Beziehung war doch längst …«

»Was genau?«, fiel ihm Hella ins Wort. »Defekt, beschädigt, kaputt? Okay, ich wollte zu dem Zeitpunkt keine Familie gründen, Kinder bekommen und ein Haus bauen. Mag sein, dass das für dich ein Ausschlusskriterium war, aber warum hast du es nicht offen gesagt? Und jetzt stehst du hier vor mir und faselst was von ›Oh, wie schade, dass wir uns nicht ausgesprochen haben‹.«

Alexander wich etwas zurück und schien von Hellas klaren Worten getroffen zu sein. »Auch wenn das eine Binsenweisheit ist, aber zu einer Beziehung gehören immer zwei.« Er sprach leise und eindringlich. »Okay, wir haben es nicht geschafft, und auch ich war daran beteiligt, dass unsere Beziehung letztendlich in die Brüche gegangen ist. Meinetwegen entscheide selbst, was du dazu beigetragen hast. Unbeteiligt warst du bestimmt nicht. Das ist schlichtweg unmöglich. Für dich und auch für jede andere Person in einer Beziehung.«

Er wandte sich abrupt ab und lief mit schnellen Schritten den Strandweg in Richtung Dorf entlang. Hella sah ihm hinterher, bis er zwischen den ersten Häusern verschwand. »Blödmann«, rief sie halblaut und ging langsam zurück.

Lars hatte sich schon auf den Weg zum Bahnhof gemacht, und Jan Marxen, der weiter die Stellung in der Polizeistation gehalten hatte, winkte ab, als Hella zum Bahnhof sprinten wollte. »Keine Chance, der Zug ist leider weg. Aber der nächste …«

»Ich weiß.« Hella legte ihre Tasche auf den Tisch und griff nach einem Stuhl in ihrer Nähe. »Kennen Sie eigentlich Reinhard Glaser vom Tourismusservice?«

»Ja, natürlich.«

»Ist er auch im Boßelverein?«

»Nicht dass ich wüsste. Er ist vor ein paar Jahren zugezogen, als er die Stelle hier bekommen hat. Wir kennen uns aber nur vom Sehen her.«

In diesem Moment machte sich Hellas Handy bemerkbar.

Sie entschuldigte sich bei ihrem Kollegen und nahm das Gespräch an.

»Hier ist Bettina Voß. Ich bin von unserer Gruppe sozusagen beauftragt worden, bei Ihnen nachzufragen, ob wir jetzt die Insel verlassen können. Wir würden gern morgen früh mit der Fähre um neun Uhr dreißig fahren. Ist das in Ordnung?«

»Hallo, Frau Voß. Im Moment spricht nichts dagegen. Fährt Herr Reiter auch mit?«

»Ja, wir alle. Dann gebe ich das so weiter.« Sie hielt kurz inne. »Wir haben auch beschlossen, gemeinsam zu Maikes Beerdigung zu kommen. Das sind wir ihr schuldig. Ihr Mann hat uns gesagt, dass vermutlich am Freitag oder Samstag ...« Sie brach ab.

»Danke für die Info und gute Fahrt«, sagte Hella und legte auf.

»Verlassen die vier die Insel?«, fragte Jan Marxen, als Hella sich ihm wieder zuwandte.

»Ja, morgen Vormittag. Aber noch einmal zurück zu Reinhard Glaser. Wir haben auf Maike Rosemeyers Laptop einige Korrespondenz gefunden, die darauf schließen lässt, dass die beiden sich sehr gut kannten und eventuell auch geschäftliche Informationen ausgetauscht haben.«

Jan Marxen zog scharf die Luft ein. »Das klingt jetzt aber nach ...« Er schien um Worte zu ringen.

»... nicht ganz so legalem Informationsaustausch. Sitzt Glaser denn auf einer Stelle, an der er über interessantes Wissen für Immobilienmakler herankommt?«

»Er ist stellvertretender Leiter. Da wird er vermutlich schon in Entscheidungsprozesse der Gemeinde mit einbezogen werden oder Kenntnis darüber haben.«

»Und wie schätzen Sie ihn ein? Als Mensch?«, fragte Hella.

»Wie gesagt, ich kenne ihn nicht persönlich. Wie ich gehört habe, ist er kein einfacher Typ.« Er zuckte mit den Schultern. »Aber wer ist das schon?«

»Können Sie sich für mich etwas umhören? Wenn ich dort in offizieller Mission auftauche, ist es mit der Gesprächigkeit der Menschen meist nicht weit her. Und im Moment haben wir auch keine nachweisbaren Indizien für ein Fehlverhalten.«

»Klar, das kann ich machen.« Er stand auf. »Wenn sonst nichts weiter ist, würde ich gern Feierabend machen. Meine Familie …«

»Kein Problem, Herr Kollege. Ich mache noch einen kleinen Spaziergang durch Langeoog und werde mich dann langsam in Richtung Bahnhof bewegen.« Sie hob ihre schon gepackte Tasche auf und verließ mit Jan Marxen das Gebäude.

Die ersten Meter gingen sie noch zusammen.

»Sie haben mit den Kramers gesprochen?«, fragte Marxen, ohne sich Hella zuzuwenden.

Hella zögerte einen Moment, entschied sich dann aber, ihrem Kollegen die bisherigen Ermittlungsergebnisse offenzulegen. »Lukas Kramer hat kein Alibi für die fragliche Zeit, seine Vorgeschichte spricht auch nicht unbedingt für ihn. Darüber hinaus hat er Maike Rosemeyer zumindest verbal bedroht, vielleicht auch mehr.«

Marxen blieb stehen. »Lukas ist manchmal etwas hitzköpfig, aber er ist sicher nicht gewalttätig.«

»Nicht oder nicht mehr?«, konterte Hella.

Der Inselpolizist fuhr sich mit der Hand durch die Haare. »Das waren kleine Jugendsünden, die man so oder so ähnlich bei vielen Teenagern findet.«

»In diesem Fall sind Sie Polizist, Ihre Freundschaft zu Hagen Kramer muss da hintanstehen. Ich kann mich doch darauf verlassen?«

»Natürlich«, antwortete Marxen leicht verschnupft. »Meine Einschätzung gerade war eine sehr persönliche. Ich denke, auch die sollte in einem solchen Fall Berücksichtigung finden. Dass ich Polizist bin, ist mir vollkommen klar. Wenn Lukas Kramer unter Verdacht steht, bin ich der Letzte, der ihn oder seinen Bruder schützen oder gar warnen wird.«

»Danke für die klaren Worte. Und natürlich ist Ihre persönliche Einschätzung für mich wichtig. Ich denke, wir können es dabei belassen?«

Jan Marxen nickte. Hella reichte ihm die Hand zum Abschied. »Ich informiere Sie morgen, wie es weitergeht. Vermutlich werden wir die Befragungen auf der Insel noch weiterführen müssen.«

»Ich werde hier sein. Sie erreichen mich vierundzwanzig Stunden unter meiner Handynummer«, sagte Jan Marxen.

Als sich ihre Wege trennten, sah Hella lange hinter ihrem Inselkollegen her. Sie konnte nachvollziehen, wie nahe ihm die Ermittlungen gingen. Er hatte Maike Rosemeyer persönlich gekannt und verkehrte auch mit ihrem Mann und ihrer Mutter. Gleichzeitig war er mit den Hauptkonkurrenten von Maike Rosemeyer befreundet. Sie konnte nur hoffen, dass sich Jan Marxen an die Vorschriften halten würde.

Bei einem kurzen Schwenk zu Hannahs Café verabschiedete sich Hella von ihrer Schulfreundin und versprach, sich bald wieder bei ihr zu melden.

Die Sonne hatte sich inzwischen hinter immer dunkler werdenden Wolken verzogen, der Wind blies kräftig. Hella hoffte, dass der Regen noch auf sich warten lassen würde, damit sie die Überfahrt auf dem Deck der Fähre verbringen konnte. Dem lauten und engen Trubel im Bauch des Schiffes konnte sie nichts abgewinnen und nahm lieber Wind und Wetter in Kauf.

Hella stellte sich an die Reling und beobachtete das Ablegemanöver. Leon hatte sie schon am Bahnhof eine Nachricht geschickt, die er kurz darauf beantwortete. Er war bereits in Neuharlingersiel angekommen und auf dem Weg nach Hause.

Als die Fähre den Hafen verließ, meldete sich ihr alter Kollege Holger Harms aus Oldenburg.

»Tut mir leid, dass ich dich jetzt erst anrufe, aber hier war heute gegen alle Erwartungen der Teufel los.«

»Kein Problem, Holger. Hast du was für mich?«

»Nicht viel, aber ich fang mal einfach an: Der Kandidat ist Lehrer am ›Alten Gymnasium‹, verheiratet und Vater von zwei Kindern. So weit sicherlich bekannt, wenn du ihn befragt hast.

In unseren Akten taucht er bis auf eine mehr oder weniger kleine Sache nicht auf, weder offiziell noch inoffiziell. Zumindest sagen das die Kollegen der anderen Abteilungen, bei denen ich mich über den kurzen Dienstweg informiert habe.«

»Kleine Sache?«

»Er ist von den Kollegen der Verkehrspolizei erwischt worden. Fahren unter Alkoholeinfluss. 0,8 Promille. Der Bußgeldbescheid ist raus, kann aber von ihm noch angefochten werden. Dazu kommt das Fahrverbot von einem Monat.«

»Für einen Oberstudienrat nicht gerade eine Vorzeigestrafe.«

»Solange es dabei bleibt. Er hat nämlich eine Bewerbung als Schulleiter laufen.«

»Interessant!«

»Wenn du das sagst!«

Hella sah Holger Harms' breites Grinsen vor ihrem geistigen Auge. Natürlich war ihm klar, dass die Information wichtig sein könnte.

»Dann habe ich mich auch noch privat informiert. Ein Kollege hat seine Kinder auf dieser Schule und ist gleichzeitig Elternsprecher. Also … absolut inoffiziell …«

»Ich höre!«

»Immer langsam mit den jungen Pferden, Frau Kollegin.« Hella horchte auf sein herzliches Lachen. »Nun gut, ich will es nicht so spannend machen: Der Kandidat ist an der Schule nicht unumstritten. Er hat wohl einen, wie unser Kollege meinte, sehr konservativen Ansatz und ist leicht bis mittelschwer cholerisch. Beides nicht so gute Voraussetzungen für die anvisierte Stelle. Das alles soll sich wohl verstärkt haben, nachdem ihn seine Frau verlassen hat – oder, wie man das heute nennt, sich eine Auszeit von ihm genommen hat.«

»Mir wurde gesagt, dass sie noch nicht lange getrennt sind?«

»Genaue Zeitangaben kann ich nicht machen, aber aus dem, was ich gehört habe, würde ich auf wenige Monate schätzen. Allerdings meinte mein Kollege, gehört zu haben, dass die beiden zum Psychologen rennen, um die Ehe wieder geradezubiegen.«

Hella kannte Holgers Abneigung gegen Psychologen und andere Berater in schwierigen Lebensfragen. Für ihn waren das Scharlatane, die nur aufs Geld aus waren.

»Also durchaus Hoffnung in Sicht«, meinte Hella und fügte in Gedanken hinzu: Noch ein Grund, sich keinen weiteren Fehltritt zu erlauben.

»Mag sein«, brummte Holger Harms. »Mehr habe ich in der Kürze nicht herausbekommen.«

»Du hast mir sehr geholfen, Holger. Falls du mal an der Küste in der Nähe von Bensersiel bist, sag Bescheid. Eine Tasse Kaffee steht immer für dich bereit.«

»Fein! Werde ich mir merken. Und du lass dich nicht von diesen wundersamen Inselbewohnern nerven. Immer schön cool bleiben!«

Hella lachte. »Danke für den Tipp!«

Sie verabschiedete sich und ließ das Handy in die Tasche gleiten. Cool bleiben, hatte Holger empfohlen. Sie ließ ihren Blick über die Nordsee streifen. War die Hinfahrt vollkommen ruhig gewesen, schwankte die Fähre jetzt spürbar. Hella zog tief die salzige Meeresluft ein und hielt ihren Kopf in den Wind. Ihre Haare wirbelten durcheinander, sie schloss die Augen und sah … Alexander.

Hatte sie bisher die Gedanken an ihre Begegnung erfolgreich verdrängt, kamen sie jetzt mit umso größerer Wucht zurück. Sie stöhnte leise und schüttelte sich, als wolle sie sich von den Erinnerungen befreien.

»Zu einer Beziehung gehören immer zwei«, das war für sie einfachste Küchenpsychologie. Feige Männer waren schlimmer als ein Krokodil in der eigenen Badewanne. Er hätte wissen müssen, wie allergisch Hella auf Betrug reagieren würde. Nicht das Fremdgehen hatte ihr wehgetan, sondern vor allem der Umstand, dass Alexander ganz offensichtlich zwei Beziehungen parallel geführt hatte.

Ja, sie hatte etwas geahnt und geschwiegen. Die Kriminalistin in ihr hatte versagt, als es um ihr eigenes Glück ging.

Warum hatte sie nicht gefragt? Hatte sie Angst vor der Antwort gehabt? Nein, eher noch vor der Frage nach der eigenen Schuld. Typisch weiblich. Natürlich hatte sie versagt, hatte den Mann nicht glücklich gemacht, sich geweigert, das Haus und die Kinder zu hüten. War es Selbstschutz gewesen, ein unbewusster Reflex? Oder hatte sie Alexander letztlich auch betrogen?

Wieso hatte er sie gedrängt, eine Familie zu gründen? War es auch ein Reflex gewesen, um sich aus der Beziehung zu befreien? Hatte er geahnt, wie sie reagieren würde, und es unbewusst sogar herbeigesehnt?

13

Hella verließ mit dem Schwall der Touristen die Fähre und wäre um ein Haar an Leon vorbeigelaufen, hätte dieser nicht im letzten Augenblick seine Arme gehoben und ihren Namen gerufen.

Er nahm sie in den Arm und drückte sie fest an sich. Eine gefühlte Ewigkeit ruhte ihr Kopf an seiner Schulter, während er zärtlich über ihre Haare strich.

»Ich dachte mir, ich hole dich lieber ab, bevor du auf die Idee kommst, zu Fuß zu gehen«, flüsterte er ihr ins Ohr.

»So wie du bei deinem ersten Besuch?«

»Da wusste ich nicht genau, wo du wohnst, und musste notgedrungen in den sauren Apfel beißen.« Leon küsste sie. »Wollen wir nach Hause? Ich fürchte, es regnet bald.«

»Nach Hause klingt gut«, antwortete Hella und hakte sich bei ihm unter.

Auf der kurzen Fahrt bis zur Kate hinter dem Deich schwiegen sie. Erst als Leon den Motor abstellte, warf er ihr einen sorgenvollen Blick zu. »Das waren zwei anstrengende Tage für dich.«

Sie nickte. »Lass uns reingehen. Ich habe einen Bärenhunger.«

Zwei Stunden später saß Hella auf dem großen Sofa neben Leon und trank einen Schluck aus ihrem Weinglas. Bei ihrer Rückkehr hatte Leon die vorbereitete Pizza in den Ofen gestellt. Spinat auf Frischkäse mit Gorgonzola überbacken. Dazu einen Salat aus Lollo Rosso, Rauke und Kirschtomaten, verfeinert mit gehobeltem Parmesan.

»Ich bin Alexander begegnet. Er ist mit der Halbschwester des Opfers verheiratet, die vor vier Wochen ein Kind von ihm bekommen hat.« Hella hatte leise und langsam gesprochen, als wenn sie den Text von einem Blatt abgelesen hätte.

Leon nickte.

»Zuerst bin ich fast mit ihm zusammengestoßen, als wir die Befragung der Mutter beendet hatten, und dann stand er später plötzlich vor der Polizeistation.«

Leon warf seiner Freundin einen fragenden Blick zu.

»Er hatte wohl den Auftrag der Familie, mir etwas zu sagen. Und dann fing er an mit persönlichem Kram ...« Sie schluckte. »Das Übliche halt. ›Wie schade, dass wir uns nicht ausgesprochen haben‹, und so weiter und so fort.«

Leon strich zärtlich über ihre Schulter. »Wie ging es dir dabei?«

»Das waren nur Worte. Ich habe ihm meine Meinung gesagt.«

Leon schwieg. Hella war bewusst seiner Frage ausgewichen, seufzte aber jetzt und sagte: »Das kam natürlich alles sehr unvorbereitet ...« Sie stockte.

»War es dir zu viel?«, wollte Leon wissen.

»Ja. Im ersten Moment war mir nach Weglaufen zumute, aber dann ... Alles gut.«

»Weglaufen wäre auch meine erste Reaktion gewesen«, meinte Leon. »Vielleicht hätte ich es sogar getan. Eigentlich bin ich nämlich ein ziemlicher Angsthase.«

Hella schmunzelte. »Wer soll das denn glauben?«

Leon beugte sich lächelnd vor und küsste sie. »Du.«

»Keine Chance.«

Leon wurde schlagartig ernst. »Weißt du, worüber ich seit Wochen nachdenke?«

»Nein«, antwortete Hella, obwohl sie ahnte, worauf Leon hinauswollte.

»Ich denke darüber nach, wo ich nach der Spiekeroog-Saison sein werde. Dabei hatte ich bisher noch nie den Mut, mir etwas anderes vorzustellen als die üblichen Ziele der letzten Jahre. Und wenn ich ehrlich wäre, würde ich vor mir selbst zugeben müssen, dass ich hierbleiben will. Hier ... bei dir. Hier in Deutschland. Aber ich habe nicht den Mut, das zu denken. Ist das etwa mutig?«

Hella schluckte. Leon hatte die Frage aufgeworfen, um die sie aus Angst vor der Antwort seit Wochen einen großen Bogen machte.

»Ich habe es eine ganze Weile geschafft«, fuhr Leon fort, »die Frage zu ignorieren und so zu tun, als wäre es selbstverständlich, dass ich gehe. Dabei wusste ich nach unserem ersten Treffen, dass das nicht so einfach werden würde. Ich wusste es einfach, tief in mir. Und trotzdem: Als wir dann zusammengekommen sind, habe ich einfach so getan, als hätten wir alle Zeit der Welt …«

»Haben wir die nicht?«, fragte Hella leise.

»Ich wünsche mir zumindest, dass es so sein wird. Ich will dich, Hella, und ich muss mir endlich eingestehen, dass ich dafür mutig sein muss, sehr mutig.« Er berührte ihre Hand. »Und dabei bin ich ein fürchterlicher Angsthase.«

Hella zog Leon an sich und umarmte ihn eine gefühlte Ewigkeit. »Irgendeinen Weg wird es geben. Es muss einen geben.«

Er sah auf und hatte Tränen in den Augen. »Versprichst du mir das?«

Es war kurz nach Mitternacht. Hella saß neben Leon aufrecht im Bett. Sie hatten lange über ihre Ängste gesprochen. Leon davon, dass er manchmal das Gefühl hatte, dass seine Reisen um die Welt eine Art Flucht waren, verpackt in Freiheit und Abenteuer. Und Hella hatte ihm gestanden, wie schwer das Gespräch mit Alexander für sie gewesen war.

»Vier Wochen kann ich mir Minimum Urlaub nehmen«, meinte Hella. »Wenn du dann noch die Zeit vorher und nachher etwas verkürzt, sind wir vielleicht jeweils nur ein paar Wochen getrennt.«

»Aber das ist keine Lösung auf Dauer. Ich wusste immer, dass meine Wanderjahre irgendwann vorbei sein würden.«

»Und was kommt dann?«

Leon grinste. »Ich könnte doch Hilfspolizist werden. Gibt es so einen Job?«

Hella schmunzelte. »Nein, mal abgesehen von den Kolleginnen, die Parksünder jagen ...«

»Knöllchen verteilen, nein, das wäre wohl eher nichts für mich.«

»Dann müssen wir etwas anderes finden.«

Er küsste sie. »Lieb, dass du ›wir‹ sagst.«

Hella lehnte sich an seiner Schulter an. »Was hältst du von meinem Vorschlag?«

»Vier Wochen Australien?«

»Zum Beispiel.«

»Wenn du mir versprichst, dort keine Diebe und Mörder zu jagen.«

Hella lachte. »Auf deutsche Polizisten haben die australischen Kollegen sicher keine Lust. Nein, ich liege einfach am Strand und schau dir zu.«

»Mitte September breche ich die Zelte auf Spiekeroog ab. Meinst du, ich kann für ein paar Wochen hier dem kommenden Herbst trotzen?«

Hella schmunzelte. »Wenn es dir zu eng wird, kannst du ja immer noch im Garten zelten.«

»Keine schlechte Idee. Allerdings muss ich mir dann noch eine kleine Heizung besorgen. Und vielleicht ein etwas größeres Zelt.«

»Wehe!«, drohte ihm Hella mit ausgestrecktem Zeigefinger. »Das Haus ist groß genug für uns zwei.«

Leon ließ sich auf die Matratze fallen und zog Hella mit sich. »Ich glaube, du hast recht«, sagte er und küsste sie zärtlich.

»Guten Morgen, Chefin!« Lars hatte an Hellas Bürotür geklopft und war direkt darauf eingetreten. »Hast du gleich die nächste Fähre bekommen?«

»Ja, das habe ich. Und du? Wie lange bist du schon im Büro?«

»Heute etwas früher«, wich er ihrer Frage aus. »Ich bin immer noch mit dem Laptop beschäftigt, und dann kommen heute ja wahrscheinlich noch die Telefondaten und die Funknetzabfrage dazu.«

Ein Klopfen erklang an der Tür, Enno Franzen trat ein.

»Guten Morgen, die Herrschaften.«

»Hallo, Enno«, begrüßte ihn Hella, Lars nickte ihm zu.

»Ich hörte, ihr beide habt den Fall auf Langeoog übernommen?«

Hella stöhnte innerlich auf. Ein mosernder Kollege war das Letzte, was sie im Moment brauchte. Sie trat auf ihn zu. »Können wir uns in meinem Büro darüber unterhalten?«

»Klar, warum nicht«, sagte Franzen und folgte ihr.

»Willst du nicht Platz nehmen?«, fragte Hella, als sie die Tür hinter sich geschlossen hatte.

»Geht schon«, meinte Franzen. »Kannst du mir mal erklären, warum *ich* Hintergrunddienst habe und *du* dann ...«

»Was wird das jetzt hier?«, unterbrach ihn Hella. »Ich leite diese Abteilung und kann und muss entscheiden, wer welche Aufgaben übernimmt. Du hast genug auf dem Schreibtisch liegen, und dass ein Tötungsdelikt nicht mit ein paar Befragungen erledigt ist, brauche ich dir nicht zu erklären.«

»Verstehe, das Dream-Team ist wieder unterwegs. Hat ja letztes Mal auch so wunderbar geklappt.«

Hella hatte Mühe, ruhig zu bleiben. Diese Hahnenkämpfe waren nicht ihre Sache und darüber hinaus sinnlos und zeitraubend. »Sag einfach direkt, was du willst, Enno. Soll ich dir den Fall übertragen? Wo genau siehst du ein Problem?«

»Verdammt, du weißt genau, was ich meine. Lars ...«

»Lass Lars da bitte raus. Er hat sich vollkommen korrekt verhalten, als er mich informiert hat. Den Rest habe ich entschieden. Also? Was soll jetzt deiner Meinung nach passieren?«

Enno Franzen schnaubte, drehte sich im gleichen Moment abrupt um und verließ Hellas Büro, ohne die Tür wieder zu schließen.

»Mist«, fluchte Hella leise. Hätte sie das Gespräch diplomatischer anfangen sollen? Und dann? Eine Polizeibehörde war kein Debattierklub und schon gar keine Wohlfühloase. Auf der anderen Seite würde der Konflikt sich immer weiter aufblähen und die Arbeit der ganzen Abteilung gefährden. Sie nahm sich vor, bei der nächstbesten Gelegenheit ein Gespräch mit Franzen zu führen.

Mit einem zaghaften Klopfen am Türrahmen meldete sich Lars zurück. »Kann ich reinkommen?«

»Klar. Und schließ bitte die Tür.«

Lars setzte sich an den kleinen Besprechungstisch in Hellas Büro und klappte sein Notizheft auf. »Wie gehen wir heute vor?«

Hella seufzte und zog sich einen Stuhl heran. »Lass dich von Franzen nicht provozieren. Ich versuche, in den nächsten Tagen noch einmal mit ihm zu reden.«

Lars nickte. »Ich halt mich da raus.«

»Okay. Zu den wichtigen Dingen: Was wissen wir?«

»Eine Tote, deren Hinterkopf zertrümmert und die anschließend in die Nordsee verfrachtet wurde.«

»Der Schlag traf sie von hinten. Vermutlich hat die Tat in Strandnähe stattgefunden, weil ansonsten der Transport von Maike Rosemeyer selbst in der Nacht viel zu auffällig gewesen wäre.«

»Sehe ich auch so«, meinte Lars.

»Maike muss den Täter gekannt haben, hat sich vermutlich sogar mit ihm am Strand getroffen. Die Umstände weisen auf eine Affekttat hin, bei der auch Alkohol im Spiel gewesen sein könnte.«

»Du meinst die Flasche?«

»Es kann sich natürlich auch um eine Wasserflasche gehandelt haben, aber ich tippe doch eher auf Wein oder …«

»Die Flasche muss sehr stabil gewesen sein. Rotwein habe ich noch nie in weißen Flaschen gesehen, Weißwein auch eher selten. Schnaps, Wodka, Whisky wären Varianten«, zählte Lars auf.

»Mag sein, bringt uns im Moment aber nicht weiter. Verdächtige?«

»Jede Menge«, meinte Lars. »Da haben wir die vier Schulfreunde, deren Einladung für uns nicht ganz nachvollziehbar ist. Dann die Kramer-Brüder, die mindestens eine große Rechnung mit Maike Rosemeyer offen hatten, dann der Ehemann, der allerdings ein Alibi hat – und, ganz frisch, Reinhard Glaser von der Kurverwaltung.«

»Hast du die Mutter von Dirk Rosemeyer erreicht?«

»Nein, ich vermute mal, dass sie häufig im Krankenhaus bei ihrem Mann ist. Ein Handy hat sie angeblich nicht, aber ich werde es im Laufe des Tages immer wieder versuchen.«

»Dann haben wir also acht Personen. Fangen wir beim letzten Verdächtigen an. Reinhard Glaser. Hast du noch weitere Mails oder andere Hinweise auf dem PC gefunden?«

»Nichts, was meinen Verdacht erhärten würde. Zu Beginn des Kontakts haben sie sich noch gesiezt, sind dann aber später sehr schnell zum Du übergegangen.« Lars hob entschuldigend die Hände. »Ich weiß, das hat überhaupt nichts zu sagen. Trotzdem, der Ton in den Mails wirkt sehr vertraut.« Er blätterte in dem Stapel Papier, den er mit in Hellas Büro gebracht hatte. »Hör dir das an: ›Liebe Maike, danke für den angenehmen Abend. Wir sollten das bald mal wiederholen.‹ So spricht man doch nicht unter Geschäftsfreunden oder was immer die beiden waren. Und am Ende hat er noch einen Smiley gesetzt.«

»Mehr steht nicht in der Mail?«

»Oh doch … durchaus. Maike Rosemeyer hatte wohl eine ›Bitte‹ …« Er hob beide Hände und malte Anführungsstriche in die Luft. »… wegen ihrer Ferienwohnungen, die auch von dem Tourismusservice über die Homepage angeboten werden. Sie wollte wohl einen besseren Platz auf der Seite oder häufiger auftauchen als die anderen.«

»War ihr Wunsch von Erfolg gekrönt?«

»Weiß ich nicht. Glaser hat ausweichend geantwortet und geschrieben, dass er sein Möglichstes tun werde und sich wieder bei ihr melden würde. Das ist aber dann wohl nicht per Mail passiert, sondern persönlich. Ich vermute, dass sie ab da mehr per WhatsApp kommuniziert oder gleich miteinander telefoniert haben.«

»Das sind alles nur sehr vage Indizien. Natürlich hat ein stellvertretender Leiter der Inseltouristik Kontakt zu Ferienhausvermietern. Wir werden ihn befragen, aber im Moment sehe ich keine wirklichen Verdachtsmomente.«

»Okay, dann lassen wir Glaser erst mal außen vor. Was hältst du von den Kramer-Brüdern?«

»Hier scheint die Motivlage zumindest etwas klarer zu sein. Aber wenn Konkurrenten sich gleich umbringen würden, nur weil sie sich gegenseitig die Aufträge wegschnappen, hätten die Mordkommissionen in Deutschland eine Menge zu tun.« Hella atmete tief durch. »Mir reicht das noch lange nicht als wirkliches Motiv. Gut, Lukas Kramer hat sich als Jugendlicher und junger Mann einiges zuschulden kommen lassen.«

»Und die Erfahrung gemacht, dass ihm trotzdem nichts passiert ist«, ergänzte Lars. »Ich gehe davon aus, dass unser Kollege Jan Marxen die Tradition seines Vorgängers fortgesetzt hat, zumal der ältere Kramer-Bruder mit ihm befreundet ist. Sein offensichtlich aufbrausender Charakter und die Verbindung zur Polizei – das ist eine ungute Kombination.«

»Der Laptop gibt nichts her in Bezug auf die Kramer-Brüder?«

»Nein, bisher habe ich nichts gefunden. Das ging wohl auch mehr telefonisch oder direkt unter vier oder sechs Augen ab.«

»Ich werde mich nachher um die alte Akte bezüglich der Vergewaltigung kümmern«, sagte Hella. »Vielleicht finde ich ja da Anhaltspunkte. Das Mädchen von damals müsste ja auch aufzutreiben sein.«

»Ich weiß allerdings nicht, was das mit unserem aktuellen Fall zu tun haben soll«, kommentierte Lars ihre Ankündigung.

»Ich auch nicht. Trotzdem werde ich das Gefühl nicht los, dass Maike Rosemeyers Tod etwas mit der Vergangenheit zu tun hat.«

»Womit wir wieder bei den vier Schulfreunden wären.«

»Richtig! Als Motiv wird hier wohl kaum ein Streit unter alten Freunden ausreichen. Entweder haben die vier nichts mit dem Tod von Maike Rosemeyer zu tun, oder wir müssen tiefer graben. Gab es wirklich keine Treffen oder anderweitige Verbindungen in den dreißig Jahren? Was könnte damals passiert sein, was heute noch so eine große Rolle spielt, dass die Emotionen explodiert sind? Ich hoffe, der alte Pädagoge meldet sich. Als Vertrauenslehrer müsste er einen guten Einblick über die letzten Jahre der fünf haben. Vielleicht bringt uns das weiter.«

Lars nickte. »Die Auskunft von Rosemeyers Bank habe ich beantragt. Sie sollte auch heute noch eintreffen.«

»Dann bleibt uns noch der Ehemann. Du versuchst, dessen Mutter zu erreichen. Ich werde Jan Marxen bitten, beim Fährpersonal nach Zeugen zu suchen, die Dirk Rosemeyer am Freitag gesehen haben könnten.«

»Oder am Donnerstag«, fügte Lars hinzu.

»Richtig.« Hella tippte mit dem Kugelschreiber auf eine Stelle in ihrem Notizbuch. »Das Testament geht mir nicht aus dem Kopf. Rosemeyer hat, als wir ihn danach befragt haben, merkwürdig gereizt reagiert.«

Lars zog die Kopie des gegenseitigen Testaments der Eheleute Rosemeyer aus dem Papierstapel vor ihm. »Das scheint ja so weit in Ordnung zu sein. Meinst du, das ist gefälscht?«

»Darum geht es mir nicht. Ein solches Testament kannst du nur im gegenseitigen Einvernehmen auflösen oder durch ein neues, notarielles Testament eines der beiden Beteiligten aufheben. Dies müsste dann aber eigentlich Dirk Rosemeyer vom Notar vorgelegt worden sein. Eventuell hat er uns das verschwiegen, um nicht in Verdacht zu geraten. Das kommt zwar spätestens bei der Testamentseröffnung heraus, aber ich würde es gern jetzt schon wissen.«

»Dann sollten wir die Notare auf der Insel und in Inselnähe anschreiben«, schlug Lars vor.

»Da bleibt uns wohl nichts anderes übrig. Ich erledige das.«

14

Hella brauchte eine halbe Stunde, um den Standort der alten Akte zum Vergewaltigungsfall auf Langeoog zu finden. Er war in Aurich archiviert und bisher nicht digitalisiert worden. Sie ließ sich mit dem zuständigen Kollegen verbinden und ersuchte ihn, die Akte herauszukramen. Anschließend bat sie Kollegen der Verkehrspolizei, die sich ganz in der Nähe von Aurich aufhielten, die Akte abzuholen und mit nach Wittmund zu bringen.

Nachdem sie sich beim einzigen Notar auf Langeoog vergewissert hatte, dass Maike hier kein Testament hinterlegt hatte, verschickte sie eine Mail an alle Notariate in einem Umkreis von fünfzig Kilometern rund um Bensersiel.

Als sie sich wenig später auf den Weg zur Kaffeemaschine machte, kam ihr ein uniformierter Kollege entgegen und reichte ihr die alte Akte, die er aus Aurich mitgebracht hatte.

Mit einem großen Becher dampfenden Kaffees in der Hand machte sie sich auf den Weg zurück ins Büro.

Der Fall lag fast genau acht Jahre zurück. Jasmin Grote, sechzehn Jahre alt, die zusammen mit einer Jugendgruppe aus Osnabrück auf dem Zeltplatz an der Jugendherberge campte, hatte sich zusammen mit einer Betreuerin bei der Polizeistation gemeldet und eine Vergewaltigung angezeigt. Jasmin war laut ihrer Aussage zusammen mit einer Gruppe von Jugendlichen auf einer privaten Strandparty gewesen. Sie hatte mäßig Alkohol getrunken, allerdings bis weit nach Mitternacht am Strand gefeiert. Den Rückweg hatte sie allein angetreten. Dank Vollmond war es ausreichend hell gewesen, und der Zeltplatz lag nur wenige hundert Meter entfernt von der Stelle, an der sie am Strand mit den anderen Jugendlichen zusammengesessen hatte. Den Schwindel, der sich beim Laufen eingestellt hatte, hatte sie auf den Alkohol zurückgeführt und sich deshalb am Wegesrand auf eine Bank gesetzt. Als sie am frühen Morgen aufgewacht war, hatte sie abseits des Weges, ohne Hose und Slip, in den Dünen gelegen. Nach kurzer Suche hatte sie die Kleidungsstücke gefunden, sich angezogen und mit schmerzendem Kopf auf den Weg gemacht. Aus Scham und Angst hatte sie ihren Verdacht, vergewaltigt worden zu sein, verschwiegen und sich erst zwei Tage später einer Betreuerin anvertraut. Die ersten zwei Tage hatte Harald Wiese, der Leiter der Polizeistation, allein ermittelt, anschließend war er von Oberkommissar Egon Dieckmann aus Wittmund unterstützt worden.

Hella hatte den Namen des inzwischen pensionierten Kollegen schon einige Male gehört, wusste aber nicht, ob er noch in Wittmund lebte. Sie verließ ihr Büro und klopfte bei Enno Franzen an.

»Hast du einen Augenblick Zeit für mich?«

»Eigentlich wollte ich gerade … Worum geht es?«

Hella trat ein und setzte sich vor seinem Schreibtisch auf einen Stuhl. »Weißt du, wo ich den pensionierten Kollegen Egon Dieckmann finden kann?«

»Was willst du von ihm?«

Hella hatte damit gerechnet, dass Franzen sie auflaufen lassen würde, und kurz überlegt, in der Personalabteilung nachzufragen, sich aber bewusst dagegen entschieden.

»Es geht um einen Fall, den er vor acht Jahren auf Langeoog bearbeitet hat.«

Enno Franzen winkte ab. »Die Sache ist damals doch eingestellt worden. Das Mädchen hatte sich die ganze Geschichte nur ausgedacht. Lass dir die Akte kommen, ich glaube nicht, dass Egon mit dir darüber sprechen wird.«

»Warum nicht?«, fragte Hella direkt.

Franzen stöhnte theatralisch. »Er ist in Pension und will von dem ganzen Laden hier nichts mehr wissen.«

»Du bist mit ihm befreundet?«

Franzen warf ihr einen irritierten Blick zu. »Komische Frage.«

»Und wie ist deine Antwort?«

Er rollte mit den Augen. »Er hat hier vor sieben Jahren aufgehört. Wir haben nie viel miteinander zu tun gehabt, kennen uns aber natürlich trotzdem. Hin und wieder treffe ich ihn auf der Straße, und wir wechseln kurz ein paar Worte.«

»Könntest du nicht ein gutes Wort für mich einlegen? Vielleicht spricht er dann mit mir über den Fall.«

»Warum sollte ich das machen?« Er warf ihr einen abfälligen Blick zu.

»Weil wir irgendwann das Kriegsbeil begraben müssen. Verflucht, Enno, nur einer von uns konnte den Posten bekommen. Ich habe das nicht entschieden, und Vitamin B war auch nicht im Spiel. Wenn wir beide uns nicht auf einen vernünftigen Kompromiss in der Zusammenarbeit einigen, bricht die Abteilung auseinander. Ist das dein Ziel?«

Hella war, während sie gesprochen hatte, aufgestanden und hatte sich mit den Armen auf Enno Franzens Schreibtisch abgestützt. Jetzt atmete sie schwer und sah Franzen direkt an.

»Natürlich will ich das nicht«, sagte er mit ärgerlicher Stimme.

Sie reichte ihm über den Schreibtisch die Hand. »Dann schlag ein. Ich garantiere dir, dass ich nicht das Geringste gegen dich habe. Du bist ein sehr guter Polizist, und ich bin froh, dich in der Abteilung zu haben.«

Enno Franzen zögerte, ergriff aber schließlich Hellas Hand. »Okay! Vorläufiger Waffenstillstand. Alles Weitere wird sich zeigen.«

Hella ließ sich zurück auf den Stuhl fallen. »Gut! Akzeptiert. Aber ich bitte dich wirklich, dich offen an mich zu wenden, wenn du ein Problem mit meinen Entscheidungen hast. Ich bin wirklich die Letzte, die hier einen auf Diktator machen will.«

Enno Franzen grinste. »Wenn schon, dann Diktatorin.« Er wurde ernst. »Okay, ich habe es verstanden. Sehen wir, was die Zukunft bringt.« Er atmete tief durch. »Du willst mit Egon über den alten Fall reden? Vergiss es! Er ist damals von einem Teil der Presse ganz schön in die Mangel genommen worden. Sie haben ihn beschuldigt, die junge Frau nicht ernst genommen und den Fall unrechtmäßig eingestellt zu haben.« Er schnaubte. »Es kümmert ja niemanden, dass wir dafür überhaupt keine Kompetenz haben und dass das ausschließlich von der Staatsanwaltschaft entschieden werden kann. Nein, Egon war schuld, dass der angebliche Vergewaltiger nicht der Meute vor die Füße geworfen werden konnte. Dass es vielleicht überhaupt keinen Täter gegeben hat, hat seinerzeit niemanden interessiert. Also: Egon wird da kein Wort mehr drüber verlieren. Das ist so sicher wie das Amen in der Kirche.«

»Verstehe. Dann muss ich mich halt an die Akte halten.« Hella stand auf. »Danke für die Info, Enno.«

»Dafür nicht«, antwortete Franzen und schenkte Hella ein kurzes Lächeln.

Zurück im Büro konzentrierte sich Hella weiter auf die Akte. Harald Wiese hatte in den ersten zwei Tagen ausschließlich junge Männer befragt, die auf dem Campingplatz zelteten oder sich in der Jugendherberge aufhielten. Alle konnten mindestens einen Zeugen anführen, mit dem zusammen sie das Strandfest verlassen hatten oder während der fraglichen Zeit zusammen gewesen waren. Als Egon Dieckmann auf Langeoog eintraf, weitete er die Ermittlungen aus und verhörte alle bis zu diesem Zeitpunkt registrierten Besucher der Strandfete, um an weitere Namen zu kommen. Einer der genannten Jungs musste Lukas Kramer gewesen sein, der auch kurz darauf von Dieckmann befragt wurde. Er stritt jeglichen Kontakt mit Jasmin Grote ab und behauptete, dass er bereits vor Mitternacht das Strandfest verlassen hatte. Dieckmann befragte weitere Verdächtige und fand Widersprüche in Kramers Aussage. Die ausgedruckten Protokolle hatte der Kollege zum Teil mit schwer lesbaren Kommentaren versehen. Hella wollte die letzte Aufzeichnung bereits zur Seite legen, als sie den Namen las: »Maike Rosemeyer«. Daneben stand: »hat wegen Kramer angerufen«. Wie elektrisiert saß sie kerzengerade auf dem Stuhl und suchte alle bisherigen Protokolle nach Rosemeyer ab, fand aber keinen weiteren Eintrag. Entweder war die Befragung nicht protokolliert oder die Aufzeichnung im Nachhinein entfernt worden. Eventuell hatte Dieckmann auch einen Tipp bekommen, den er dann auf dem Protokoll festgehalten hatte. Hatte Maike Rosemeyer Informationen zur Aufklärung des Falls gehabt? Und warum stand die Anmerkung beim Protokoll der Befragung von Lukas Kramer?

An Dieckmanns drittem Tag führte der Inselpolizist Wiese eine weitere Befragung von Jasmin Grote durch. Das Protokoll war kurz. Jasmin gab zu, die Vergewaltigung erfunden zu haben. Hella fand eine kurze Notiz von Dieckmann, der der Staatsanwaltschaft empfahl, den Fall einzustellen. Hier schloss die Akte, die Staatsanwaltschaft war dem Vorschlag gefolgt. Alles Weitere schien er persönlich mit ihm ausgehandelt zu haben.

Hella ging noch einmal die Protokolle der Befragungen von Lukas Kramer durch. Dieckmann hielt mehrere Widersprüche fest, schien sich aber vor allem daran festzubeißen, dass Hagen Kramer seinem Bruder ein Alibi ab Mitternacht gegeben hatte: Lukas sei um diese Zeit zu Hause gewesen. Hella suchte nach einem Protokoll der Befragung von Hagen Kramer, fand aber nur eine handschriftliche Notiz, dass Dieckmann ihn telefonisch erreicht hatte. Am Ende dieser Aktennotiz stand der Name »Maike Rosemeyer« – mit einem Ausrufezeichen versehen.

Was hatte Maike mit Hagen Kramers Aussage zu tun? Hatte sie Hagen gesehen und somit seine Aussage bezüglich des Alibis seines Bruders ins Wanken gebracht? Warum gab es kein offizielles Protokoll einer Befragung? Oder war Maike Rosemeyer Lukas Kramer zu einer Zeit begegnet, als er angeblich bereits zu Hause im Bett lag?

Hella wählte die Nummer ihres Inselkollegen Marxen und ließ sich von ihm die Telefonnummer von Harald Wiese geben.

»Wiese!«, donnerte eine tiefe Männerstimme durch die Leitung.

»Moin, Herr Wiese«, antwortete Hella freundlich und

stellte sich vor. »Ich untersuche den gewaltsamen Tod von Maike Rosemeyer auf Langeoog und habe in diesem Zusammenhang ...«

»Ich lebe nicht mehr auf der Insel«, brummte der alte Polizist. »Was wollen Sie von mir?«

»Es geht um einen acht Jahre zurückliegenden Fall. Jasmin Grote ...«

»Tut mir leid, ich kann Ihnen dazu nichts sagen. Wenden Sie sich an meinen Nachfolger Jan Marxen.«

Als Hella zu einer weiteren Frage ansetzte, hörte sie das Klicken in der Leitung. Harald Wiese hatte aufgelegt.

»Danke, Herr Kollege«, murmelte Hella und stand auf, um das Fenster in ihrem Büro zu öffnen. Im Fall Jasmin Grote schien sie so nicht weiterzukommen. Die junge Frau, die inzwischen vierundzwanzig Jahre alt sein musste, wollte sie nicht mit ihren Fragen per Telefon behelligen. Die seinerzeit zuständige Staatsanwaltschaft arbeitete inzwischen nicht mehr in Aurich, und andere Informationsquellen gab es nicht. Trotzdem lag nahe, dass Maike Rosemeyer etwas mit dem Fall zu tun gehabt hatte. War ihre Aussage nicht mehr zu Protokoll genommen worden, weil das Opfer seine Anzeige zurückgezogen hatte? Hella ging zu ihrem Schreibtisch zurück und klappte die Akte Jasmin Grote zu. Solange sich die beiden Ermittler Wiese und Dieckmann weigerten, mit ihr zu sprechen, würde sie die Spur nicht weiterverfolgen können.

Ihr Handy machte sich bemerkbar. Dr. Wolters aus Oldenburg. Hella nahm das Gespräch der Gerichtsmedizinerin an und grüßte sie freundlich.

»Guten Morgen, Frau Brandt. Sie scheinen wieder mal den richtigen Riecher gehabt zu haben«, begann Dr. Wolters das Gespräch. »Aber vorab: Die DNA unter den Fingernägeln braucht noch ein paar Tage, und ob die Qualität des Spermamaterials ausreicht, ist auch noch nicht ganz klar. Die Frau hat immerhin eine Weile im Salzwasser gelegen. Sie werden sich diesbezüglich also noch etwas gedulden müssen.« Sie sog hörbar Luft ein. »Jetzt aber zum eigentlichen Grund meines

Anrufs. Die Laboruntersuchungen haben ergeben, dass Maike Rosemeyer regelmäßig mehrere Medikamente eingenommen hat, die darauf schließen lassen, dass sie an Morbus Parkinson litt. Ich habe mir noch einmal ihr Gehirn vorgenommen und kann dies jetzt definitiv bestätigen.«

Im ersten Moment fehlten Hella die Worte, um auf diese neue Entwicklung zu reagieren.

»Sind Sie noch in der Leitung?«, fragte die Gerichtsmedizinerin.

»Entschuldigung, ja, natürlich. Wie weit war die Krankheit fortgeschritten?«

»Morbus Parkinson wird in fünf Stadien eingeteilt. Frau Rosemeyer befand sich im zweiten Stadium. Eine Prognose über den weiteren Verlauf kann ich Ihnen nicht liefern. Dazu befragen Sie am besten den behandelnden Arzt.«

»Können Sie mir sagen, seit wann sie vermutlich von der Krankheit wusste?«

»Frau Brandt, es gibt keinen einheitlichen Verlauf dieser Krankheit. Dazu kommt, dass die Patienten nicht immer sofort zum Arzt gehen, weil die Symptome für einen Laien, gerade in der ersten Phase, schwer zu diagnostizieren sind. Und Sie wissen ja, manche Menschen machen sich lieber etwas vor, als der Realität in die Augen zu schauen.«

»Waren die Symptome für Außenstehende zu bemerken?«

»Wenn sie ihre Medikamente eingenommen hat und die Anzeichen geschickt verbergen konnte, wird das niemand bemerkt haben.«

»Danke für die schnelle Information. Ist die Leiche inzwischen freigegeben?«

»Ja, sie befindet sich bereits auf dem Weg nach Langeoog. Ich wünsche Ihnen einen schönen Tag, Frau Hauptkommissarin.«

Hella verabschiedete sich und eilte in Lars' Büro.

»Interessant«, meinte er, als er von der neuen Entwicklung hörte. »Ich habe hier auch eine Mail von einem Neurologen aus Wittmund. Er bestätigt ihr einen Termin. Vermutlich war das der behandelnde Arzt.«

Hella nickte und ließ sich von Lars die Daten geben. Zurück im Büro rief sie in der Praxis an, wo ihr bestätigt wurde, dass Dr. Frank bis ein Uhr Patienten behandeln würde. Nach einem Blick auf die Uhr verließ sie ihr Büro und machte sich zu Fuß auf den Weg.

»Sie wissen doch, dass die ärztliche Schweigepflicht auch über den Tod hinaus gilt«, sagte der Neurologe, als Hella in seinem Behandlungszimmer saß.

»Natürlich ist mir das bewusst. Ich gehe aber davon aus, dass wir problemlos einen richterlichen Beschluss bekommen.«

Dr. Frank, ein Mann Mitte fünfzig mit dunklem vollem Haar und einem freundlichen Gesicht, seufzte. »Zu Frau Rosemeyer kann ich Ihnen konkret nichts sagen. Aber vielleicht haben Sie ja allgemeine Fragen, die ich Ihnen beantworten kann?«

Hella verstand seinen Wink. »Können Patienten im zweiten Stadium die Symptome gegenüber der Außenwelt verheimlichen?«

»Wenn sie gut eingestellt sind und es ihnen wichtig ist, dass niemand etwas von ihrer Krankheit erfährt, ist das durchaus möglich.«

»Ich kann mir vorstellen, dass neben den Krankheitssymptomen auch noch eine starke psychische Komponente hinzukommt.«

Dr. Frank nickte. »Das ist richtig. Es handelt sich immerhin um eine Krankheit, die nicht heilbar ist und, je nach Verlauf, unweigerlich zum Tod führt. Vielleicht ist aber noch wichtiger, dass den Patienten in den Frühphasen irgendwann bewusst wird, dass sie mehr und mehr auf Hilfe angewiesen sein und irgendwann zu einem Pflegefall werden. Das belastet gerade Menschen, die sehr selbstständig ihr Leben gemeistert haben.«

»Wie reagieren diese Menschen darauf?«, fragte Hella weiter.

»Nun ja, das lässt sich so pauschal natürlich nicht beantworten. So unterschiedlich die Menschen sind, so verschieden reagieren sie auf so eine schwerwiegende Diagnose. Manche verfallen in depressive Phasen, andere ignorieren die Krankheit, solange es geht, und wieder andere beginnen, über ihr Leben nachzudenken.«

»Zurückzuschauen?«

»Ja, das Alter der Patienten ist natürlich auch ausschlaggebend. Wenn man zum Beispiel erst um die fünfzig und eigentlich davon ausgegangen ist, dass man noch mindestens zwanzig gute Jahre vor sich hat, ist die Diagnose natürlich ein umso größerer Schock. Manche Menschen suchen auch nach Schuldigen und finden sie eventuell in ihrer Vergangenheit. Andere machen endlich das, was sie schon lange vorhatten, und trennen sich zum Beispiel von ihrem Partner.«

»Alles in allem kann es sein, dass man erheblich kompromissloser durch die Welt geht?«

Dr. Frank hob die Hände. »Das kann natürlich sein.«

»… und aggressiver?«

Der Neurologe nickte. »Wie gesagt, die Menschen reagieren unterschiedlich.«

»Eine Frage habe ich noch. Wenn sich jemand im zweiten Stadium der Parkinson-Erkrankung befindet, wie lange weiß er dann schon von seinem Schicksal?«

Dr. Frank schmunzelte. »Auch das ist nicht eindeutig zu beantworten. Aber wir können ja einmal einen Fall konstruieren. Selbst wenn die Person die ersten Symptome ignoriert, wird sie irgendwann zum Hausarzt gehen, der sie dann im besten Fall zu einem Neurologen schickt. Sagen wir, das erste halbe Jahr vergeht aus bekanntem Grund ohne Diagnose, dann kommt der Termin beim Hausarzt und kurz darauf der beim Facharzt. Vielleicht vergehen danach rund zwölf Monate, die für die Person einen großen Umschwung bedeuten.« Er schaute auf die Uhr. »Wenn Sie sonst keine Fragen mehr haben …«

Hella stand auf und reichte ihm die Hand. »Sie haben mir sehr geholfen, Dr. Frank.«

15

Auf dem Rückweg kaufte Hella einen Blumenstrauß. Ihre Nachbarin Gesa Jansen hatte sie zum Abendessen eingeladen. Labskaus mit Matjes und Spiegelei. Sie musste schmunzeln, als sie an die alte Dame dachte, die ihr trotz des großen Altersunterschieds zu einer lieben Freundin geworden war.

Als Hella an Lars' Lieblingspizzeria vorbeikam, schickte sie ihm eine Nachricht mit der Frage, welche Pizza sie ihm mitbringen sollte.

Eine Viertelstunde später saßen sie zusammen in ihrem Büro und aßen mit Genuss die handlich geschnittenen Teile, während Hella von der alten Akte des Vergewaltigungsfalls berichtete und dem Gespräch mit Dr. Frank.

»Das wird ja zunehmend verworrener«, meinte Lars und wischte sich mit einer Serviette den Mund ab.

»Wart's ab«, antwortete Hella. »Ein Puzzlestück folgt dem nächsten. Wir haben inzwischen in kürzester Zeit ein gutes Bild von Maike Rosemeyer gewonnen. Es kommt jetzt darauf an, dass wir nichts übersehen und vor allem nicht hektisch werden. Sind die Daten der Telefongesellschaften gekommen?«

»Nein, ich habe aber noch mal nachgehakt. Du weißt ja selbst, wie lange das dauern kann. Und die Kontoauszüge sind da, aber ich habe sie noch nicht gesichtet. Dafür bin ich aber mehr oder weniger mit dem Dateisalat des Laptops durch.«

»Und?« Hella klappte den leeren Pizzakarton zu und stellte ihn neben den Tisch.

»Das meiste ist geschäftlich.« Er zuckte mit den Schultern. »Wahrscheinlich sind Mails auf so einer kleinen Insel nicht das wichtigste Kommunikationsmittel. Neben der Korrespondenz mit den Feriengästen hat sie vor allem mit Handwerkern und Lieferanten vom Festland Kontakt gehabt. Über Reinhard Glaser haben wir schon gesprochen. Dann befinden sich auf der Festplatte Verträge und Vereinbarungen jeglicher Art. Ich habe sie nur überflogen und nichts Ungewöhnliches festgestellt.«

»Also alles in allem nichts von Bedeutung?«

»Ein paar Dokumente habe ich mir ausgedruckt und muss sie noch sichten. Wenn da nichts mehr dabei ist, können wir den Laptop wohl abhaken.«

»Okay«, sagte Hella. »Dann sollten wir uns erst mal um Maike Rosemeyers Krankheit kümmern. Wenn ich Dr. Franks Ausführungen richtig interpretiert habe, können wir davon ausgehen, dass sie seit einem Jahr von der Diagnose wusste. Wann hat sie die alten Schulfreunde eingeladen?«

»Die erste Mail ist Mitte Januar rausgegangen.«

»Ein halbes Jahr zuvor hat Maike Rosemeyer von der Krankheit erfahren. Dr. Frank hat davon gesprochen, dass es eine Weile dauert, bis die Patienten realisieren, was genau das für sie bedeutet. Sagen wir sechs bis acht Wochen. Dann hat es immer noch fünf Monate bis zur Einladung gedauert. Viel Zeit, um nachzudenken und das eigene Leben zu ordnen.«

»Fragt sich nur, was genau da mit ihr passiert ist«, warf Lars ein. »Hast du irgendeine Ahnung?«

»Vielleicht ein Bauchgefühl. Ich schließe mal aus, dass sie die Schulfreunde eingeladen hat, um sie noch einmal zu sehen, bevor die Krankheit es nicht mehr zulässt.«

»Na ja, eine Möglichkeit wäre es schon«, warf Lars ein.

»Bettina Voß hat ausgesagt, dass die schlechte Stimmung in erster Linie durch die Gastgeberin ausgelöst wurde. Selbst wenn es in der Internatszeit zu größeren Reibereien gekommen ist, würde ich die angesichts der Krankheit doch sehr milde betrachten und lieber ein paar vergnügliche Tage mit den alten Schulfreunden verbringen.«

»Auch wieder wahr.«

»Wenn dem also nicht so war und Maike Rosemeyer wider Erwarten anders reagiert hat, muss mehr dahinterstecken.« Als Lars ansetzen wollte, etwas zu äußern, winkte Hella ab. »Ja, ich weiß, die Frage ist nur, was das gewesen sein könnte.«

»Und außerdem haben wir unseren heißen Kandidaten, Lukas Kramer. Ich schlage vor, wir warten erst mal auf die Telefonliste. Vielleicht sind wir dann ja schlauer, mit wem sie an dem Tag und vor allem am Abend gesprochen hat.«

Hella nickte zustimmend. Sie brauchten mehr Fakten, um einen möglichen Täter einzukreisen. Die Telefondaten konnten hier ein wichtiger Anhaltspunkt sein.

»Ich habe übrigens versucht«, fuhr Lars fort, »etwas über die finanziellen Verhältnisse der Kramers herauszubekommen. Ohne Beschluss ist das natürlich mehr im Bereich der Spekulation, aber nach dem, was ich erfahren habe, steht die Firma exzellent da. Die Brüder scheinen erheblich besser im Geschäft zu sein als die Rosemeyers. Aber, wie gesagt …«

»Ich hätte wetten können, dass Rosemeyers die Nummer eins auf der Insel sind«, meinte Hella nachdenklich. »Merkwürdig, dass sie trotzdem den großen Auftrag bekommen haben.«

»Hat sich eigentlich dieser ehemalige Lehrer des Internats bei dir gemeldet?«

»Nein, leider noch nicht. Wenn ich bis morgen nichts höre, versuche ich, ihn auf anderem Wege zu finden.«

Lars stand auf. »Dann gehe ich mal an die Bankdaten.« Kurz vor der Tür wandte er sich zu Hella um. »Und vielen Dank für die Pizza, Chefin.«

Hellas Blick fiel auf ihren Schreibtisch, auf dem sich eine Reihe von Akten stapelte, die sie kontrollieren und abzeichnen musste. Widerwillig machte sie sich an die Arbeit, bis Lars kurz vor fünf am Nachmittag in ihr Büro stürmte.

»Ich hab was!«, rief er aufgeregt.

»Und?«, fragte Hella, als er die Tür geschlossen hatte.

»Maike Rosemeyer hat Jakobs vor knapp zwei Jahren hunderttausend Euro überwiesen.«

»Wie bitte?«, fragte Hella verblüfft.

»Den Vertrag dazu habe ich jetzt auch gefunden. Er hat das Geld für sie angelegt. Mit einer Laufzeit von zwei Jahren, allerdings hatte Rosemeyer ein Sonderkündigungsrecht bei

Verzicht auf die Rendite.« Lars legte Hella die Kontoauszüge und den Vertrag auf den Schreibtisch. »Zurückbekommen hat sie bis jetzt keinen Cent.«

»Sieh an. Endlich ein handfestes Motiv.«

»Wenn die Rosemeyers nicht noch anderweitig Geld bunkern, brauchen sie die Hunderttausend dringend«, fuhr Lars fort. »Wie gesagt, nach den Kontoauszügen zu urteilen, liefen die Geschäfte nicht so gut in den letzten zwei Jahren.«

»Also hat Maike Rosemeyer das große Bauprojekt dringend gebraucht.«

»Auf jeden Fall. Vermutlich hat sie schon geahnt, dass sie das Geld von Jakobs nicht pünktlich zurückbekommt. Wenn überhaupt jemals!«

»Gab es sonst noch auffällige Buchungen?«, fragte Hella.

»Sie muss monatlich hohe Beträge an die Bank zahlen. Die Kreditverträge belaufen sich auf über eine Million Euro. Ansonsten habe ich noch nichts gefunden, was für uns relevant wäre.« Er hielt kurz inne. »Ich habe jetzt auf dem Laptop noch ein Programm laufen, das alte gelöschte Dateien wiederherstellt. Vielleicht kommt da noch was rum. Die Telefondaten sind auch noch nicht da und …«

»… du solltest jetzt Feierabend machen. Ich vermute mal, dass du seit fünf Uhr morgens hier im Haus bist?«

»Keine Ahnung«, murmelte Lars.

»Also ja. Das sind mehr als zehn Stunden – und das nach dem durchgearbeiteten Wochenende.« Hella stand auf. »Ich mache auch für heute Schluss. Und dich will ich in spätestens fünf Minuten vor der Tür sehen.«

Auf der knapp halbstündigen Rückfahrt ging Hella in Gedanken den Tag durch. Maike Rosemeyers Krankheit, die vielleicht der Auslöser für die Einladung der alten Schulfreunde gewesen war, die Hunderttausend, die Maike Rosemeyer Jakobs überwiesen hatte, die acht Jahre alte Akte zum Vergewaltigungsfall auf Langeoog. Sie würden Holger Jakobs und Lukas Kramer genauer unter die Lupe nehmen müssen. Allerdings würden die bisherigen Fakten nicht einmal für eine Hausdurchsuchung bei den beiden reichen, geschweige denn für einen Haftantrag.

Als ihr Handy klingelte, nahm sie das Gespräch über die Freisprechanlage an.

»Jan Marxen«, meldete sich der Inselpolizist.

»Moin, ich bin im Auto, kann Sie aber gut verstehen. Haben Sie noch etwas für mich?«

»Ich habe mich erkundigt, ob jemand Dirk Rosemeyer am Freitag auf der Fähre gesehen hat. Die gleiche Frage habe ich für Donnerstag gestellt. Die Antworten sind leider nicht so klar ausgefallen, wie ich es mir gewünscht hätte. Um es kurz zu machen: Ich habe für beide Fahrten jeweils einen Zeugen gefunden, der beziehungsweise die Dirk gesehen haben wollen. Beschwören wollen sie es allerdings beide nicht. Donnerstag war es die letzte Fähre um halb acht ab Bensersiel und am Freitag die Mittagstour, die er selbst auch in seiner Aussage genannt hat.«

Hella stöhnte innerlich auf. Sich widersprechende Zeugenaussagen waren der Albtraum jedes Ermittlers. Bei früheren Fällen hatte sie an manchen Tatorten bis zu fünf unterschiedliche Beschreibungen des Täters erhalten, die von blond bis schwarz über klein und untersetzt bis hin zu groß und schlank variierten.

»Danke für die Info«, sagte Hella. »Können Sie mir morgen das Protokoll schicken? Unter Umständen müssen wir dann noch einmal mit den Zeugen sprechen.«

»Schon passiert. Ich habe es an Ihren Mailaccount gesendet.«

»Haben Sie sich auch noch bezüglich Reinhard Glaser erkundigen können?«

»Ich habe hier und da meine Fühler ausgestreckt, wollte aber nicht zu offensiv vorgehen. Geben Sie mir noch einen Tag, dann melde ich mich.«

»Kein Problem. Wissen Sie, wann die Beerdigung von Maike Rosemeyer sein wird?«

»Am Freitagnachmittag.«

»Danke, Herr Kollege. Wir sprechen dann morgen wegen Glaser.« Hella wünschte ihm einen ruhigen Feierabend und beendete das Gespräch.

Bisher sah Hella kein Motiv bei Dirk Rosemeyer, aber wie der heutige Tag gezeigt hatte, konnte sich das schnell ändern.

16

Gesa Jansen umarmte Hella und drückte ihr einen Kuss auf die Wange. »Schön, dass du da bist.« Die alte Dame trat einen Schritt zurück und musterte Hella. »Du arbeitest zu viel.«

Hella grinste. »Irgendjemand muss ja die Bösen fangen.«

Gesa warf ihr einen sorgenvollen Blick zu. »Heißt du jetzt ›Irgendjemand‹? Aber erst mal rein in die gute Stube.« Die alte Dame schob ihre Nachbarin in die Küche und wies ihr einen Platz zu. Anschließend holte sie für die Blumen eine Vase aus dem Schrank.

Hella lehnte sich auf dem Stuhl zurück und schloss die Augen. In Gesas Küche duftete es wie bei ihrer vor zehn Jahren verstorbenen Großmutter Meta nach Kräutern, Tee und Früchten. Ein kleiner Stich traf sie ins Herz. Wie lange hatte sie schon Metas Grab nicht mehr besucht? Sobald der Fall abgeschlossen war, würde sie Leon bitten, sie nach Horumersiel zu begleiten.

»Hast du ordentlich Hunger mitgebracht, mein Kind?«

Hella nickte und sah ihrer Nachbarin beim Kochen zu. Das Labskaus stand fertig auf dem Herd und würde, nachdem Gesa die Spiegeleier gebraten hatte, zusammen mit dem Matjes und der sauren Gurke auf die bereitstehenden Teller platziert werden.

Gesas Küche hätte, wenn man sich den Kühlschrank und den Elektroherd wegdachte, auch in einem Heimatmuseum stehen können. Neben dem alten Küchenschrank aus massivem Holz dominierte ein antiker Kohleherd den Raum. Der Holztisch mit den Binsenstühlen, die Regale an der Wand und die typisch ostfriesischen Gardinen vor den Fenstern fügten sich harmonisch ins Bild ein. Hella fühlte sich in Gesas Küche in ihre Kindheit zurückversetzt, als sie Meta beim Einkochen der Marmelade geholfen hatte.

»Wie geht es Leon?«, fragte Gesa, die am Herd stand.

»Gut. Er ist heute Morgen nach Spiekeroog zurückgefahren.«

»Ich habe euch gestern Abend gesehen«, sagte Gesa lächelnd. Ihr Haus stand zwar fast dreihundert Meter von Hellas alter Bauernkate entfernt, hatte dafür aber freie Sicht.

Gesa drapierte das fertige Spiegelei auf dem Labskaus und kam mit zwei Tellern zum Tisch. Hella hatte bereits das bereitgestellte Bier in die Gläser gefüllt und prostete ihrer Nachbarin zu, als sie sich zu ihr gesetzt hatte. »Danke für die Einladung.«

»Aber, Kind, ich freue mich doch immer, wenn du hier bist.« Gesa trank einen kräftigen Schluck aus dem Bierglas. »Das tut gut!«

Sie aßen schweigend, nur hin und wieder lächelte Gesa sanft, als wolle sie Hella eine Last von den Schultern nehmen. Schließlich räumte Gesa die Teller ab und stellte sie in die Spüle. Zurück am Tisch prostete sie ihr noch einmal zu. »Jetzt trink noch einen Schluck. Das entspannt.«

Hella schmunzelte und trank ihr Glas leer. Das unterschied Gesa von ihrer Großmutter, der jeglicher Alkohol zuwider gewesen war.

»Zieht Leon für eine Weile bei dir ein?«, fragte die alte Dame.

»Hast du mit ihm darüber gesprochen?«, entgegnete Hella erstaunt.

»Nein, Leon ist in der Hinsicht sehr verschlossen. Er hat mir aber erzählt, dass seine Arbeit auf der Insel Mitte September endet. Schläft er dort nicht im Zelt?«

Gesa war nicht nur eine aufmerksame Beobachterin, sondern schien in den Gesichtern die Gefühle ihrer Mitmenschen lesen zu können. Das wiederum hatte sie mit Hellas Großmutter gemein.

»Ich kann dir doch sowieso nichts vormachen«, antwortete Hella seufzend. Das Du fiel ihr immer noch schwer, hatte sie sie doch aus Respekt vor der alten Dame in den ersten Wochen ihrer Freundschaft weiter gesiezt, bis Gesa auf dem Du bestanden hatte. »Wir haben gestern Abend über unsere Zukunft gesprochen.« Sie stutzte bei dem Wort Zukunft. »Ich meine, was in den nächsten Wochen passieren könnte. Leon wird wohl seine Abreise etwas verschieben. Und dann ...« Sie schluckte.

»Der Junge liebt dich aus ganzem Herzen. Wenn er von dir spricht, leuchten seine Augen wie bei einem Kind zu Weihnachten. Ich bin mir ganz sicher, dass er bei dir bleiben will.«

Hella seufzte. »Wenn das nur so einfach wäre.«

Gesa tätschelte ihr die Hand. »Liebe ist einfach. Man muss sie nur zulassen.«

Hella warf ihrer Nachbarin einen zweifelnden Blick zu. »Ich kann ihn doch unmöglich hier festhalten. Er braucht seine Freiheit. Soll er den ganzen Tag darauf warten, dass ich nach Hause komme?«

»Er wird eine Arbeit finden. Da musst du dir keine Sorgen machen.«

Gesa sprach mit einer Gewissheit, die Hella für einen Moment den Atem verschlug. Wie konnte sie, die Leon nur wenige Male getroffen hatte, eine solche Prognose für die Zukunft wagen? War es das Alter, das sie so gelassen sein ließ?

»Leon verschiebt seine Abreise um ein paar Wochen, und ja, er wird dann bei mir wohnen.«

Gesa strahlte. »Das klingt doch wunderbar. Und ich bekomme noch einen neuen Nachbarn. Alles andere wird sich schon fügen. Glaub mir.« Sie stand auf und holte zwei Whiskygläser und eine Flasche aus dem Schrank. »Das muss gefeiert werden.« Sie schenkte ein und hob das Glas.

Hella musste unwillkürlich lachen. Gesa liebte guten Whisky genauso wie sie. Die erste Flasche, ein Erbstück aus Alexanders Zeiten, hatten sie gemeinsam bei gelegentlichen Treffen oben auf der Deichkrone genossen. Sie griff nach dem Glas und trank einen kleinen Schluck. »Der ist ja noch besser als der Whisky meines Ex.«

»Das will ich meinen. Ein guter Freund hat ihn mir vor ein paar Wochen geschenkt. Er war übrigens Lehrer auf Langeoog.«

Hella horchte auf. »Und wie ist sein Name?«

»Dieter.«

»Doch nicht Dieter Langewohl?«

Gesa sah sie verblüfft an. »Du kennst ihn?«

»Nicht persönlich, aber bei dem Fall auf Langeoog – du weißt ja, ich darf dir nicht so viel darüber erzählen – bin ich auf seinen Namen gestoßen und wollte mich bei ihm über das Internat erkundigen. Er hat mir aber auf meine Mail noch nicht geantwortet.«

»Das kann auch dauern. Dieter schaut nur alle paar Wochen in den Computer. Aber ich kann ihn anrufen, wenn du das möchtest. Er wohnt übrigens in Horumersiel.«

Der kleine Ort an der Nordseeküste war nur etwa dreißig Kilometer von Hellas Haus entfernt. Die Heimat ihrer Großmutter, in der Hella fast alle ihre Ferien verbracht hatte.

»Ich will dich zwar ungern in meine Arbeit mit reinziehen, aber wenn du das machen könntest, würde mir das sehr helfen.«

»Das ist überhaupt kein Problem.« Gesa stand auf und verließ die Küche. Hella hörte, wie sie die Nummer eintippte und sich anschließend mit jemandem unterhielt.

»Morgen früh um neun Uhr«, berichtete Gesa. »Ist dir das recht? Dann kannst du gleich danach zur Arbeit fahren.« Sie reichte Hella einen Zettel, auf dem sie die Adresse und Telefonnummer von Dieter Langewohl notiert hatte. »Du wirst sehen, Dieter ist ein herzensguter Mensch. Wenn er kann, wird er dir sicher weiterhelfen.«

»Danke, Gesa.«

»Komm, jetzt machen wir einen schönen Abendspaziergang, und du erzählst mir, was ihr zwei, du und Leon, vorhabt.«

Zwei Stunden später schloss Hella ihre Haustür auf. Der Gang an der auflaufenden Nordsee hatte ihr gutgetan. Gesa hatte sich bei ihr eingehakt und ihr einfach zugehört.

Sie öffnete die Verandatür und wählte Leons Nummer.

»Zu Hause?«, fragte er.

Hella erzählte vom Abendessen bei Gesa und ihrem langen Spaziergang am Deich entlang.

»Und sie freut sich auf ihren neuen Nachbarn?«, fragte Leon, als Hella ihr von dem Gespräch berichtete.

»Wusstest du nicht, dass du hier hinterm Deich zwei riesengroße Fans hast?«, antwortete Hella lachend.

»Ich werde gerade knallrot.«

Hella wurde ernst. »Bist du ganz sicher, dass du deinen Abreisetermin verschieben willst?«

»Schon geschehen. Ich habe in Hawaii abgesagt. Du wirst mich leider für eine Weile ertragen müssen, wenn ich hier nicht im Zelt erfrieren soll.«

Hella wusste nicht, was sie antworten sollte. Dass Leon so schnell die Pläne in die Tat umsetzen würde, damit hatte sie nicht gerechnet. Ihr wurde warm ums Herz. »Nein, natürlich nicht … Ich meine, ich freue mich riesig, dass du bleibst.« Sie hatte Mühe, die Worte zu finden, die ihre Gefühle ausdrückten.

»Ich liebe dich«, flüsterte Leon. »Und ich freue mich auch wahnsinnig auf unsere gemeinsame Zeit.«

Hella spürte die Tränen über ihre Wangen laufen und seufzte erleichtert.

Langsam fuhr sie durch Horumersiel und suchte nach der Straße, die Gesa ihr notiert hatte. Nach zwei vergeblichen Anläufen holte sie sich Hilfe durch das Navi. Der Flachdachbungalow stand in einer autofreien Seitengasse. Sie parkte und ging die letzten Meter zu Fuß.

»Moin, moin!«, begrüßte sie ein freundlicher alter Herr mit grauen Haaren. »Sie sind die Kommissarin aus Wittmund, die Gesa mir gestern Abend angekündigt hat?«

Hella reichte ihm die Hand und stellte sich vor. Er trat zur Seite und bat sie ins Haus. »Der Tee ist schon fertig. Oder möchten Sie lieber einen Kaffee?«

Im Wohnzimmer standen an zwei Wänden hohe Bücherregale, die bis zum letzten Platz belegt waren. In der Nähe der deckenhohen Fenster stand ein kleiner Tisch mit zwei Ledersesseln. Dieter Langewohl bat Hella, Platz zu nehmen, schenkte ihr Tee ein und reichte die Sahne an sie weiter.

»Sie möchten etwas über das Internat auf Langeoog wissen?«

»Ich ermittle in einem Tötungsdelikt. Erinnern Sie sich zufällig an Maike Rosemeyer?«

»Aber ja! Sie wohnte allerdings nicht im Internat«, sagte der alte Lehrer lächelnd. »Ihre Eltern lebten auf Langeoog. Ja, ich erinnere mich gut an Maike.« Er erschrak sichtlich. »Sie ist aber nicht ...«

»Frau Rosemeyer ist tot am Strand aufgefunden worden. Sie ist erschlagen worden.«

»Mein Gott, das ist ja furchtbar.« Er schüttelte entsetzt den Kopf. »Sie dürfte ja noch nicht mal fünfzig gewesen sein.«

»Das ist richtig. Können Sie mir etwas über Maike und ihre Freunde erzählen? Mich interessieren vor allem Holger Jakobs, Bettina Voß, Christina Altenberg und Olaf Reiter.«

»Die Gang«, kommentierte der alte Lehrer. »So nannten wir Kollegen die fünf.« Er trank einen Schluck Tee und schenkte Hella und sich nach. »Jakobs war der Chef der Truppe. Nie um eine Ausrede verlegen und immer bemüht, eine weiße Weste zu behalten. Heute darf ich ja sagen, dass ich immer froh war, wenn ich nichts mit ihm zu tun hatte. Er war berechnend und ... ich muss es leider so deutlich formulieren, verlogen. Die Mädchen hatten einen Narren an Jakobs gefressen, was seinem überbordenden Selbstbewusstsein noch mehr Auftrieb gab. Dann haben wir noch Olaf.« Er hielt inne. »Wissen Sie, was aus ihm geworden ist?«

»Oberstudienrat am Gymnasium in Oldenburg.«

»Das ist die Krux mit unserem Beruf, zu viele trauen sich die Aufgabe zu, andere zu unterrichten. Dabei ist der Lehrerberuf einer der schwierigsten überhaupt. Sie brauchen nicht nur Leidenschaft, sondern auch ein gehöriges Quäntchen Empathie. Junge Menschen zu unterrichten ist eine Sisyphusarbeit, die jeden Tag von Neuem beginnt, ständig die volle Aufmerksamkeit fordert und dazu noch den ganzen Menschen. Hinzu kommt natürlich die fachliche Qualifikation.« Er seufzte. »Entschuldigen Sie meinen kleinen Vortrag. Es ging natürlich um Olaf Reiter. Lehrer ist kein Beruf, den ich ihm empfohlen hätte. Bei Jakobs lag die Sache noch etwas anders. Er hat ganz genau gespürt, was die anderen um ihn herum umtreibt. Nicht dass er für den Lehrerberuf geeignet gewesen wäre, nein, aber im Gegensatz zu Olaf hat er sein Gegenüber wahrgenommen. Und Olaf? Heutzutage würde man ihm leicht autistische Züge diagnostizieren. Ich vermute zwar, dass er als Erwachsener gelernt hat, diesen Wesenszug zu verheimlichen, aber das ist letztlich nur Schauspielerei. Anders als Jakobs war er aber kein schlechter Charakter. Doch er ließ sich leicht manipulieren. Sehr leicht sogar.«

Dieter Langewohl lehnte sich auf dem Stuhl zurück und schien in Gedanken versunken zu sein. Plötzlich setzte er sich gerade hin, lächelte und fuhr mit seiner Einschätzung zu den ehemaligen Schülern fort. »Bettina oder Betty, wie sie genannt wurde, passte eigentlich gar nicht in die Gruppe. Sie war zurückhaltend und sehr empathisch. Aber es ist wohl allgemein so, dass sich Gruppen immer aus sehr unterschiedlichen Typen zusammensetzen. Chris, die ja eigentlich Christina hieß, war da schon anders. Auch wenn ihr Selbstbewusstsein mehr oder weniger vorgetäuscht war, hat sie sich nie unterkriegen lassen. Ihre Gegenspielerin auf der weiblichen Seite war Maike, die sich wohl immer etwas ausgegrenzt fühlte, weil sie keine gebildeten und wohlhabenden Eltern hatte – so, wie die anderen. Chris war sehr darauf bedacht, im Mittelpunkt zu stehen und neben Jakobs die Gruppe zu bestimmen. Ihr war da jedes Mittel recht, selbst ihren Körper hat sie als Waffe eingesetzt. In meiner Jugend nannte man das frühreif, aber in den achtziger Jahren war es ja auch schon normal, dass man mindestens mit sechzehn den ersten Sexualpartner hatte.«

Hella fand die Zusammenfassung von Dieter Langewohl ausgesprochen interessant. Viele der von ihm beschriebenen Eigenschaften schienen sich heute noch bei den vier ehemaligen Schulfreunden wiederzufinden. »Gab es Konflikte in der Gruppe?«

»Nach außen wirkten sie wie eine Einheit, aber ich habe mir da nichts vormachen lassen. Da gab es die üblichen Hahnenkämpfe und auch manche heftige Auseinandersetzung. Mal ging es darum, welches Mädchen mit welchem Jungen ging, ein anderes Mal stritten sie sich darum, wer das Sagen in der Gruppe hatte.« Er fuhr sich mit der Hand durch die Haare. »Aber dass Sie hier ein Mordmotiv finden werden, glaube ich nicht. Das waren alles ganz normale gruppendynamische Prozesse von Teenager-Cliquen. In dem Alter ist man nun mal auf der Suche nach sich selbst, testet sich und andere aus.«

Dieter Langewohl schien durchaus bewusst zu sein, auf was Hella hinauswollte. Sie spürte, dass er innerlich mit sich rang und überlegte, wie viel er von seinem Wissen offenlegen wollte.

»Das sehe ich im Prinzip genauso wie Sie, Herr Langewohl«, sagte Hella. »Aber ich vermute, dass trotzdem etwas vorgefallen sein muss, was aus den normalen alltäglichen Kabbeleien und Auseinandersetzungen hervorsticht.«

»Ein Mordmotiv?«, fragte der alte Lehrer mit skeptischem Blick.

»Nicht direkt. Nach dreißig Jahren wäre das schon sehr ungewöhnlich. Aber ein solches Ereignis könnte am Anfang einer Kette von Ereignissen gestanden haben.« Hella ließ sich einen Moment Zeit, bevor sie fragte: »Gab es einen solchen Vorfall?«

Als Dieter Langewohl zögerte, fragte Hella weiter: »Ich habe von einem Uwe gehört, der Suizid begangen haben soll.«

»Sie meinen vermutlich Uwe Schlingmeier. Er hat das Internat mitten im Schuljahr verlassen, und da war unter den Schülern das Gerücht aufgekommen, dass er sich von einer Brücke gestürzt habe. Aus Liebeskummer. Maike wurde da immer wieder erwähnt und bezichtigt, dabei eine Rolle gespielt zu haben.« Er schüttelte den Kopf. »Ich kann Ihnen garantieren, dass das Gerücht vollkommen aus der Luft gegriffen war. Uwes Schwester ist schwer krank geworden, und er wollte ihr vor Ort beistehen. Die Eltern haben zwar zunächst gezögert, dann aber eingewilligt. Da Uwe sehr gute Noten hatte, konnten wohl einige Schüler nicht glauben, dass er einfach so die Schule verlassen hat. Oder es war eine böswillige Attacke gegen Maike. Aber letztlich haben sich die Gerüchte schnell beruhigt, und nach ein paar Wochen hat niemand mehr darüber geredet.«

»Entschuldigen Sie, aber ich muss leider jedem Hinweis nachgehen.«

»Das verstehe ich doch ...« Dieter Langewohl atmete schwer aus. »Es könnte sein, dass ich doch noch einen Hinweis für Sie habe.«

Hella richtete sich auf. Hatte ihr Bauchgefühl sie nicht getäuscht?

»Maike ist zu mir gekommen. Sie wissen ja, dass ich Vertrauenslehrer war. Im Internat geht das natürlich weit über den sonst üblichen Arbeitsbereich hinaus, auch wenn Maike nicht im Haus lebte.« Er holte tief Luft. »Es war kurz nach dem Abitur. Die mündlichen Prüfungen müssen gerade vorbei gewesen sein, und da ... Sie hat mich um Rat gefragt, weil sie ein paar Tage zuvor bemerkt hatte, dass sie schwanger war.«

17

Auf der Rückfahrt dachte Hella über die neuen Informationen nach, die sie von Dieter Langewohl erhalten hatte. Auf ihre Rückfrage hatte er beteuert, dass Maike seiner Meinung nach die Wahrheit gesagt habe. Sie wäre vollkommen verzweifelt gewesen und hätte nicht gewusst, wie es weitergehen sollte. Langewohl hatte ihr zu einem Schwangerschaftsabbruch geraten und einen Arzt vermittelt. Die Frage nach dem Vater des Kindes hatte sie unbeantwortet gelassen. Was weiter geschehen war, wusste Langewohl nicht. Im Nachhinein war er sich nicht sicher, wie Maike Rosemeyer sich entschlossen hatte. Er hatte nie wieder etwas von ihr gehört.

War es wirklich möglich, dass sie das Kind bekommen und niemandem etwas davon erzählt hatte? Hatte sie es zur Adoption freigegeben? Oder hatte sie das Kind abgetrieben? Wer war der Vater? Oder hatte sie selbst nicht gewusst, wer das Kind gezeugt hatte? Nach dreißig Jahren ließ sich mit hoher Wahrscheinlichkeit nicht mehr ermitteln, ob und wo Maike Rosemeyer den Schwangerschaftsabbruch hatte durchführen lassen.

Hella wählte die Nummer von Dr. Wolters und sprach auf deren Anrufbeantworter. Wenn Maike Rosemeyer tatsächlich ein Kind geboren hatte, würde die Rechtsmedizinerin das wissen.

Hatte die Schwangerschaft etwas mit dem Tod von Maike zu tun? War einer ihrer beiden Schulfreunde der Vater? Aber warum hatte sie dann die ganze Gruppe eingeladen und nicht nur die Person, von der sie vor dreißig Jahren geschwängert worden war?

Hella schüttelte sich kurz. Das waren alles reine Spekulationen, die sie im Moment nicht weiterbringen würden. War ihr Ermittlungsansatz eine Sackgasse, und hatte das Treffen der alten Schulfreunde gar nichts mit dem Tod zu tun?

Die große Gefahr zu Anfang jeder Ermittlung war, dass man sich zu schnell für eine Richtung entschied und zu spät feststellte, dass man in die falsche Richtung gedacht hatte.

Hella stellte ihr Fahrzeug auf dem Parkplatz vor dem Wittmunder Polizeigebäude ab und ging direkt zu Lars' Büro. Er hatte sie per WhatsApp informiert, dass er wichtige Neuigkeiten habe.

»Moin, Lars«, begrüßte sie ihren Kollegen. »Ich war bei dem ehemaligen Internatslehrer, der in Horumersiel wohnt.«

»Moin, Chefin«, sagte Lars und reichte ihr einen Ausdruck. »Ich konnte einige Dateien, die Maike Rosemeyer gelöscht hatte, wiederherstellen. Die meisten waren unwichtige Entwürfe, aber das hier ist der Hammer.«

An seiner Stimme hörte Hella, wie aufgeregt er war. Sie warf einen Blick auf die erste Seite und sah ihn fragend an.

»Die Rosemeyer hat Hagen oder Lukas Kramer erpresst. Oder beide. Es geht tatsächlich um die Vergewaltigung von vor acht Jahren.«

Hella zog einen Stuhl heran und setzte sich. Lars hatte recht, das Schreiben schien eine Warnung gewesen zu sein. Maike Rosemeyer behauptete, Lukas an dem Abend beobachtet zu haben, als er zur fraglichen Zeit vom Strand kam. Sie habe Kontakt zu Jasmin Grote und könne sie jederzeit darüber informieren, was sie gesehen habe.

»Wann hat sie das geschrieben?«

»Die Datei ist ein Word-Dokument, das zum letzten Mal im Oktober letzten Jahres abgespeichert wurde. Ich vermute, sie hat es vorgeschrieben, um es dann als E-Mail zu verschicken. Diese Mail wird sie dann später gelöscht haben. Da komme ich leider nicht dran.«

»Keine Forderungen!«, bemerkte Hella. »Gibt es weitere Dateien?«

»Nein, ich vermute, dass sie sich anschließend unter vier oder sechs Augen besprochen oder das Thema per Telefon abgehandelt haben.« Lars sah Hella erwartungsvoll an. »Wir sollten die Brüder noch einmal in die Mangel nehmen.«

Hella stand auf. »Zu früh! Wir brauchen mehr Fakten. Sind die Telefondaten endlich da?«

»Nein, aber ich habe sie noch einmal angemahnt.«

»Was ist mit dem großen Bauprojekt am Deichweg? Hast du da einen Ansprechpartner gefunden?«

»Habe ich dir vorhin gemailt.« Lars klickte mit der Maus und las vor: »Dr. Günther Weiffenbach. Geschäftsführer von Weiffenbach & Arnold. Die Zentrale ist in Bremen.«

»Kümmere ich mich drum.« Sie ging zur Tür und wandte sich noch einmal um: »Ist die Kleidung von Maike Rosemeyer in die Kriminaltechnik gewandert?«

»Ja, ich habe mit Kollege Radmeier gesprochen. Er glaubt zwar nicht, dass es nach dem langen Aufenthalt im Salzwasser noch Spuren zu finden gibt, aber er geht heute an die Arbeit und wird sich sofort melden.«

Hella blieb in der Tür stehen. »Habe ich dir eigentlich schon gesagt, dass du wirklich gute Arbeit leistest?«

Lars schaute verlegen zur Seite. »Danke!«

»Gern!« Hella nahm sich vor, Lars, der für sein Alter und seine Erfahrung einen ausgezeichneten Job machte, deutlicher zu signalisieren, wie sehr sie ihn schätzte. Sie nickte ihm zu. »Bis später.«

An ihrem Schreibtisch rief sie Lars' Mail auf und erreichte nach mehrmaligem Durchgestelltwerden Dr. Weiffenbach. Nachdem sie ihm erklärt hatte, über welche Angelegenheit sie mit ihm sprechen wollte, zögerte er und antwortete zurückhaltend: »Ich kann natürlich bestätigen, dass wir mit Frau Rosemeyer eine Geschäftsbeziehung haben, aber alles, was darüber hinausgeht, ist nicht für die Öffentlichkeit bestimmt.«

»Frau Rosemeyer ist nicht durch einen Unfall ums Leben gekommen, sondern getötet worden«, begann Hella, die schon damit gerechnet hatte, dass Weiffenbach sehr zurückhaltend mit Informationen sein würde. »Ich bin die ermittelnde Hauptkommissarin und keine ›Öffentlichkeit‹. Wenn es Ihnen lieber ist, dass ich einen richterlichen Beschluss erwirke und die Dokumente bei Ihnen beschlagnahmen lasse, müssen wir halt diesen Weg gehen.«

Sie hörte Weiffenbach schwer atmen. »Was wollen Sie wissen?«

»Die Firma von Frau Rosemeyer hat den Zuschlag für die Vermarktung des Projektes bekommen. Was hat hierfür den Ausschlag gegeben?«

»Nun ja, in diesem Fall haben wir uns aus politischen Gründen dafür entschieden, eine Firma, die auf der Insel ansässig ist, zu beauftragen. Wie Sie vielleicht wissen, gibt es momentan nur zwei potenzielle Partner, auf die wir zurückgreifen konnten. Es sind mit beiden Verhandlungen geführt worden, beide haben ein Angebot abgegeben. Letztlich ist die Entscheidung auf Frau Rosemeyer gefallen.«

»Was hat den Ausschlag dafür gegeben?«, wiederholte Hella ihre Frage.

»Kann ich davon ausgehen, dass die Information absolut vertraulich behandelt wird?«

»Solange es keine unmittelbare Relevanz für unsere Ermittlungen hat, bleibt die Information unter uns«, antwortete Hella ausweichend.

Es entstand eine kurze Pause, bevor Weiffenbach sich wieder meldete. »Also gut. Wir hatten ursprünglich die Firma Kramer favorisiert. Leider hat Herr Hagen Kramer sein Angebot zurückgezogen, und auch von offizieller Seite wurde uns Frau Rosemeyer … nahegelegt.«

»Hat Herr Kramer begründet, warum er aufgegeben hat?«

»Überlastung. Ich habe persönlich mit ihm gesprochen. Er hatte personelle Probleme und musste sich aus dem Grund von dem Auftrag zurückziehen.«

»Was hat Herr Reinhard Glaser von der Kurverwaltung Ihnen geraten?«, fragte Hella unvermittelt und wartete gespannt auf die Antwort.

»Woher wissen Sie …?« Er brach ab. »Das waren inoffizielle Gespräche, über die ich Ihnen nun wirklich keine Auskunft geben kann.«

Hella schmunzelte. Ihr kleiner Trick hatte funktioniert.

»Eine Frage habe ich noch. Wäre Ihre Entscheidung für Maike Rosemeyer auch ohne die inoffiziellen Gespräche gefallen?«

Wieder zögerte er. »Bei manchen Entscheidungen setzen wir auf mehr als ein Kriterium. Ausführlicher kann ich darauf nicht eingehen.«

»Vielen Dank, Herr Dr. Weiffenbach. Ich werde ein Protokoll aufsetzen und es Ihnen zur Unterschrift zukommen lassen. Sie haben mir sehr geholfen.«

Er murmelte einen Abschiedsgruß und legte auf.

Hella hatte mit großen Buchstaben »Glaser« auf den Block vor sich geschrieben und unterstrich den Namen jetzt mehrmals. Maike Rosemeyer schien, nachdem sie von ihrer Krankheit erfahren hatte, im geschäftlichen Bereich noch kompromissloser als zuvor vorgegangen zu sein.

Ihr Handy brummte. Dr. Wolters rief zurück.

»Frau Hauptkommissarin, was kann ich für Sie tun?«

»Hat Frau Rosemeyer ein Kind geboren?«

»Das steht natürlich alles in meinem Bericht, der auf dem Weg zu Ihnen ist. Aber gern auch fernmündlich: Nein, sie hat keine Geburt hinter sich.«

»Danke, Frau Dr. Wolters.«

»Wo ich Sie gerade dran habe: Die Analyse fürs Sperma war erfolgreich. Die DNA unter den Fingernägeln konnten wir noch nicht entschlüsseln. Ich hoffe allerdings, dass Sie auch hier in den nächsten Tagen eine positive Antwort bekommen.«

»Das ist eine gute Nachricht.«

»Ja, da haben Sie recht. Alles Weitere finden Sie in meinem Bericht. Ich wünsche Ihnen viel Erfolg bei der Suche nach dem Täter.«

Hella legte nachdenklich das Handy zur Seite. Maike Rosemeyer hatte das Kind also nicht bekommen. Entweder hatte sie eine Fehlgeburt oder einen Schwangerschaftsabbruch. Oder sie war nie schwanger gewesen. Sie schrieb eine Notiz und wählte als Nächstes die Nummer vom Staatsanwalt, berichtete ihm vom DNA-Nachweis aus dem Sperma und den noch in Arbeit befindlichen Spuren, die unter den Fingernägeln gefunden worden waren. Er sagte ihr zu, richterliche Beschlüsse für Holger Jakobs, Olaf Reiter, Dirk Rosemeyer und die Kramer-Brüder zu beantragen, die die Männer zur Abgabe einer DNA-Probe verpflichteten.

Der nächste Anruf galt ihrem Chef, Kriminalrat Onken, dem sie mündlich über die Ermittlungen der letzten Tage Bericht erstattete.

Als Hella ihren Magen knurren hörte, verließ sie ihr Büro, forderte Lars auf, ihr zu folgen, und ging mit ihm in die Wittmunder Fußgängerzone, in der sich auch ihre Lieblingspizzeria befand.

Sie fanden einen ruhigen Platz im Biergarten des Lokals und bestellten sich eine große Flasche Wasser und etwas zu essen. Hella berichtete von den letzten Entwicklungen, angefangen bei der Schwangerschaft, dem Anruf bei Weiffenbach und den neuen Informationen von Dr. Wolters.

»Schwanger? Von wem?«, fragte Lars erstaunt.

Hella zuckte mit den Schultern. »Das lässt sich nach dreißig Jahren wohl nicht mehr so einfach ermitteln. Ob es überhaupt für unseren Fall relevant ist, steht auch noch in den Sternen.«

»Wissen wir eigentlich, ob sie später versucht hat, noch einmal schwanger zu werden?«

»Nein, es gab auch bisher keinen Anlass, das zu fragen.«

Das Essen wurde serviert.

»Guten Appetit«, wünschte Lars. »Heute bezahle ich.«

Lars stellte sich neben Hella an das Flipchart. Die Hauptkommissarin schrieb in die Mitte der Seite »Maike« und rahmte den Namen ein. Oberhalb davon platzierte sie »Parkinson«, unterhalb »Schwangerschaftsabbruch«. Beides umrahmte sie mit einem dicken roten Stift und verband die Begriffe mit einem dünnen schwarzen Strich mit »Maike«.

Auf der rechten Seite fanden sich die vier Schulfreunde wieder: Jakobs, Reiter, Altenberg, Voß, auf der linken Seite positionierte sie Dirk Rosemeyer und Maikes Mutter, Ingrid Buschmann.

Ganz oben auf der Seite thronte »Internat«. Im unteren Bereich standen links die Gebrüder Kramer, die über das in Rot geschriebene »Bauprojekt« mit Reinhard Glaser verbunden waren.

»Das Vergewaltigungsopfer fehlt noch«, meinte Lars und zeigte auf einen freien Platz unterhalb von »Schwangerschaftsabbruch« und den Namen der Kramer-Brüder und Reinhard Glaser.

Hella vervollständigte die Aufstellung mit dem Namen. »So, welche Verbindungen haben wir mit wem?«

»Die vier Schulfreunde mit ›Maike‹ und mit ›Internat‹«, meinte Lars und nahm den Stift von Hella entgegen. Nachdem er die Striche gezogen hatte, bekam »Maike« ebenfalls eine Verbindung zu »Internat«. Das Gleiche passierte mit den beiden anderen Gruppen, der Familie und den drei Männern, die mit Maike Rosemeyer geschäftlich verbunden gewesen waren: die beiden Kramer-Brüder und Reinhard Glaser. Als Letztes zog Hella den Verbindungsstrich zwischen Jasmin und Maike und Jasmin und Lukas.

»Wir haben also drei Gruppen. Die Schulfreunde, die Familie und die geschäftlichen Verbindungen«, fasste Hella zusammen. »Untereinander scheinen sie keine direkten Verbindungen zu haben, die für unseren Fall relevant wären.« Hella nahm mehrere farbige Filzstifte in die Hand. »Blau für Gelegenheit, Grün für Motiv, Gelb für Mittel. Das wären erst mal die Flasche und dann die Kraft, die bewusstlose Maike Rosemeyer in die Nordsee zu schleppen.« Hella griff nach dem gelben Stift und umrandete alle Männer auf der Seite. »Die Mutter würde es rein körperlich nicht schaffen, eine erwachsene Person über den Strand ins Wasser zu ziehen. Bei Bettina Voß und Christina Altenberg bin ich mir da unsicher.«

»In solchen Situationen können Menschen über sich hinauswachsen. Okay, bei Bettina Voß ist es eher unwahrscheinlich, aber Christina Altenberg schien mir sehr sportlich zu sein.«

Hella nickte und malte bei Voß eine der vier Seiten von der Umrandung gelb, bei Altenberg zwei. Anschließend nahm sie den blauen Stift in die Hand.

»Gelegenheit: Die vier Schulfreunde haben alle kein Alibi. Sie sind nach dem Restaurantbesuch entweder noch spazieren gegangen oder direkt ins Ferienhaus. Alle waren allein unterwegs oder sind nicht gesehen worden, als sie ins Haus kamen.« Die vier bekamen alle eine zusätzliche blaue Umrandung. »Dirk Rosemeyers Alibi ist noch nicht bestätigt. Hast du seine Mutter inzwischen erreicht?«

»Nein, ich war schon kurz davor, nach Oldenburg zu fahren.«

Hella griff nach ihrem Handy. Holger Harms meldete sich sofort und versprach, nachdem Hella ihm die Lage erklärt hatte, jemanden zu der Mutter von Dirk Rosemeyer zu schicken.

»Eventuell ist sie auch im Krankenhaus bei ihrem Mann«, sagte Hella und wechselte noch ein paar Worte mit ihrem ehemaligen Kollegen.

Nach dem kurzen Gespräch widmete sie sich wieder dem Schaubild. »Hagen Kramer hat ein Alibi, aber lediglich durch seine Frau. Sein Bruder steht ohne da.« Sie zog den blauen Rand um den Namen. »Reinhard Glaser müssen wir hintanstellen. Seine Befragung steht noch aus. Kollege Marxen wollte mich heute anrufen, falls er weitere Informationen über ihn gesammelt hat. Hinzu kommt die Reaktion von Dr. Weiffenbach. Er hat quasi bestätigt, dass Glaser sich in die Auftragsvergabe eingebracht hat.«

Lars lachte. »›Eingebracht‹ ist nett formuliert. Ich werde Glaser auch noch mal durchchecken.«

»Kommen wir zum Motiv. Von den vier Schulfreunden hätte unter Umständen Jakobs eins, vorausgesetzt, er hat wirklich Schwierigkeiten, die Hunderttausend zurückzubezahlen.« Hella kreiste den Namen mit einem grünen Stift ein. »Dirk Rosemeyer könnte erfahren haben, dass seine Frau die Scheidung plant. Leider habe ich noch keine Rückmeldung von allen angeschriebenen Notariaten. Unter Umständen hat sie sogar das Testament geändert oder hatte es zumindest vor.«

»Hätte er sie dann getötet?«, fragte Lars.

»Ich glaube kaum, dass die Tat geplant war. Die ganzen Umstände weisen eher auf eine Affekttat hin.« Sie umrundete mit dem grünen Stift den Namen von Lukas Kramer. »Er hat bisher das stärkste Motiv. Maike Rosemeyer hat vermutlich ihn und seinen Bruder erpresst, und offensichtlich konnte er Hagen nicht davon überzeugen, dass er nichts mit der Vergewaltigung zu tun hat. Ansonsten hätte der sich wohl kaum auf die Erpressung eingelassen.«

»Vielleicht war er es ja tatsächlich? Sollten wir nicht doch Jasmin Grote ausfindig machen und sie befragen?«

»Ich hätte es gern vermieden, aber so, wie es aussieht …«, sie zeigte auf Lukas Kramers Namen, der mit drei farbigen Rahmen umrandet war, »… kommen wir wohl nicht darum herum. Kümmerst du dich um die Daten? Ich werde dann mit ihr sprechen. Falls sie nicht zu weit entfernt wohnt, möchte ich das lieber vor Ort machen.«

»Notiert!« Lars klappte sein Notizbuch zu. »Übrigens: Langeoog hat nur drei Mobilmasten, die sehr nah zusammenstehen.« Er reichte ihr einen Ausdruck, auf der die Masten eingezeichnet waren. »Ich vermute, dass sie von unterschiedlichen Netzbetreibern genutzt werden. Ein Bewegungsprofil ist damit nicht zu erstellen. Aber wir werden zumindest wissen, mit wem Maike Rosemeyer telefoniert oder Nachrichten ausgetauscht hat.«

»Okay, wäre ja auch zu schön gewesen, wenn wir Maike Rosemeyers Weg hätten rekonstruieren können.«

Lars stand auf. »Dann gehe ich mal wieder an die Arbeit.«

18

Die richterlichen Beschlüsse für die DNA-Proben kamen schneller, als Hella erwartet hatte. Sie informierte die Kollegen in Hannover und Oldenburg und bat darum, schnellstmöglich von Jakobs und Reiter einen Abstrich zu besorgen. Der nächste Anruf galt Jan Marxen auf Langeoog. Sie erklärte ihm die Lage, er sagte zu, noch am gleichen Tag Proben von den drei Männern vor Ort zu besorgen.

»Glaser ist noch nicht dabei?«, fragte er.

»Nein, ihn müssen wir noch befragen. Haben Sie noch etwas herausgefunden?«

»Ich habe mich etwas umgehört. Inoffiziell sozusagen. Sehr beliebt ist Glaser nicht auf der Insel. Es gibt Gerüchte, dass er gegen kleine Gefälligkeiten Vermieter bevorzugt.«

»Er lässt sich bestechen?«

»Wie gesagt, das sind Gerüchte. Ich bin mit solchen Dingen immer sehr vorsichtig. Und in so einer kleinen Gemeinde werden schnell mal Geschichten in Umlauf gebracht. Manchmal sogar bewusst, um jemandem zu schaden. Ob in diesem Fall wirklich etwas dran ist, kann ich nicht sagen. Dass die betroffenen Vermieter schweigen, ist klar. Auf jeden Fall ist Glaser weiter auf der Insel und hat nicht etwa Urlaub. Wenn Sie ihn also befragen wollen …«

»Danke, Herr Kollege. Ich vermute, dass wir morgen oder spätestens übermorgen wieder bei Ihnen sind.«

»Sind Sie denn … weitergekommen?«

»Im Moment sammeln wir noch. Einen zwingenden Tatverdacht haben wir bisher noch nicht«, wich Hella seiner Frage aus.

»Verstehe. Ich mache mich dann gleich auf den Weg, um die Proben zu besorgen.«

Hella stand auf und drehte eine Runde in ihrem Büro. Marxen schien immer noch mit seiner Rolle zu hadern. Sie konnte nur hoffen, dass er seinem Vereinsfreund Hagen keine Informationen zukommen lassen würde. Als das Telefon klingelte, hob sie den Hörer im Stehen ab. Holger Harms aus Oldenburg berichtete ihr, dass die Mutter von Dirk Rosemeyer befragt worden sei, sich aber nicht an den Tag erinnern konnte, an dem ihr Sohn zur Insel zurückgefahren sei.

Mit einem lauten Seufzer setzte sie sich wieder an ihren Schreibtisch und kontrollierte die Mails. Von drei Notariaten waren Nachrichten eingegangen. Zwei hatten keine Mandantin namens Maike Rosemeyer, das dritte Notariat bestätigte, dass ein Testament bei ihnen hinterlegt sei. Hella griff zum Telefon und ließ sich mit dem Notar verbinden.

»Groneweg. Sie sind die zuständige Beamtin aus Wittmund?«

»Hella Brandt, ja, ich habe Ihnen die Anfrage bezüglich des Testaments geschickt.«

»Entschuldigen Sie die späte Rückmeldung. Unser Notariat musste krankheitsbedingt für ein paar Tage schließen.«

»Sie bekommen spätestens morgen von uns einen richterlichen Beschluss, damit wir das Testament einsehen können. Könnten Sie bitte mit der Benachrichtigung der Angehörigen bis dahin warten?«

Der Notar zögerte, sagte dann aber: »Das wird nicht notwendig sein.«

»Warum nicht?«, fragte Hella erstaunt.

»Tut mir leid, aber ohne richterlichen Beschluss …« Er räusperte sich. »Ich höre dann morgen von Ihnen?«

Sie verabschiedeten sich. Die Auskunft des Notars konnte nur bedeuten, dass zwar ein Testament vorlag, dies aber noch nicht von Maike Rosemeyer unterschrieben war. Hella führte ein weiteres Gespräch mit dem Staatsanwalt, der sich um den Beschluss kümmern würde, und wollte sich gerade um den größer werdenden Aktenstapel kümmern, als Enno Franzen seinen Kopf durch die Tür steckte. »Hast du einen Moment Zeit?«

Hella deutete auf den Stuhl vor ihrem Schreibtisch. »Komm rein!«

Er setzte sich. »Bist du wegen der alten Ermittlungen weitergekommen?«

»Nein, außer dass der Vergewaltigungsfall für unsere Langeooger Ermittlungen wichtiger zu sein scheint, als wir bisher angenommen haben.« Sie erzählte Franzen von dem vermutlichen Erpresserbrief.

Er nickte nachdenklich. »Vielleicht sollte ich doch noch mal mit Egon sprechen.«

»Das wäre natürlich gut. Wir versuchen auch gerade, Jasmin Grote zu erreichen. Angeblich stand unser Opfer mit ihr in Verbindung.«

»Ihr kommt also voran?«

»Frag mich in ein paar Tagen wieder. Im Moment liegt das mögliche Motiv noch im dichten Nebel.«

»Trotz der Erpressung?«

»Ich bin mir nicht sicher, ob der Fall wieder aufgenommen worden wäre, wenn Rosemeyer eine Aussage gemacht hätte. Hagen Kramer, das ist der ältere Bruder von Lukas, weiß sich zu wehren. Ihm wird klar gewesen sein, dass die Drohung seiner Konkurrentin wenig Substanz hatte.«

»Warum hat er sich dann auf den Deal eingelassen?«, fragte Enno Franzen interessiert.

»Genau die Frage stelle ich mir auch. Vielleicht will er im Moment keinen Ärger, weil sein Bruder nicht ganz so stabil ist. Ich weiß es nicht.«

Hellas Mailaccount machte sich bemerkbar. Lars hatte neue Informationen zu Jasmin Grote.

»Einen kleinen Moment …«, sagte Hella und öffnete die Mail. Lars schrieb, dass Jasmin Grote vor über einem Jahr in die psychiatrische Klinik zwangseingewiesen wurde und dort immer noch behandelt würde.

»Von Jasmin Grote werden wir wohl vorerst nichts erfahren«, sagte Hella. »Sie ist in der Psychiatrie.«

Franzen seufzte. »Dann wird es ja jetzt noch wichtiger, dass Egon mit uns spricht.«

Hella genoss das kalte Wasser der Dusche. Am späten Nachmittag hatte sie sich vom Büro aus auf den Weg nach Hause gemacht, den Kopf gefüllt mit den neuen Informationen zum Fall.

Sie stellte das Wasser ab, verließ die Dusche und öffnete das Fenster. Die frische Seeluft legte sich wie ein kühler Schatten auf ihre noch nasse Haut. Hella liebte diese Momente, in denen das Blut in ihren Adern pulsierte und sie das Leben spürte.

Mit einer Flasche Weißwein und einem Glas lief sie die über vierzig Stufen den Deich hinauf und setzte sich auf die Deichkrone. Bei klarem Wetter konnte sie von hier aus Spiekeroog erkennen. Auch wenn Leon auf der von ihr abgewandten Seite seine kleine Surfschule betrieb, hatte sie das Gefühl, ihn sehen zu können.

Sie trank einen Schluck Wein und schloss die Augen. Der Wind wirbelte ihr Haar durcheinander, die Wellen rauschten leise, und weit entfernt schrie eine Möwe. Sie atmete tief die salzige Luft ein und öffnete die Augen. In diesem Augenblick klingelte ihr Handy. Sie sah aufs Display und nahm das Gespräch an.

»Schon Feierabend?«, fragte sie Leon.

Er lachte. »Das war eigentlich mein Text. Bist du zu Hause?«

»Wenn du einen halben Kilometer westwärts laufen würdest, könntest du mich sehen.«

»Du sitzt auf dem Deich?«

»Ja, seit ein paar Minuten. Ein anstrengender Tag, aber jetzt ruhe ich mich hier aus, und alles fällt von mir ab. Mir fehlt nur noch eins. Wann kannst du kommen?«

»Die Fährzeiten lagen heute so schlecht, dass ich schon am frühen Nachmittag hätte fahren müssen und morgen erst gegen elf wieder hier gewesen wäre. Tut mir leid. Und du? Kommst du auch nicht weg?«

»Es sieht nicht so aus, als wenn wir den Fall morgen abschließen könnten. Leider.«

»Ich versuche, Donnerstag bei dir zu sein. Was meinst du?«

»Wenn es bei dir geht …«

»… und wenn ich surfen muss. Sechs fast unüberwindbare

Kilometer. Im Prinzip kann man sie sogar laufen, wenn Ebbe ist.«

»Untersteh dich, da musst du mehr schwimmen, als dass du gehen kannst. Und am Schluss erwischt dich noch die Flut.«

»Das klingt fast so, als ob da jemand Angst um mich hätte …«

Hella legte den Kopf in den Nacken und schloss die Augen für einen Moment. Aus dem Spaß war plötzlich Ernst geworden. Es war lange her, dass sie Angst um jemanden gehabt hatte. Ihr letzter Besuch bei ihrer Großmutter schoss ihr durch den Kopf. Sie war gebrechlich geworden, hatte langsamer gesprochen als zuvor und sie mit ernstem Blick angesehen, als hätte sie ihren nahen Tod geahnt.

»Wäre das so schlimm?«, wich sie Leon aus.

»Nein. Im Gegenteil. Es wäre wunderschön«, antwortete er ihr mit gedämpfter Stimme. »Ich jedenfalls habe immer Angst um dich, wenn ich an deinen Beruf denke …«

»… und die Waffe sehe«, ergänzte Hella spontan.

»Das hast du bemerkt?«

»Ja.«

»Versprichst du mir, dass du auf dich aufpasst? Sehr aufpasst?«

»Ja.« Der Kloß im Hals war größer geworden. Und das warme, wohlige Gefühl ebenso.

Sie schwiegen eine Weile, bis Leon sagte: »Ich liebe dich.«

Hella ließ die Flasche und das Glas zurück und lief die Stufen des Deichs hinunter zur Wasserseite. Das Gespräch mit Leon klang in ihr nach. Sie hatten über seinen und ihren Tag gesprochen, über die nächsten Wochen und Monate. So offen und klar hatten sie bisher nie miteinander reden können. Immer wieder waren ihre Augen feucht geworden. Ihre Angst vor den nächsten Wochen wich der Vorfreude, Leon für über einen Monat bei sich in der Nähe zu wissen. Das war wunderbar.

Sie blieb stehen und ließ die Weite der Nordsee auf sich wirken. Leon hatte viermal im Laufe des Gesprächs wiederholt, dass er sie lieben würde. Die unüberwindbaren Kilometer zwischen ihnen schmolzen mit jedem Mal, wenn Leon direkt neben ihr saß und sie ihn in den Arm nahm.

Stand er jetzt dort am Strand und sah auf die Küste? Hella hob ihre Hand und winkte.

»Guten Morgen, Chefin«, begrüßte Lars Hella, als sie Mittwochfrüh bei ihm im Büro vorbeischaute.

»Gibt es etwas Neues?«

»Der richterliche Beschluss bezüglich des Testaments, oder was immer sie da hinterlegt hat, ist da. Ich habe ihn schon an das Notariat weitergeleitet und hoffe, dass wir bald Antwort bekommen.«

»Gut. Auch wenn ich schon ahne, was dort steht.«

»Aufhebung des gegenseitigen Testaments und …« Lars zögerte. »… wen wird sie als Erben benannt haben?«

»Warten wir's ab. Sonst noch was?«

»Gerade eben hat der Provider die Telefondaten geschickt. Ich mache mich sofort an die Durchsicht.« Er sah Hella fragend an. »Oder willst du …?«

»Schon in Ordnung. Du hast dich auch mit denen herumschlagen müssen. Was macht die Funknetzabfrage?«

»Auch da. Wie ich vermutet habe, werden wir es schwer haben, da etwas zu finden. Während des fraglichen Zeitraums waren weit über tausend Geräte eingeloggt.«

»Mist, aber das war in der Hochsaison zu erwarten. Wie lange war das Handy von Maike Rosemeyer angemeldet?«

Lars schmunzelte. »Das habe ich natürlich als Erstes kontrolliert. Zwölf Uhr zweiunddreißig ist es abgemeldet worden. Entweder aktiv, oder sie hatte es dabei, und das Wasser hat es zerstört. Allerdings müsste es ihr dann aus der Tasche, oder wo immer sie es deponiert hatte, gerutscht sein.« Er wiegte den Kopf hin und her. »Ich weiß nicht, ob das sehr wahrscheinlich ist. Ich tippe eher darauf, dass der Täter es ihr abgenommen und ausgeschaltet hat.«

»Oder beides. Zuerst wurde Maike Rosemeyer ins Wasser

geschleift, und als das Handy schon eine Zeit lang mit Salzwasser in Berührung gekommen war, fiel dem Täter ein, dass es besser wäre, das Handy verschwinden zu lassen.«

»Auch möglich.« Er hielt inne. »Marxen hat sich bei mir gemeldet, als ihm gesagt wurde, dass du noch nicht im Hause bist. Er hat die DNA-Proben der drei Männer, und sie sind auch noch gestern mit der Fähre rausgegangen.«

»Dann haben wir vielleicht Ende der Woche schon ein Ergebnis. Ich ruf noch mal in der Gerichtsmedizin an und mach es dringend.«

»Ende der Woche wäre schon wahnsinnig schnell …«

Hella stöhnte. »Weiß ich doch selbst. Und jetzt lass ich dich in Ruhe die Listen studieren. Melde dich, wenn du durch bist.«

Lars nickte und klappte seinen Laptop auf. Als Hella sich abwandte, rief er sie zurück. »Ich habe Glaser vergessen.«

»Den hast du auch schon gecheckt?«

»Ein wenig. Ich habe bei seinem vorherigen Arbeitgeber angerufen und eine sehr freundliche Dame am Apparat gehabt, die mir unter dem Siegel der Verschwiegenheit ein paar Infos geflüstert hat.«

Hella musste unwillkürlich schmunzeln. Lars war sehr gut darin, im Gespräch mit Frauen schnell mit ihnen warm zu werden. Seine jugendliche Stimme schien Muttergefühle auszulösen, die jegliche Vorsicht außer Kraft setzten. »Sieh an!«

»Ich habe niemanden gezwungen«, sagte er und hob entschuldigend die Hände. Gleich darauf wurde er ernst. »Unser Mann hat nicht ganz freiwillig seinen letzten Arbeitsplatz verlassen. Nachdem sich seine Frau von ihm hat scheiden lassen und mit den beiden Kindern nach Süddeutschland gezogen ist, hat er wohl etwas die Balance in seinem Leben verloren.«

»Wo hat er gearbeitet?«

»In einer Gemeindeverwaltung an der Ostsee in der Nähe von Rostock. Er war da auch für den Touristikbereich zuständig. Insofern scheint er schon qualifiziert zu sein, allerdings …«, Lars machte eine eindeutige Handbewegung, »… hat er zu tief ins Glas geschaut und wurde immer unzuverlässiger.

Es gab auch Gerüchte, dass er nicht immer ganz ordnungsgemäß gearbeitet hätte.«

»Bedeutet?«

»Da ist meine Informantin nicht so sehr ins Detail gegangen, aber es hörte sich schon nach Bestechung an. Die Lösung in solchen Fällen wird ja oft in einer freiwilligen Kündigung gesucht. So hat der Arbeitgeber keinen Imageschaden und ist den Übeltäter trotzdem los.«

»Frauengeschichten?«

»Genau das habe ich auch gefragt, allerdings nicht so direkt. Ich muss hier wieder etwas kreativ interpretieren und schließe mal aus dem Gesagten, dass er offensichtlich Kontakt zu Prostituierten pflegte.«

»Und dann hat er sich in Langeoog beworben, die keine Rückfragen an den vorherigen Arbeitgeber gestellt haben?«

»Offiziell dürfen solche Dinge doch nicht weitergegeben werden. Arbeitszeugnisse müssen per Gesetz positiv sein, und vielleicht waren sie auch froh, dass er von dort komplett verschwunden ist.«

»Okay. Zu Prostituierten zu gehen, ist nicht strafbar. Alles andere waren ja wohl auch nur Gerüchte. Wir werden uns heute oder morgen ein eigenes Bild von dem Herrn machen müssen.«

Lars nickte. »Sehe ich genauso.«

Hella lehnte sich auf ihrem Schreibtischstuhl zurück und streckte die Arme nach hinten. In den letzten eineinhalb Stunden hatte sie sich um in der letzten Woche liegen gebliebene Arbeiten gekümmert. Als sie ihren Mailaccount überprüfte, fand sie dort die Nachricht des Notariats, das das Testament gesandt hatte. Im Mai hatte Maike Rosemeyer das Dokument aufgesetzt, in dem sie das gegenseitige Testament aufgehoben und als Erben ihre Schwester und die Mutter aufgeführt hatte. Das Testament war allerdings noch nicht unterschrieben.

Hella telefonierte ein zweites Mal mit dem Notar und erfuhr, dass Maike Rosemeyer die Unterschrift immer wieder hinausgezögert habe und aus diesem Grund auch der Ehemann nicht über ein neues Testament informiert wurde. Als sie aufgelegt hatte, kam Lars mit einem Stapel Papier in der Hand zu ihr ins Büro und blieb vor ihrem Schreibtisch stehen.

»Ganz schön aktiv, unser Opfer«, meinte er.

»Willst du dich nicht setzen?«

Er schüttelte den Kopf. »Also: Das Essen begann um kurz vor acht. Vor dieser Zeit hat sie mit Glaser telefoniert.« Er warf einen Blick auf seine Liste. »Geschlagene zehn Minuten.«

»Interessant. Später am Abend noch einmal?«

Lars nickte. »Um elf Uhr vierunddreißig. Das Gespräch hat allerdings nur zwanzig Sekunden gedauert. Das erste Mal hatte Maike Rosemeyer ihn angerufen, das kurze Gespräch gegen halb zwölf ging von ihm aus. SMS wurden von ihm oder ihr an diesem Abend nicht versendet, aber ich vermute, sie haben ohnehin per WhatsApp miteinander kommuniziert. Solange wir das Handy nicht haben, können wir solche Nachrichten nicht nachvollziehen.«

»Und weiter?«

»Bleiben wir bei der Zeit vor dem Essen. Ein Gespräch mit Lukas Kramer, das etwas über fünf Minuten gedauert hat. Sie hat Kramer angerufen. Weiterhin hat ihr Mann sie am Nachmittag und vor allem am Abend mehrfach zu kontaktieren versucht. Sie hat allerdings nie abgenommen.«

»Wie oft genau?«

Wieder bemühte Lars seine Liste, auf der er die Einträge in verschiedenen Farben markiert hatte. »Elfmal.«

»Das ist nun wirklich mal interessant. Dass er sie so oft angerufen hat, hat er uns aber verschwiegen.«

Lars schmunzelte. »Wenn's nur das wäre …«

Hella war sofort klar, worauf Lars anspielte. »Sein Handy war auf der Insel eingeloggt?«

»Die Kandidatin hat hundert Punkte!« Er grinste übers ganze Gesicht. »Ich denke, das wird er uns erklären müssen.«

»Ich wundere mich immer wieder, wie naiv unsere ›Kundschaft‹ ist. Aber gut …« Sie informierte Lars über das noch nicht unterschriebene Testament.

»Also erbt der Ehemann jetzt alles?«

»Ja«, bestätigte Hella. »Ohne Unterschrift ist das Dokument nichts wert.«

»Meinst du, sie hat ihm damit gedroht, dass sie das Testament nur noch unterschreiben muss?«

»Das werden wir ihm so wohl kaum nachweisen können. Ein zusätzliches Tatmotiv wäre das auf jeden Fall.« Sie hielt einen Augenblick inne und fragte: »Weitere interessante Einträge?«

»Vor dem Essen nicht mehr, aber danach haben wir ja noch ein Zeitfenster von fast zweieinhalb Stunden. Um kurz vor halb zwölf hat sie mit unserem Oberstudienrat telefoniert.« Lars hatte die Berufsbezeichnung langsam und akzentuiert ausgesprochen. »Zwei Minuten nur, aber immerhin.«

»Das würde reichen, um sich zu verabreden.«

»Richtig!« Lars blätterte etwas zu theatralisch das Blatt um. »Ja, was haben wir da denn noch? Richtig, unser Jungspund hat auch noch kurz mit Maike Rosemeyer gesprochen. Das war um zwei Minuten nach Mitternacht.« Lars sah sie triumphierend an. »Das muss kurz vor ihrem Tod gewesen sein. Er war übrigens ihr letzter Kontakt per Handy.«

»Mit Olaf Reiter hat sie also telefoniert. Was ist mit den anderen drei Schulfreunden?«

»Ein- oder abgehende Anrufe gab es nicht. Nachrichten per WhatsApp oder über eine andere Plattform können wir, wie gesagt, nicht nachverfolgen.«

»Auch Hagen Kramer war nicht mit im Spiel?«, fragte Hella und räumte die Akten auf ihrem Schreibtisch zusammen.

»Wenn er nicht das Handy von seinem Bruder benutzt hat ...«

Hella stand auf und sah auf die Uhr.

»Die nächste Fähre geht in eineinhalb Stunden«, kam Lars ihr zuvor. »Wir haben noch genügend Zeit.«

19

Hella packte ihre kleine Reisetasche und ging zu ihrem Auto. Als sie Gesa mit dem Fahrrad auf sich zukommen sah, legte sie die Tasche in den Kofferraum und wartete auf ihre Nachbarin.

»Moin, moin!«, begrüßte Gesa sie lächelnd. »So früh zu Hause?«

»Ich habe nur für einen Außeneinsatz ein paar Sachen geholt, falls ich auf Langeoog übernachten muss.«

»Verstehe. Hast du mit Dieter gesprochen?«

»Ja und danke, dass du mir da geholfen hast. Das Gespräch war sehr aufschlussreich.«

»Das freut mich!« Sie sah auf die Uhr. »Du musst los. Die Fähre legt in zwanzig Minuten ab.«

Hella öffnete die Autotür. »Ich weiß.«

»Pass auf dich auf, Kind«, gab Gesa ihr mit auf den Weg und wartete, bis Hella mit ihrem VW-Passat an ihr vorbeigefahren war. Im Rückspiegel sah Hella Gesa, die ihr nachwinkte. Ein wohliges Gefühl machte sich in ihrem Bauch breit. Es tat gut, einen so lieben Menschen wie Gesa in der Nähe zu haben.

Die vier Kilometer bis zum Bensersieler Fährhafen legte Hella in wenigen Minuten zurück, suchte sich einen Parkplatz und eilte zum Fährhaus, wo sie sich mit Lars verabredet hatte. Als er nicht zu sehen war, schickte sie ihm eine Nachricht und kaufte zwei Karten.

Als sie vor dem Fährhaus wartete, sah sie aus dem Augenwinkel die Fähre, die kurz zuvor angelegt haben musste. Inzwischen kamen ihr die Gäste entgegen und strömten zu den Parkplätzen.

»Entschuldige«, hörte sie Lars' Stimme hinter sich. »Ein Unfall kurz hinter Wittmund. Du hast die Karten schon?«

Hella wandte sich zu ihm um und nickte. »Wir können

gleich auf die Fähre.« Hella hatte eine Person wahrgenommen, die sie nicht gleich zuordnen konnte. Ruckartig drehte sie sich wieder um und rief Lars zu: »Lukas Kramer!«

Etwa hundert Meter von ihnen entfernt stand ein Mann neben einem dunkelblauen Mercedes und öffnete gerade den Kofferraum. Inzwischen war sich Hella sicher, dass es sich um den jüngeren Kramer-Bruder handelte. Sie ließ ihre Tasche fallen und rief Lars im Laufen zu, dass er das Auto holen solle. Während sie sich dem Mercedes näherte, ging der Mann auf die Beifahrerseite zu. Hella schrie laut seinen Namen und forderte ihn auf, stehen zu bleiben. Lukas Kramer wandte sich um und stieg nach einer Schrecksekunde, in der er hektisch um sich schaute, ins Auto ein. Inzwischen war Hella noch dreißig Meter vom Fahrzeug entfernt, konnte aber das Nummernschild nicht erkennen, da sie seitlich auf das Auto zulief. Der Mercedes wurde gestartet und schoss im nächsten Augenblick nach vorn. Zwanzig Meter. Das Fahrzeug bremste hart, als ein Fußgänger den Weg zum Parkplatz überquerte, fuhr aber gleich darauf mit hohem Tempo weiter. Erst jetzt befand sich Hella hinter dem Auto und konnte einen Teil des Nummernschildes erkennen. Ein Oldenburger Kennzeichen, RT und anschließend eine dreistellige Zahl, bei der Hella meinte, in der Mitte eine Null erkannt zu haben.

»Verflucht!«, schrie sie wütend dem Auto hinterher.

Als Lars wenig später neben ihr hielt, sprang sie auf den Beifahrersitz und zeigte nach vorn. Lars hatte bereits das Blaulicht auf dem Dach befestigt und stellte zusätzlich den Signalton ein, bevor er dem aus ihrem Blickfeld geratenen Mercedes hinterherjagte.

Kurz darauf erreichten sie über die Zufahrtsstraße zum Hafen die L 5.

»Rechts oder links?«, rief Lars hektisch.

Linker Hand schlängelte sich die Landstraße an der Küste entlang in Richtung Neuharlingersiel, rechts würden sie in fünfhundert Metern den Kreisel erreichen, von dem drei Straßen abgingen. Eine in die Ortsmitte von Bensersiel, die andere an der Küste entlang in Richtung Westen, und die dritte führte nach Esens, eine Kleinstadt auf dem Weg nach Wittmund.

»Links!«, entschied Hella und dachte fieberhaft darüber nach, wie sie weiterfahren sollten. Wie hatte wohl Lukas Kramer entschieden?

Lars warf ihr einen fragenden Blick zu, als sie auf den Kreisel zufuhren.

»Nach Esens«, entschied Hella und griff nach ihrem Handy. Die Kollegen der Polizeistation in Esens sagten zu, eine Streife zur Ausfallstraße nach Bensersiel zu schicken.

»Die sind nicht rechtzeitig da«, kommentierte Lars, als Hella bereits in Aurich anrief und eine Kontrolle der B 210 anforderte. Der nächste Anruf galt Enno Franzen, den sie bat, in Wittmund gleiche Maßnahmen einzuleiten.

Inzwischen hatten sie die Stadtgrenze von Esens erreicht. Nirgends war ein Streifenwagen zu sehen, sie fuhren die Umgehungsstraße weiter und fanden auch am Ortsausgang keine Kollegen.

»Die Zeit hat nicht gereicht«, murmelte Hella, während Lars mit hoher Geschwindigkeit die Landstraße entlangraste.

Die nächsten zehn Kilometer bis zur B 210 schwiegen sie. Erst kurz vor der Kreuzung fragte Lars, ob sie nach Aurich oder Wittmund fahren sollten. Hella entschied sich für Aurich. Als Lars abbog, schrie sie auf. Drei- bis vierhundert Meter vor ihnen fuhr ein dunkler Mercedes. »Kannst du das Nummernschild erkennen?«

»Nein.« Lars hielt konzentriert das Steuer in der Hand und überholte die Fahrzeuge, die aufgrund des Martinshorns langsam weit rechts fuhren. Das Nummernschild wurde sichtbar. »OL«, raunte Hella. Zwar war unter den Ziffern keine Null, aber inzwischen war sie sich nicht mehr so sicher mit den Zahlen. Auf jeden Fall stimmten die beiden Buchstaben überein. Lars setzte zum Überholen an, während Hella die Kelle bereithielt und das Seitenfenster herunterließ. Der Mercedes folgte ihren Anweisungen und blieb auf einem Seitenstreifen hinter Lars' Auto stehen. Die beiden Kommissare stiegen aus und näherten sich langsam dem Fahrzeug. Als Hella neben dem Wagen stand, deutete sie dem Fahrer an, die Scheibe herunterzulassen.

»Polizeikontrolle«, sagte Hella, deren rechte Hand auf der Waffe im geöffneten Halfter ruhte. »Wie viele Personen befinden sich bei Ihnen im Fahrzeug?«

Der etwa dreißigjährige Mann am Steuer warf ihr einen skeptischen Blick zu. »Polizei?«

Hella zog mit der linken Hand ihren Ausweis aus der Tasche, ohne den Fahrer aus den Augen zu lassen. »Kriminalpolizei Wittmund. Beantworten Sie jetzt bitte meine Frage.« Hella hatte immer noch freundlich, aber bestimmt gesprochen und den Mann dabei fixiert.

»Ich bin allein im Fahrzeug. Das sehen Sie doch!« Der Mann rollte mit den Augen.

»Fahrzeugpapiere, Ausweis«, forderte ihn Hella auf.

Lars stand mit zwei Metern Abstand auf der anderen Seite des Mercedes und beobachtete die Szene.

Der Mann im Auto beugte sich zur Seite und schien das Handschuhfach öffnen zu wollen.

»Langsam!« Dieses Mal hatte Hella laut und eindringlich gesprochen. Diese Stimme akzeptierte keinen Widerspruch. Der junge Mann zuckte kurz zusammen, öffnete dann aber sehr langsam das Fach und holte die Dokumente heraus. »Bitte schön!«

Lars war inzwischen neben Hella getreten, nahm die Papiere entgegen, trat ein paar Schritte zurück und zückte sein Handy.

»Wo kommen Sie her?«, fragte Hella.

»Ehrlich gesagt weiß ich nicht, was Sie das angeht. Meine Papiere sind in Ordnung, und jetzt möchte ich gern weiterfahren.«

Hella war klar, dass sie den Mann nicht zwingen konnte, seinen Reiseweg offenzulegen.

»Ich muss einen Blick in Ihren Kofferraum werfen«, sagte sie, anstatt ihn weiter zu bedrängen.

»Muss das sein? Was ist das hier überhaupt für eine Aktion?

Ihnen ist schon klar, dass ich mich offiziell über Sie beschweren werde?«

»Das bleibt Ihnen unbenommen. Öffnen Sie jetzt bitte den Kofferraum?«

Der Mann stöhnte theatralisch, öffnete dann aber seinen Sicherheitsgurt und stieg aus. Hella beobachtete ihn. War er aufgeregt? Nein, eher schien er geahnt zu haben, dass er kontrolliert werden würde. Hatten sie den falschen Mercedes angehalten? Nein, es war kaum vorstellbar, dass ein zweites Fahrzeug dieses Typs mit gleicher Farbe und gleicher Buchstabenkombination sich hier in der Gegend aufhielt. Aus dem Augenwinkel sah Hella, dass Lars immer noch oder schon wieder telefonierte. Der Mann schlenderte am Fahrzeug entlang, als wenn ihn die ganze Sache nichts angehen würde – oder er bewusst die Kontrolle ausdehnen wollte. Schließlich öffnete er den Kofferraum und trat zurück. »Kein Diebesgut, keine Drogen, kein … was suchen Sie eigentlich?«

Ohne ihm zu antworten, warf Hella einen Blick in den Kofferraum. Wie nach der Reaktion des Mannes zu erwarten, befanden sich hier weder Lukas Kramer noch seine Reisetasche.

»Danke!«, sagte Hella. Der Mann schloss den Kofferraum. »War's das?«

Hella trat zurück und forderte ihn auf, die hintere Tür zu öffnen.

»Muss ich das tun?«

»Kennen Sie Lukas Kramer?«

Er sah sie gespielt erstaunt an. »Muss ich jetzt auch noch meine privaten Kontakte offenlegen?«

»Öffnen Sie jetzt die Tür!«

Er stöhnte theatralisch und zog die Tür auf. »Bitte!«

Auf dem Rücksitz befand sich eine handliche Reisetasche. »Ist das Ihre?«

Der Mann nickte.

»Würden Sie die bitte öffnen?«

»Wenn Sie mir dafür einen Durchsuchungsbeschluss zeigen, gern!«

Lars trat zu ihnen und reichte dem Mann die Papiere. »Vielen Dank, Herr Wogner.«

Für Hella war das das Zeichen, dass nichts gegen den Mann vorlag, was eine weitere Untersuchung des Fahrzeuges oder der Tasche gerechtfertigt hätte. Hella nickte Wogner zu. »Sie können jetzt weiterfahren.«

»Verfolgen wir ihn?«, fragte Lars, der das Gespräch zwischen Hella und Wogner mitbekommen hatte.

»Der ist nicht so blöd und sammelt gleich um die Ecke Kramer ein. Entweder hat er mit der Sache nichts zu tun, oder er hat Kramer vorher irgendwo abgesetzt. Ich neige zur zweiten Variante. Sie werden warten, bis sich der Staub gelegt hat und er ihn gefahrlos abholen kann.«

Lars seufzte. »Ich fürchte, du hast recht. Gegen Wogner liegt zwar aktuell nichts vor, aber seine Akte ist lang. Drogen, Körperverletzung, Diebstahl.«

»Hast du die Kollegen in Aurich und Wittmund schon angerufen?«

»Ja. Nichts. Ich habe sie gebeten, noch zwei Stunden zu bleiben. Das Kennzeichen von Wogner habe ich durchgegeben.«

»Gut. Wann geht die nächste Fähre nach Langeoog?«

Lars warf einen Blick auf seine Armbanduhr. »Wir haben noch ausreichend Zeit. Die nächste Fähre legt erst in eineinhalb Stunden ab.«

Sie stiegen ins Auto und fuhren in Richtung Bensersiel. Hella telefonierte mit Jan Marxen und informierte ihn über ihr verspätetes Kommen. Weiterhin bat sie ihn, Hagen Kramer vorzuladen und ihren Besuch bei Dirk Rosemeyer anzukündigen. Das letzte Gespräch galt Hellas alter Schulfreundin, die sich darauf freute, sie eine weitere Nacht beherbergen zu können.

Nachdem sie am Hafen einen Parkplatz gefunden hatten, lud Hella ihren jungen Kollegen zu einem Fischbrötchen ein, das sie auf einer Bank mit Blick auf den Sporthafen verzehrten.

»Jetzt noch ein kühles Pils«, meinte Lars und biss vom Brötchen ab.

»Das verschieben wir lieber auf heute Abend. Wir brauchen einen klaren Kopf.«

Lars nickte. »Das sah doch alles nach einer klassischen Flucht aus. Wo will er hin? Er macht sich damit doch nur noch verdächtiger.«

»Vielleicht habe ich einen Fehler gemacht und hätte ihn nach deinem Fund auf dem Laptop von den Kollegen vor Ort unter Beobachtung stellen sollen.«

Lars biss ein weiteres Mal von seinem Brötchen ab und kaute genüsslich darauf herum. »Wir können ihm bisher nichts nachweisen. Der Staatsanwalt lacht uns aus, wenn wir ihm damit kommen.«

Du lernst schnell, dachte Hella und freute sich über den jungen Kommissar. »Absolut richtig. Und vielleicht haben wir jetzt einen Hebel, mit dem wir bei seinem Bruder ansetzen können. Er war schließlich der eigentlich Leidtragende der Erpressung. Er ist Inhaber der Firma, die den Auftrag verloren hat.«

»Ihm können wir noch weniger nachweisen. Er stand an dem Todestag von Maike Rosemeyer nicht einmal in telefonischem Kontakt mit ihr.« Lars hielt kurz inne. »Hast du schon mal darüber nachgedacht, dass die Rosemeyer mit ihrem Verdacht recht gehabt haben könnte und Lukas Kramer tatsächlich ein Vergewaltiger ist?«

»Die Ermittlungen sind eingestellt worden. Die Aktenlage ist dünn, die beteiligten Kollegen sind nicht bereit, über den alten Fall zu sprechen.«

Lars schluckte den letzten Bissen seines Fischbrötchens herunter und trank einen Schluck aus der Wasserflasche. »Das ist mir alles bekannt. Trotzdem: Hältst du es für möglich?«

»Bei einem solch schwerwiegenden Verdacht müssen wir uns schon auf Fakten stützen und unser Bauchgefühl hintanstellen«, wich Hella ihm aus. Sie hatte schon am Vormittag über die gleiche Frage nachgedacht und hoffte auf ein Gespräch mit dem pensionierten Kollegen Dieckmann.

»Immerhin scheinen die Kramer-Brüder auf die Erpressung eingegangen zu sein«, warf Lars ein.

»Das muss nichts heißen. Maike Rosemeyer hat behauptet, sie sei mit dem angeblichen Opfer, dieser Jasmin, in Kontakt. Vielleicht wollte Hagen Kramer verhindern, dass alles wieder von vorn losging. Das ist für ihn vermutlich zu einer Art Reflex geworden, seit er sich um seinen kleinen Bruder kümmert.«

»Ich finde, wir sollten Lukas zur Fahndung ausschreiben.«

»Warten wir die Befragung seines Bruders ab. Wir brauchen mehr Fakten. Was hast du noch vorhin so richtig gesagt?«

Lars grinste. »Der Staatsanwalt lacht uns aus.«

20

»Okay, fangen wir noch mal von vorn an«, sagte Hella.

Seit einer halben Stunde befragten Sie Hagen Kramer, der beharrlich darauf bestand, dass er nicht von Maike Rosemeyer erpresst worden war. Warum sein Bruder die Insel verlassen hatte, war ihm nicht bekannt, er schloss aber aus, dass er vor was auch immer geflüchtet sei.

»Wenn Sie meinen«, antwortete Hagen Kramer. Er reagierte zunehmend ungehaltener. Gleichzeitig hatte Hella seit einigen Minuten beobachtet, dass seine rechte Hand leicht zitterte und die Atmung unregelmäßiger wurde.

»Die gesamten Umstände des Bewerbungsverfahrens deuten darauf hin, dass Sie Ihr Angebot nicht freiwillig zurückgezogen haben.«

»Sie wiederholen sich.«

Hella gab Lars einen Wink. Er reichte ihr das Aufnahmegerät, sie stellte es mitten auf den Tisch und richtete es so aus, dass das Mikrofon zu Hagen Kramer zeigte. Anschließend betete sie in aller Ruhe die Formalitäten herunter und fragte ihn, ob er einen Anwalt wünsche.

»Was soll das denn jetzt?«, blaffte er Hella an.

»Wir verhören Sie jetzt offiziell als Verdächtigen in einer Strafsache«, erklärte ihm Hella und legte ihm noch einmal den Ausdruck der Datei aus Maike Rosemeyers Laptop vor. »Wir haben diesen Entwurf einer vermutlichen Mail gefunden, der nahelegt, dass Frau Rosemeyer Sie und Ihren Bruder erpresst hat.« Hella führte noch einmal die Indizien auf, die diesen Verdacht erhärteten. »Behaupten Sie weiter, dass Sie niemals von Frau Rosemeyer unter Druck gesetzt wurden?«

Hagen Kramer nickte.

»Antworten Sie bitte laut«, forderte Hella ihn auf.

»Ich bin nicht erpresst worden. Mein Bruder Lukas auch nicht.«

»Warum haben Sie den Auftrag zurückgezogen?«

»Ich habe mich mit Maike darauf geeinigt, dass wir den Ball etwas flacher halten und uns nicht von unseren Kunden ausspielen lassen. Das war eine rein strategische Entscheidung unter Geschäftsfreunden.«

»So ganz passt ihr Streit im Café dann aber nicht ins Bild«, kommentierte Lars.

»Habe ich denn gesagt, dass die Einigung ohne Diskussion über die Bühne gegangen ist?« Hagen Kramer schüttelte den Kopf, als wolle er zeigen, wie begriffsstutzig die Kommissare seien. »Natürlich wollte ich auch etwas von Maike, und das war sie anfangs nicht bereit zu geben. Es ging dabei aber um eine Win-win-Situation, was wiederum heißt, dass ich beim nächsten Auftrag am Zug gewesen wäre. Ich gebe ja zu, dass diese Absprachen nicht ganz legal waren, aber wir sind nun mal keine internationalen Konzerne, die da etwas mehr unter Beobachtung stehen.«

»Erzählen Sie uns etwas über Ihren Bruder«, wechselte Hella abrupt das Thema. Hagen Kramer würde die Erpressung erst zugeben, wenn sie ihm das hundertprozentig nachweisen konnten. »Wir haben gehört, dass er es nach dem Tod Ihrer Eltern nicht leicht gehabt hat.«

»Was ja wohl kaum verwunderlich ist, oder?« Hagen Kramer hatte sich zum ersten Mal in der letzten Dreiviertelstunde aus der Reserve locken lassen. Hella spürte, wie wichtig ihm das Wohl seines Bruders war und wie schwer die Verantwortung auf seinen Schultern lastete. Er hatte lauter und energischer als zuvor geantwortet, seine Augen funkelten. »Und ja, es ist richtig, dass er die ein oder andere Jugendsünde begangen hat. Alkohol, die falschen Freunde und vor allem der Schock, dass unsere Eltern plötzlich nicht mehr da waren.«

»Es war nicht immer leicht für Sie, vermute ich mal.«

»Nein, aber wir haben es gemeinsam geschafft. Und jetzt kommen Sie und wollen meinem Bruder einen Mord anhängen. Er eignet sich ja auch so schön als Sündenbock.«

»Sie kennen Denis Wogner aus Oldenburg?«

Hagen Kramer rollte mit den Augen. »Ein dummer Klein-krimineller. Lukas hat schon lange keinen Kontakt mehr zu ihm.« Erst in diesem Moment fiel ihm auf, dass die Kommissare gar nichts von Wogner wissen konnten.

»Wie lange ist es her, dass Ihr Bruder Kontakt zu dem, wie nannten Sie ihn, Kleinkriminellen hatte?«

Hagen Kramer zögerte. »Jahre! Genau weiß ich das auch nicht mehr. Ich habe das gleich unterbunden.«

»Was aber nicht sehr viel Erfolg gehabt haben kann«, meinte Lars mit einem leicht spöttischen Unterton. Hella wusste, dass er damit Kramer aus der Reserve locken wollte. Auch wenn die Gefahr bestand, dass Kramer blockierte, ließ sie Lars freie Hand.

»Das wüsste ich aber!«, konterte Kramer scharf.

Lars ließ einen Augenblick verstreichen, bevor er ruhig antwortete. »Na ja, Wogner hat in Bensersiel auf Ihren Bruder gewartet und ihm quasi zur Flucht verholfen.«

»Flucht, dass ich nicht lache. Lukas besucht Freunde auf dem Festland. Das ist …«

»Er hat sich uns eindeutig entzogen, als wir ihn aufgefordert haben, stehen zu bleiben. Anschließend ist das Auto mit quietschenden Reifen davongebraust.«

»Sie gucken zu viele Krimis …«, schleuderte ihm Hagen Kramer entgegen. Er hatte sich nach vorn gebeugt und starrte Lars wütend an.

Lars grinste ihm direkt ins Gesicht. »Hin und wieder schaue ich mir tatsächlich Krimis an, und ehrlich gesagt, die Flucht Ihres Bruders wäre durchaus als filmreif zu bezeichnen.«

Hagen Kramer sprang auf. »Lukas ist kein Verbrecher!«

Im ersten Augenblick befürchtete Hella, er würde sich auf Lars stürzen, dann entspannte sich aber sein Körper. Er stand unschlüssig vor dem Tisch und schaute zwischen den Kommissaren hin und her.

»Setzen Sie sich bitte wieder!«, forderte Hella ihn ruhig auf.

Langsam sank er zurück auf den Stuhl.

»Es handelt sich hier nicht um irgendeine Jugendsünde Ihres

Bruders«, fuhr Hella fort. »Im Moment weisen alle Indizien im Fall Rosemeyer auf ihn. Er hat ein starkes Motiv, hat an dem Abend und in der Nacht zweimal mit dem Opfer telefoniert und hat eine … Vorgeschichte. Zusätzlich hat er nicht auf unsere Aufforderungen reagiert, was durchaus als Flucht zu interpretieren ist. Wenn sich nichts Entlastendes für ihn findet, werde ich dem Staatsanwalt vorschlagen, ihn zur Fahndung auszuschreiben.«

Hagen Kramer stöhnte leise. »Was wollen Sie von mir wissen?«

Hella ließ einen Moment verstreichen, bis sie sich leicht nach vorn beugte und fragte: »Hat Maike Rosemeyer Sie unter Druck gesetzt, die Bewerbung für den Auftrag zurückzuziehen?«

Kramer nickte. »Aber ich habe ihr klargemacht, dass das eine einmalige Aktion war. Lukas hat mit der …« Er zögerte offensichtlich, den Begriff zu benutzen. »Mit der Vergewaltigung dieses Mädchens hatte er nichts zu tun.«

»Wenn Sie da so sicher sind, warum haben Sie sich trotzdem auf die Erpressung eingelassen?«

»Das war keine Erpressung!«, stieß Hagen Kramer hervor. Er atmete schwer und zögerte lange, bevor er fortfuhr. »Lukas ist gerade in einer schwierigen Phase. Ihm liegt das Geschäft mit Immobilien nicht so wie mir. Er hat aber keine richtige Ausbildung, und von daher ist es für ihn nicht so leicht, sich umzuorientieren.«

»Sie haben Angst, dass er abrutscht?«, fragte Hella.

»Hier auf der Insel habe ich ihn unter …« Kramer brach ab. »Also hier kann ich ihn auf seinem Weg begleiten. Und Arbeit genug haben wir in der Firma auch.«

»Ich verstehe, dass Sie als Bruder und Elternersatz die Vergangenheit von Lukas milder betrachten, als sie vielleicht tatsächlich war. Und es mag auch sein, dass er nichts mit dem damaligen Vergewaltigungsfall, falls es denn überhaupt einen gab, zu tun hatte. Trotzdem: Er steht aus den schon genannten Gründen im Fokus unserer Ermittlungen. Zusätzlich können wir ihn telefonisch nicht erreichen und müssen sogar davon ausgehen, dass er bewusst die Insel verlassen hat, um sich weiteren Befragungen zu entziehen. Was würden Sie an unserer Stelle machen? Die Indizien ignorieren?«

Hagen Kramer schwieg. Hella beendete offiziell das Verhör und stellte das Aufnahmegerät aus.

»Wir übernachten heute auf der Insel und sind morgen bis zum Nachmittag erreichbar. Versuchen Sie, Ihren Bruder zu kontaktieren. Wenn er nicht zur Fahndung ausgeschrieben werden will, sollte er morgen hier sein und mit uns sprechen.«

Kramer nickte und stand auf. »Danke, ich werde sehen, was ich machen kann.«

Lars begleitete ihn hinaus, während Hella nach Jan Marxen suchte.

»Wie ist es gelaufen?«, fragte der Inselpolizist.

»Schleppend. Lukas Kramer ist inzwischen auf Platz eins der Verdächtigenliste gestiegen. Ich erspare Ihnen mal die Details, aber er ist heute Mittag in Bensersiel vor uns geflohen.«

Jan Marxen schluckte. »Dieser verdammte Idiot.«

»Wenn er bis morgen nicht wieder auftaucht …«

»Schon klar«, ergänzte Marxen. »Ich kann nur hoffen, dass Hagen ihn zur Vernunft bringt.«

»Sie könnten uns helfen, die Freunde von Lukas Kramer zu finden, die Donnerstagabend mit ihm zusammen waren.«

»Das könnte Lukas entlasten?«

Hella nickte. »Wenn wir glaubhafte Zeugen finden, die ihm für die Zeit zwischen zwölf und fünf Uhr ein Alibi geben können.«

»Ich versuche, sie aufzuspüren.«

Hella nickte. »Sie können mich jederzeit auf dem Handy erreichen. Wir sprechen jetzt noch einmal mit Dirk Rosemeyer. Leider konnten wir bisher seine Schwiegermutter für eine weitere Befragung nicht erreichen.«

»Ingrid geht es nicht gut, was ja auch verständlich ist. Ich fürchte, sie geht im Moment nicht ans Telefon. Soll ich morgen bei ihr vorbeischauen und Sie ankündigen?«

»Vielleicht erübrigt es sich ja, wenn wir mit Dirk Rosemeyer gesprochen haben. Dann sehen wir morgen früh weiter.«

Lars wartete vor der Tür auf Hella. »Das war nicht sehr ergiebig.«

»Ich hätte auch lieber mit dem Bruder gesprochen. Immerhin haben wir jetzt die Bestätigung, dass Maike Rosemeyer die Kramers erpresst hat.«

»Und somit ein durchaus akzeptables Motiv.«

Sie liefen nebeneinander her. Hella hatte eine wenig frequentierte Nebenstraße gewählt, um schneller voranzukommen.

»Wenn Hagen Kramer uns nicht angelogen hat, ist das Interesse von seinem Bruder an der Firma eher gering, und er ist dabei, sich zum Festland hin zu orientieren. Wenn wir weiter davon ausgehen, dass er mit dem Vergewaltigungsfall nichts zu tun hat, warum sollte er sich dann über diese Erpressung überhaupt aufregen und nicht einfach nur darüber lachen?«

Lars blieb stehen. »Sie hat ihn gezwungen, sich mit ihr am Strand zu treffen, und dabei kam es zum Streit. Eine Affekttat.«

»Würde Maike Rosemeyer ihm den Rücken zukehren?«

Lars zuckte mit den Schultern. »Wir müssen weiter. Dirk Rosemeyer wartet auf uns.«

Hella stellte ihr mobiles Aufnahmegerät in die Mitte des Tisches und sagte die Formalitäten auf. Dirk Rosemeyer, der überrascht wirkte, hatte sie zuvor in die Küche gebeten.

»Sie haben uns nicht die Wahrheit gesagt«, begann Hella ohne große Vorrede. »Nach unseren Informationen waren Sie bereits am Donnerstagabend auf der Insel.«

»Unsinn!«, fuhr Rosemeyer sie an. »Wer hat das behauptet?«

»Ihr Handy«, antwortete Lars. »Nach Auswertung der Daten waren Sie auf Langeoog eingeloggt.«

Rosemeyer schluckte. »Das heißt doch gar nichts«, stieß er schließlich hervor. »Ich hatte das Handy zu Hause vergessen ...«

Lars sah ihn gespielt verwundert an. »Das muss ein cleveres Handy sein, wenn es selbstständig Ihre Frau angerufen hat. Und das gleich elfmal.«

»Das kann nicht sein …« Rosemeyer schien inzwischen deutlich unsicherer zu sein. Sein Auge zuckte nervös, er stand kurz auf und setzte sich wieder. »Da muss Ihnen ein Fehler unterlaufen sein.«

»Herr Rosemeyer«, sagte Hella ruhig. »Wir können uns jetzt viel Zeit ersparen, wenn Sie uns schlicht und einfach bestätigen, dass Sie schon am Donnerstag auf der Insel waren. Wir haben nicht nur die unumstößlichen Handydaten, sondern auch einen Zeugen, der Sie auf der Fähre gesehen hat. Es ist nur eine Frage der Zeit, bis wir weitere Personen finden werden, die Ihnen begegnet sind.« Sie sah ihn auffordernd an.

»Und wenn schon«, platzte er nach einer kurzen Bedenkzeit heraus. »Ich habe nichts mit dem Tod meiner Frau zu tun.«

»Sie bestätigen uns also, dass Sie am Donnerstag …«

»Ja, Herrgott noch mal. Ich muss mich da getäuscht haben mit den Tagen. Das kann ja wohl passieren in so einer stressigen Situation, oder?«

»Seit wann wussten Sie, dass Ihre Frau sich von Ihnen trennen wollte?«, wechselte Hella abrupt das Thema.

Dirk Rosemeyer schwieg betroffen und schüttelte nur den Kopf.

»Seit wann?«, wiederholte Lars die Frage in energischem Ton.

Rosemeyer schreckte aus seiner zwischenzeitlichen Starre auf. »Nein, das ist nicht …«

»Wann hat Ihre Frau von ihren Plänen erzählt?«, fragte Hella mit zurückhaltender, warmer Stimme.

»Am … Telefon … Ich war … noch in Oldenburg«, stammelte er. Plötzlich schien ein Ruck durch seinen Körper zu gehen, er richtete sich auf und schaute Hella direkt an. »Aber wir wollten darüber sprechen. Ganz in Ruhe, wenn ich zurück bin.«

»Sie lügen!«, fuhr Lars ihn an. »Ihre Frau hat schon vor

Monaten beim Notar ein neues Testament hinterlegt, das sie nur noch unterschreiben musste. Wahrscheinlich war sie auch schon beim Scheidungsanwalt. Sie lügen uns dreist an.«

»Testament … Notar?« Rosemeyer starrte Lars fassungslos an. »Das ist nicht wahr. Das hätte Maike nie getan. Nie.« Sein flehender Blick schwankte zwischen den beiden Kommissaren hin und her.

»Bleiben wir beim Donnerstag«, wechselte Hella wieder das Thema. »Mit welcher Fähre sind Sie gekommen?«

Rosemeyer schien ihre Frage nicht gehört zu haben. Sein Blick ging durch Hella hindurch ins Leere, seine rechte Hand zitterte.

»Herr Rosemeyer?«

Er schüttelte sich leicht und sah auf. »Haben Sie etwas gefragt?«

»Mit welcher Fähre sind Sie am Donnerstag gekommen?«

Er nickte und atmete tief durch. »Mit der letzten.«

»Also um neunzehn Uhr. Dann waren Sie ungefähr gegen halb neun zu Hause.«

»Maike war nicht da. Ich habe … bei ihr angerufen, aber sie hat nicht …« Es verschlug ihm die Sprache, seine Augen waren feucht geworden.

»Was haben Sie dann gemacht?«, fragte Hella weiter.

Er schüttelte den Kopf. »Nichts. Ich habe gewartet, aber …«

Hella sah aus dem Augenwinkel, dass Lars zu einer Frage ansetzte. Sie gab ihm einen Wink, damit er sich zurückhielt.

»Was haben Sie gemacht, als Sie gewartet haben?«

Er zuckte mit den Schultern, schwieg zunächst. Hella wartete, bis er aufblickte. »Getrunken. Dieser verfluchte Whisky. Ich hätte sie suchen müssen. Vielleicht …« Er legte den Kopf in die Hände, sein Körper zuckte, und ein leises Schluchzen war zu hören.

21

Als Dirk Rosemeyer sich beruhigt hatte, gingen sie noch einmal Schritt für Schritt die Ereignisse durch.

Am Donnerstagvormittag hatte Rosemeyer einen unverhofften Anruf von seiner Frau bekommen. Das zunächst unverbindliche Gespräch schlug plötzlich und für Rosemeyer nicht nachvollziehbar um. Maike kündigte ihm an, dass sie sich scheiden lassen und er nicht weiter in ihrer Firma arbeiten würde. Rosemeyer hatte sie angefleht, in Ruhe mit ihr darüber sprechen zu dürfen, sie hatte widerwillig zugestimmt und das Gespräch abgebrochen. Dirk Rosemeyer hatte noch den Vormittag bei seinem Vater in der Klinik verbracht und war später mit Zug und Bus nach Bensersiel gefahren.

Zurück auf der Insel hatte er seine Frau nicht finden können, dafür hatte er zum Alkohol gegriffen und war auf dem Sofa eingeschlafen. Als er am späten Vormittag aufgewacht war, hatte er aus Scham beschlossen, vorzugeben, mit der Fähre am Freitag angekommen zu sein. Hellas Frage, ob er von der Parkinson-Erkrankung gewusst habe, verneinte er und beteuerte immer wieder, nichts von dem neuen Testament gewusst zu haben.

»Sie müssen mir glauben, ich hätte meiner Frau nie etwas angetan«, sagte er weinerlich.

»Die weiteren Ermittlungen werden zeigen, ob Sie uns dieses Mal die Wahrheit gesagt haben«, antwortete Hella. »Ich möchte noch einmal auf das Telefongespräch am Donnerstag zurückkommen. Ihre Frau hat Sie unverhofft angerufen, und zunächst war es, wie Sie uns erzählt haben, ein ganz normales Gespräch. Worum ging es genau?«

Dirk Rosemeyer schloss für einen Moment die Augen und schien nachzudenken. »Maike …« Er zog wie ein Erstickender die Luft ein und brauchte eine Weile, bis seine Atmung sich wieder normalisiert hatte. »Sie hat von Jörg und Stina gesprochen, erzählt, dass das Kind jetzt da wäre. Stina war schwanger gewesen und … eigentlich haben die beiden schon drei Kinder, und der Nachzügler war nicht geplant gewesen. Stina ist schon zweiundvierzig und wollte eigentlich das Kind nicht mehr. Aber dann … Ich weiß auch nicht genau, warum sie sich dafür entschieden hatten.«

»Ist Stina eine Freundin Ihrer Frau gewesen?«

»Ja, wir sind befreundet. Auch wenn die beiden einige Jahre jünger sind als wir, aber das ist egal.«

»Was hat Ihre Frau Stina geraten?«, fragte Hella weiter.

»Sie war absolut gegen eine Abtreibung. Ich dachte schon, sie sei plötzlich religiös geworden.« Dirk Rosemeyer schien froh zu sein, endlich über ein aus seiner Sicht unverfängliches Thema sprechen zu können.

»Maike berichtete also davon, dass das Kind geboren war. In welcher Verfassung war sie da?«

»Eigentlich hatte ich den Eindruck, als wenn sie sich darüber sehr freuen würde.«

»Eigentlich?«

Dirk Rosemeyer seufzte. »Sie war in den letzten Monaten sehr … wie soll ich sagen? ›Sprunghaft‹ ist wohl das richtige Wort. In einem Augenblick war sie ganz zufrieden und glücklich, und dann plötzlich, wie aus heiterem Himmel, hatte sie schlechte Laune, sie suchte regelrecht Streit. Und das nicht nur mit mir.«

»Wie verlief Ihr Telefongespräch weiter?«

»Wir haben darüber gesprochen, was wir den beiden zur Geburt schenken wollen. Und dann … Ja, ich habe ihr erzählt, dass ich am Mittwoch Maren besucht habe. Sie lebt ja in Oldenburg.«

»Das wissen wir«, sagte Hella schroffer, als sie es geplant hatte. »Und weiter?«

Rosemeyer warf ihr einen irritierten Blick zu, fuhr dann aber fort. »Maike hatte ihre Schwester noch nicht besucht. Dabei ist Oldenburg ja nicht so ewig weit weg. Aber irgendwie schien sie nicht begeistert zu sein, dass Maren ein Kind bekam.« Er fuhr sich mit der Hand durch die Haare. »Eigentlich haben sich die beiden immer sehr gut verstanden, nur mit dem Kind tat sie sich schwer. Ich weiß nicht, warum.«

»Sie haben ihr also erzählt, dass Sie Maikes Schwester besucht haben ...«

»Ja, genau. Wir hatten ja auch gerade über das Baby von Stina und Jörg gesprochen. Da lag es ja nahe, dass ich ...« Er stöhnte leise. »Plötzlich war sie schlecht gelaunt, machte mir Vorhaltungen und ... Ich weiß nicht, was sie alles gesagt hat. Ich wollte keinen Streit, schon gar nicht am Telefon, aber sie hat einfach nicht aufgehört. Selbst dass ich schuld daran sei, dass wir keine Kinder haben, hat sie mir vorgeworfen. Dabei habe ich mich damals untersuchen lassen, und alles war in Ordnung, also hat es an mir nicht gelegen.«

»Haben Sie ihr das am Telefon gesagt?«, fragte Hella.

Dirk Rosemeyer senkte den Kopf. »Mag sein. Ich konnte es nicht mehr hören, immer die gleichen Vorwürfe.« Er stand auf und holte sich ein Glas Wasser. »Dann hat Maike es gesagt. Sie wolle sich scheiden lassen. Sofort.« Ihm verschlug es die Sprache.

»Hat Ihre Frau sich damals auch untersuchen lassen?«, fragte Lars. »Als Sie versucht haben, Kinder zu bekommen.«

»Ja, natürlich. Sie hat mir nie gesagt, was genau dabei herausgekommen ist. Außer dass alles in Ordnung wäre, habe ich nichts zu hören bekommen.«

»Wer war zu dieser Zeit Ihr Hausarzt?«, fragte Hella, die ahnte, worauf Lars hinauswollte.

»Dr. Schäfer. Aber der ist vor ein paar Jahren gestorben. Die Praxis hatte er schon vorher geschlossen.«

Hella beendete das Verhör und schaltete das Aufnahmegerät aus. Sie stand auf. »Verlassen Sie bitte die Insel nicht ohne unsere Zustimmung.«

»Mir reicht es für heute«, meinte Hella, als sie vor der kleinen Langeooger Polizeistation standen. »Ich spreche noch kurz mit Kollege Marxen, und dann mache ich Schluss.«

»Morgen Frühstück im Café?«, fragte Lars.

»Acht Uhr? Wann hast du Glaser einbestellt?«

»Neun.«

»Gut, dann passt das.« Hella öffnete die Tür und ließ Lars den Vortritt. Er hatte auf dem Weg vom Rosemeyer-Haus schon angekündigt, dass er die Protokolle schreiben und anschließend seine Internetrecherche weiterführen wollte.

Als Marxen ihnen entgegenkam, verabschiedete sich Lars von ihr.

»Was hat er gesagt?«, fragte der Inselpolizist.

Hella gab ihm einen kurzen Überblick über die neuen Fakten.

»Noch so ein Idiot«, murmelte Marxen. »Warum hat er nicht gleich die Wahrheit gesagt?«

»Ob es jetzt die Wahrheit war, wird sich im Laufe der Ermittlungen zeigen. Morgen befragen wir Reinhard Glaser.«

»Ich werde hier sein, falls Sie noch Fragen haben.«

Sie verabschiedeten sich, und Hella verließ die Polizeistation, um auf direktem Weg zu Hannahs Café zu gehen. Dort stellte sie ihre Reisetasche ab und lud ihre Freundin für den Abend ins Restaurant ein. Sie wollten sich direkt dort treffen, und Hella entschied sich, noch einen Strandspaziergang einzuschieben.

Auf dem Weg ans Meer versuchte sie, nach dem hektischen Tag langsam herunterzufahren. Sie zwang sich, an nichts zu denken, und genoss die warmen Sommertemperaturen. Sie erreichte den Strandübergang, stand eine Weile auf der Düne und ließ sich von der salzigen Nordseeluft betören. Schließlich lief sie bis an die Wassergrenze, zog ihre Schuhe und Strümpfe aus und genoss, wie das auflaufende Wasser immer wieder ihre Füße flutete.

Nach einer halben Stunde Spaziergang blieb sie stehen und sah sich um; die Strandkörbe hatte sie lange hinter sich gelassen. An diesen Strandabschnitten lagen nur noch vereinzelt Badegäste im Sand und genossen die letzten Sonnenstrahlen des Tages. Hella suchte sich einen windgeschützten Platz nahe den Dünen und ließ sich in den Sand fallen.

Erst jetzt ließ sie ihren Gedanken freien Lauf. Die Aussage von Dirk Rosemeyer war in sich schlüssig gewesen, seine emotionale Verfassung schien nicht gespielt gewesen zu sein. In aller Regel spürte Hella, wenn sie angelogen wurde. Rosemeyer schien dieses Mal ehrlich gewesen zu sein. Trotzdem hatte ihn Hella noch nicht von der Liste der Verdächtigen gestrichen. Sie hatte Fälle erlebt, in denen sich Täter, gerade auch unter Alkoholeinfluss, in den Tagen nach der Tat an nichts mehr erinnerten. Ein normaler Schutzmechanismus des Gehirns nach einer Affekttat, die unter extremem Stress begangen worden war.

Sie konnten dem Ehemann nicht nachweisen, dass er von dem Testament gewusst hatte, allerdings hätte eine Scheidung die gleichen finanziellen Nachteile mit sich gebracht. Ganz eindeutig profitierte er von dem Tod der Ehefrau. Falls sich Zeugen finden würden, die ihn in der Nacht von Donnerstag auf Freitag in Strandnähe gesehen hatten, würde es sehr eng für ihn werden.

Die Flucht von Lukas Kramer hatte den jungen Kerl auf Platz eins der Liste katapultiert, aber Hella fand kein ausreichendes Motiv für die Tat. Warum sollte sich Maike Rosemeyer mit Lukas am Strand treffen? Ihr Erpressungsversuch war erfolgreich und ihr eigentlicher Ansprechpartner in geschäftlichen Angelegenheiten ohnehin Hagen Kramer gewesen. Trotzdem hatten sie zweimal an dem Abend telefoniert. Gab es eine andere Verbindung zwischen den beiden?

Die Einladung der vier Schulfreunde war für Hella immer noch ein Rätsel. Bis auf Bettina Voß war Maike mit allen anderen aneinandergeraten. Warum hatte sie die vier gleich für mehrere Tage eingeladen? Normalerweise reichten ein paar Stunden, um mit den ehemaligen Schulfreunden in der Vergangenheit zu schwelgen. Nach dreißig Jahren lagen die Lebenswege der fünf so weit auseinander, dass sie sich vermutlich wenig zu sagen hatten.

In welcher seelischen Verfassung war Maike Rosemeyer gewesen, nachdem sie von ihrer unheilbaren Krankheit erfahren hatte? Ihre Ehe lag offenbar seit Jahren auf Eis, sie hatte sich in die Arbeit vergraben und die Entscheidung, sich von ihrem Ehemann zu trennen, weiter hinausgeschoben. Wahrscheinlich war sie davon ausgegangen, dass er sie ohnehin verlassen würde, falls er von der Diagnose hören würde. Wollte sie dem zuvorkommen und selbst entscheiden, wie und wann ihre Ehe beendet war?

Hella war inzwischen zurück am Strandübergang. Nach einem letzten Blick auf die Nordsee wandte sie sich ab und schlenderte zur nahen Strandhalle, einem imposanten Bau auf der höchsten Düne von Langeoog. Der von Hella reservierte Tisch auf der Terrasse garantierte einen herrlichen Blick auf die Nordsee.

Hannah, die sich um eine halbe Stunde verspätete, setzte sich außer Atem an den Tisch und hob entschuldigend die Arme. »Tut mir leid, die Kinder …«

Hella schenkte ihrer Freundin ein Glas Weißwein aus der Flasche ein, die der Kellner ihr kurz zuvor an den Tisch gebracht hatte. »Kein Problem, ich habe Feierabend, und bei dem Blick verging die Zeit wie im Fluge.«

»Manchmal wünsche ich mir die Zeit zurück ohne Kinder«, meinte Hannah und stieß mit ihrer alten Freundin an. »Danke für die Einladung.«

»Na, hör mal, das ist doch selbstverständlich, wo ich schon kostenlos bei dir übernachten darf …«, entgegnete Hella und probierte den Wein. »Wer sagt's denn. Ausblick gut, Wein gut, da kann der Abend nur fantastisch werden.«

Hannah lachte. »Sehe ich auch so!«

Sie bestellten das Essen, und Hannah erzählte von ihrem Inselleben, dem hektischen Sommer und Herbst und dem ruhigen Winter. Sie sprach von dem hin und wieder auftretenden Inselkoller, der sich aber nach einem kurzen Besuch auf dem Festland wie von selbst auflöste.

Als ihr Hauptgericht serviert wurde, aßen sie schweigend. Hella hatte sich Lammhüfte vom Deichlamm bestellt, während Hannah die Scholle bevorzugte. Zuvor hatten sie die hausgebackene Brotauswahl mit Gemüsedips genossen.

»Ist bei dir das Thema Kinder denn durch?«, fragte Hannah, nachdem der Kellner die Teller abgeräumt hatte.

Schon bei ihrem ersten Aufeinandertreffen hatte sie eine ähnliche Frage gestellt, und Hella hatte ausweichend geantwortet. Als sie jetzt zögerte, kam ihre Freundin ihr zuvor. »Also noch nicht.«

»Eigentlich schon …«, antwortete Hella.

»Und uneigentlich? Wann hast du noch Geburtstag? Stimmt, Ende November. Also bist du immer noch fünfunddreißig. Das wäre heutzutage noch früh fürs erste Kind.«

»Hast du schon mal eine Kriminalhauptkommissarin mit dickem Bauch gesehen?«

Hannah grinste. »Keine Ahnung, wie soll ich von außen erkennen, welchen Beruf eine schwangere Frau hat? Ihr tragt doch keine Uniform.«

Hella stöhnte. »Können wir das Thema wechseln?«

»Nö, warum? Wofür sind alte Freundinnen da … Jetzt erzähl schon!«

Hella ließ sich Zeit. »Da gibt es nicht viel zu erzählen. Vor Alexanders Kinderwunsch bin ich davongelaufen, und mit Leon bin ich erst ein paar Wochen zusammen. Mein Beruf ist mehr als ungeeignet, um ein Kind zu bekommen, und noch mehr, um ein Kind zu betreuen. Wenn ich das richtig verstanden habe, dauert die ›Aufzucht‹ ein paar Jahre.« Den letzten Satz hatte sie mit einem Schmunzeln begleitet.

»Und was sagt Leon?«

»Er arbeitet bald am anderen Ende der Welt und …«

Dieses Mal stöhnte Hannah. »Du weichst mir aus! Und ich frage mich, warum?« Sie fixierte ihre Freundin. »So ganz sicher bist du dir nicht, habe ich recht?«

»Frag mich in einem halben Jahr noch einmal. Vielleicht weiß ich dann mehr«, gab Hella zu.

»Darf ich dir trotzdem noch einen Tipp geben?« Als Hella nickte, fuhr Hannah fort. »Warte nicht zu lange mit der Entscheidung und hör auf dein Bauchgefühl. Natürlich kann man auch ohne Kinder leben, und ich kenne einige Frauen, die es nie bereut haben, kinderlos zu bleiben. Ich kenne aber ebenso viele, die sich ewig nicht entscheiden konnten und es später bitterlich bereut haben.« Sie hielt inne und seufzte. »So, das war das Wort zum Sonntag, und jetzt verlassen wir diesen schönen Ort und trinken noch einen Absacker.«

Hella bezahlte und ließ sich von ihrer Freundin mitziehen. Sie liefen von der Düne hinunter und gelangten über den Kavalierspad zu dem lang gezogenen Zugangsweg, dem sie bis zum alten Wasserturm folgten. In der Nähe der Polizeistation betraten sie die »Kaapstube« und setzten sich an einen kleinen Tisch mit Barhockern. Die Wand hinter ihnen war mit Schwarz-Weiß-Fotos unterschiedlicher Größe behängt, die bekannte Schauspieler zeigten. Ihnen gegenüber befand sich eine lange Holztheke, deren Hocker alle besetzt waren. Hannah begrüßte den Wirt und bestellte zwei Whisky.

»Der ist nur für besondere Gäste«, flüsterte Hannah ihrer Freundin zu, als sie ihr das Glas reichte. »Der ist älter als wir.«

Hella nippte an der bernsteinfarbenen Flüssigkeit und stimmte Hannah zu. »Da bin ich ja gern mal besonderer Gast.«

»Bleibst du eigentlich nur eine Nacht?«

»Zumindest würde ich morgen gern zu Hause schlafen.«

»Leon?«

Hella nickte. »Das letzte Wochenende hatten wir auch schon nur ein paar Stunden.«

»Kommt ihr mit dem Fall nicht weiter?«, fragte Hannah und fügte schnell hinzu: »Ich weiß, du darfst nichts erzählen. Die Gerüchteküche brodelt übrigens ganz schön heftig. Der am häufigsten genannte Name ist Lukas Kramer. Er soll nicht mehr auf der Insel sein, habe ich gehört.«

Hella wunderte sich, wie schnell die Neuigkeiten die Runde gemacht hatten. Auch Hagen würde einen schweren Stand auf der Insel haben, wenn die Verdächtigungen weitere Nahrung bekämen.

»Und was wird sonst so geredet?«

»Manche schweigen, die anderen lassen an Maike kein gutes Haar mehr. Leichenfledderer, elende.«

»Was sagen sie?« Hella war aufmerksam geworden. Auch wenn Gerüchte in der eigentlichen Polizeiarbeit nichts zu suchen hatten, gaben sie manchmal einen versteckten Hinweis, der den Ermittlungen einen neuen Anstoß brachte.

Hannah trank einen kleinen Schluck Whisky. »Plötzlich wollen sie bemerkt haben, dass Maike in den letzten Monaten immer komischer geworden ist. Als wäre sie selbst schuld, dass sie umgebracht wurde.«

»Komischer?«

Hannah sah ihre Freundin irritiert an. »Sitzt da plötzlich wieder die Kommissarin vor mir?«

Hella erschrak. Ihre Freundin hatte recht, es gab Situationen, in denen sie nur schwer zwischen der Privatperson und der Kommissarin unterscheiden konnte. In diesem Fall ging tatsächlich aber die Arbeit vor. »Entschuldige! Du kannst dir vorstellen, dass die Leute der Polizei so etwas eher selten erzählen. Und ja, mich interessiert das schon.«

Hannah grinste. »Gut, dann spiel ich mal wieder die Informantin. Dass Maike sich irgendwie verändert hat, habe ich natürlich auch bemerkt, aber ich dachte, es hängt mit ihrer Ehe zusammen. Dirk ist cholerisch und übertrieben eifersüchtig. Ich bin wohl nicht die Einzige, die vermutet, dass er Maike geschlagen hat.«

»Schwer vorstellbar, dass sich eine so selbstständige Frau schlagen lässt, oder?«

»Ich kenne mich in diesen Sachen nicht so aus. Aber Maike war sehr darauf bedacht, den äußeren Schein zu wahren. Vielleicht waren die Übergriffe nicht so schlimm, dass sie gleich die Notbremse ziehen musste.«

»Du sagtest, manche Inselbewohner hätten ihr Verhalten in den letzten Monaten als merkwürdig bezeichnet?«

Hannah nickte. »Eine knallharte Geschäftsfrau war Maike ja schon immer, aber sie wusste auch, dass wir hier auf der Insel alle aufeinander angewiesen sind und sie deshalb auch die ein oder andere rote Linie nicht überschreiten durfte. Das war wohl in diesem Jahr anders. Sie hat kaum noch Rücksicht genommen und – gerechtfertigt oder nicht – auf Teufel komm raus ihre Interessen durchgeboxt. Das hört man zumindest. Ich habe mit Maike geschäftlich nichts zu tun gehabt, aber schon hin und wieder einen kleinen Klönschnack mit ihr gehalten.«

»Dein Eindruck war ein anderer?«, schloss Hella aus dem Gesagten.

»Nachdem du mich nach ihr gefragt hattest, habe ich in meinem Gedächtnis herumgestöbert. Mag ja sein, dass sie im geschäftlichen Bereich härter und unnachgiebiger geworden war, aber auf mich machte sie einen eher verlorenen Eindruck, vielleicht sogar etwas verwirrt. Aber ich bin keine Psychologin …«

»Für mich ist viel wichtiger, was die Menschen in der Umgebung von Maike Rosemeyer bemerkt haben. Ist dir sonst noch was aufgefallen?«

»Nicht aus der letzten Zeit, aber … Ich hoffe, ich erzähl jetzt keinen Unsinn. Es war im Sommer vor ein oder zwei Jahren.« Hannah trank den letzten Schluck aus ihrem Glas. »Ich war mit den Kindern auf dem Weg zum Strand, als uns Maike entgegenkam. Sie sprach mich an und fragte, wie es mir gehe. Was mir aufgefallen ist … Sie hat mit einem fast sehnsüchtigen Blick die Kinder beobachtet und sich auch nach ihnen erkundigt. Wenn mich nicht alles täuscht, war da auch ein Stück Verzweiflung in ihrem Blick.« Hannah zuckte mit den Schultern. »Weißt du, warum sie nie Kinder bekommen hat?«

»Nein, bisher noch nicht«, antwortete Hella gedankenversunken.

22

»Gibt es Neuigkeiten?«, fragte Hella, als sie sich im Café einen Platz zum Frühstück gesucht hatten.

Lars schüttelte den Kopf. »Nein, aber ich habe ausnahmsweise etwas früher Feierabend gemacht und mit unserem Kollegen Jan ein Bier getrunken.«

»Jan?«

»Biertrinken und Siezen passt nicht so recht, habe ich mir gedacht.«

»Du hast hoffentlich nicht zu viel …«

»Ich bin zwar noch grün hinter den Ohren, aber so grün nun auch nicht mehr«, unterbrach Lars sie leicht säuerlich, musste aber grinsen.

»War nicht so gemeint«, murmelte Hella und winkte der Kellnerin.

Sie bestellten und saßen eine Weile schweigend da.

»Und? Was meinte der Kollege Marxen?«, versuchte Hella, ihren Fauxpas wieder wettzumachen.

»Er hat mir vom Inselleben vorgeschwärmt. Kein Vergleich zum Festland, meinte er.« Lars grinste. »Mal abgesehen von unserem Fall gibt es hier wohl keine wirkliche Kriminalität.«

»Bangt er um seine positive Statistik? Die Menschen hier auf der Insel sind ein Querschnitt der normalen Bevölkerung unseres Landes. Dann kommen noch die über zweihunderttausend Gäste im Jahr hinzu.«

Lars winkte ab. »Jan macht sich eher Sorgen um die Stimmung auf der Insel. Aber das weißt du ja schon.« Er biss von seinem Brötchen ab und kaute genüsslich.

»Lassen wir das Thema.« Hella sah auf die Uhr. »In einer halben Stunde ist Reinhard Glaser in der Polizeistation. Im Grunde genommen haben wir nichts gegen ihn in der Hand. Ich fürchte, die Befragung ist vertane Zeit. Aber gut, links liegen lassen können wir ihn auch nicht.«

Lars stimmte ihr zu. »Wenn Lukas Kramer nicht wieder auftaucht, können wir mittags zurück aufs Festland?«

»Du kannst fahren. Ich wollte noch mit Maikes Mutter sprechen.«

Lars warf ihr einen irritierten Blick zu, kommentierte aber Hellas Vorhaben nicht.

Reinhard Glaser war ein Mann Anfang fünfzig, mit Bauchansatz und Halbglatze. Er trug einen hellen Anzug mit weißem Hemd, das offen stand.

»Was kann ich für Sie tun?«, fragte er in einem herablassenden Ton.

»Schildern Sie uns Ihre Beziehung zu Maike Rosemeyer«, begann Hella die Befragung.

»Wir hatten geschäftlich miteinander zu tun. Gut, hier auf der Insel kennt man sich natürlich und hält ab und an mal ein Schwätzchen. Privat haben wir uns aber nicht getroffen, falls Sie das andeuten wollen.«

»In welcher Form haben Sie mit Frau Rosemeyer kommuniziert?«, fragte Hella weiter, ohne auf die Bemerkung einzugehen.

»Ganz normal, würde ich sagen. Per Mail oder Telefon. Hin und wieder war sie auch direkt bei mir im Büro.« Glaser schien von den Fragen vollkommen unbeeindruckt zu sein. Er schaute gelangweilt auf die Uhr und lächelte Hella an. »Haben Sie noch weitere Fragen? Zum Tod von Frau Rosemeyer kann ich Ihnen nichts sagen.«

»Sie haben am Donnerstag zweimal mit Frau Rosemeyer telefoniert. Worum ging es in diesen Gesprächen?«

»Zweimal? Tatsächlich? Ich müsste in meine Unterlagen schauen. Normalerweise mache ich mir kurze Notizen, wenn Vermieter etwas von mir wollen.«

»Sind Sie häufiger um halb acht abends im Büro?«, fragte Lars und imitierte dabei das gestelzte Lächeln des Verwaltungsangestellten.

»Ich verstehe Ihre Frage nicht.«

»Sie haben am Donnerstag um kurz nach halb acht zehn Minuten mit Frau Rosemeyer gesprochen.«

»Mag sein. So genau nehmen wir das hier auf der Insel nicht mit den Dienstzeiten.« Er hob abwehrend die Hände. »Aber fragen Sie mich jetzt nicht, welches Anliegen Frau Rosemeyer hatte. Ich kann mich wirklich nicht erinnern. Wie gesagt, ich schaue gern im Büro in meine Notizen und melde mich dann noch einmal bei Ihnen.«

Er stand auf und reichte Hella die Hand.

Sie fixierte ihn. »Setzen Sie sich bitte wieder!«

»Ich habe leider noch einen wichtigen Termin. Können wir das Gespräch vielleicht …«

»Nein, das können wir nicht!« Hellas Stimme ließ keinen Widerspruch zu. Sie hatte lauter als zuvor und deutlich akzentuiert gesprochen. »Setzen Sie sich bitte wieder!«

Reinhard Glaser sank zurück auf seinen Stuhl. »Wenn es der Gerechtigkeit dient, gern.«

»Sie erinnern sich also nicht an den Inhalt des Gesprächs, das sie vor knapp einer Woche geführt haben«, fuhr Hella ruhig fort. »Als Sie kurz nach halb zwölf in der Nacht Frau Rosemeyer anriefen, haben Sie auch geschäftlich mit ihr gesprochen?«

»So spät? Also daran erinnere ich mich nun wirklich nicht. Sind Ihre Daten wirklich sicher?«

»Sie haben exakt zwanzig Sekunden mit ihr gesprochen. Wir fragen uns, ob es um eine Verabredung am gleichen Abend ging.«

»Wie gesagt, ich kann mich nicht …«

»Wollen Sie uns verarschen?«, fuhr Lars ihn an. »Kurz darauf ist Frau Rosemeyer ermordet worden. Ist Ihnen klar, was das für Sie bedeutet?«

Glaser zog die Augenbrauen hoch. »Ist es üblich, dass man bei einer polizeilichen Befragung angeschrien wird?«

Hella entschied sich, aufs Ganze zu gehen. Glaser war erheblich abgebrühter, als sie es erwartet hatte.

»Wir haben gestern das Handy von Maike Rosemeyer gefunden. Es befindet sich gerade in der Kriminaltechnik. Ich erwarte jeden Augenblick einen Anruf, inwieweit die Daten wiederhergestellt werden konnten.«

Sie warf Lars einen kurzen Blick zu. Er ließ sich nichts anmerken und schien verstanden zu haben, was Hella plante.

»Handy? Ich dachte …« Zum ersten Mal zeigte Glaser eine leichte Unsicherheit. In diesem Augenblick klingelte Hellas Handy, das sie vorab demonstrativ auf den Tisch gelegt hatte.

Sie stand auf und verließ den Raum. Der Anruf kam wie erwartet von Lars. Nach wenigen Sekunden kehrte sie zurück in den Vernehmungsraum und setzte sich auf ihren Platz.

»Das war die Kriminaltechnik. Es sieht gut aus. Die Daten sind fast alle vorhanden und gesichert.« Sie legte eine kurze Pause ein. »Wo waren wir stehen geblieben? Stimmt! Ihr Verhältnis zu Maike Rosemeyer. Sie haben also mit ihr hauptsächlich telefonisch kommuniziert. Habe ich das richtig verstanden?«

Glaser nickte und schien deutlich nachdenklicher als zuvor.

»Der Leiter der Kriminaltechnik sagte mir gerade, dass Frau Rosemeyer sehr intensiv über WhatsApp Nachrichten versandt und empfangen hätte. Haben Sie auch über die Nachrichten-App Kontakt gehalten?«

Reinhard Glaser war eine Nuance blasser geworden. Er starrte Hella wütend an und schien mit sich zu kämpfen, was er preisgeben wollte.

»Okay!«, sagte er schließlich. »Es gab eine Zeit, da hatten Frau Rosemeyer und ich eine etwas persönlichere Beziehung. Seit mindestens einem Dreivierteljahr ist das aber nicht mehr der Fall. Ich sehe nicht, was das mit ihrem Tod zu tun haben sollte.«

»Eine ›etwas persönlichere Beziehung‹, was darf ich mir darunter vorstellen?«, fragte Lars.

»Wir waren im Bett miteinander, was sonst?«, raunte Glaser.

»Sie hatten also eine sexuelle Beziehung zu Frau Rosemeyer«, nahm Hella den Faden auf. »Wie lange ging das, und wer von Ihnen hat es beendet?«

»Zwei oder drei Jahre. Ich weiß es nicht genau.« Er hielt inne und schloss für einen Moment die Augen. »Maike hat Schluss gemacht. Ich weiß nicht, warum.«

Hella ließ Glaser keine Zeit zum Durchatmen und stellte gleich die nächste Frage: »Was wollte Frau Rosemeyer von Ihnen, als sie am Donnerstagabend bei Ihnen anrief?«

Glaser schwieg.

»Wo haben Sie sich von Donnerstag auf Freitag, etwa Mitternacht bis fünf Uhr morgens, aufgehalten?«

»In meiner Wohnung«, antwortete er nach einer Weile.

»Haben Sie dafür Zeugen?«

Er schüttelte kaum merklich den Kopf.

Hella gab Lars einen Wink, den Raum zu verlassen. Er stand auf und kündigte an, dass er gleich wieder da sein würde.

»Herr Glaser!«

Der Verwaltungsangestellte reagierte erst beim zweiten Mal und sah auf. Er wirkte erschöpft, atmete flach und ließ die Schultern hängen.

»Jetzt sind wir für einen Moment allein. Erzählen Sie mir, was passiert ist. Ohne Zeugen. Wenn ich es für glaubwürdig halte, werde ich nicht weiter gegen Sie ermitteln. Warum hat Maike Rosemeyer Sie am Donnerstag angerufen?«

Nach kurzem Zögern fing Glaser an zu erzählen. Notgedrungen hatte er nach mehreren erfolglosen Versuchen, Maike Rosemeyer umzustimmen, das Ende der Beziehung akzeptiert. In den Monaten danach waren sie sich aus dem Weg gegangen und hatten kaum Kontakt. Erst am Donnerstagabend hatte Rosemeyer ihn angerufen und gefordert, dass er sie in Zukunft nicht nur bei der Präsentation der Ferienwohnungen und -häuser im Internet bevorzugen, sondern ihr auch wichtige Informationen über geplante Projekte der Gemeinde vorab zukommen lassen sollte. Als er ablehnte, drohte Rosemeyer damit, seinen Arbeitgeber über ihre Beziehung zu informieren. Glaser bat um Bedenkzeit und rang den ganzen Abend mit sich. Gegen halb zwölf rief er sie auf dem Handy an und bat eindringlich darum, dass Maike auf ihre Forderungen verzichten möge. Sie lachte ihn daraufhin aus und meinte, dass sie im Moment Wichtigeres zu tun habe, als sich um sein Jammern zu kümmern.

»Hat sie konkretisiert, um was sie sich ›kümmern‹ musste?«, fragte Hella.

»Nein, ich glaube nicht. Das Gespräch war nur kurz. Ich muss zugeben, dass ich auch in der Zwischenzeit etwas getrunken hatte. Nicht dass ich betrunken gewesen wäre …«

»Können Sie sich daran erinnern, im Hintergrund Geräusche gehört zu haben?«

Glaser rieb sich mit den Fingern über die Stirn. Schließlich verneinte er. »Ich war zu aufgebracht, um auf so etwas zu achten. Es war für mich schon schlimm genug, dass Maike aus heiterem Himmel mit mir Schluss gemacht hatte. Als sie dann auch noch Kapital aus dieser Zeit ziehen wollte und mich unter Druck setzte, brach für mich eine Welt zusammen.«

»Ich habe mit Dr. Weiffenbach gesprochen, und er …«

Glaser stöhnte. »Okay, ich habe mich da für sie verbürgt, aber ich dachte, dass das eine einmalige Aktion gewesen wäre. Im Übrigen hatte sich Kramer schon vom Auftrag zurückgezogen, und es ging nur um eine kleine Empfehlung.«

»Ihr Telefonat hat den Ausschlag gegeben. Es war wohl mehr als eine ›kleine Empfehlung‹.«

»Mag sein«, gab er zerknirscht zu. »Ich weiß, dass das nicht in Ordnung war. Aber Maike …« Er brach ab und sah verschämt auf die Tischplatte.

Hella schrieb Lars eine Nachricht. Als er wieder im Raum war, entließ sie Glaser mit der Auflage, die Insel nicht ohne Zustimmung der Polizei zu verlassen. »Wir benötigen von Ihnen eine DNA-Probe. Kann ich davon ausgehen, dass Sie sie uns freiwillig geben?«

Glaser willigte ein und fuhr sich mit dem Wattestäbchen, das Lars ihm reichte, durch die Mundhöhle. Lars begleitete ihn nach draußen und holte auf dem Rückweg zwei Tassen Kaffee. Zurück im provisorischen Büro berichtete Hella ihm von der Aussage.

»Und du glaubst ihm?«

»Solange wir niemanden finden, der ihn nach Mitternacht hat herumlaufen sehen, werden wir ihm wohl kaum was nachweisen können.«

Lars hielt das Röhrchen mit dem Wattestäbchen hoch. »Das wäre auch noch eine Möglichkeit.«

»Ich glaube nicht dran. Er hat keinen Augenblick gezögert, als ich ihn fragte.«

»Sprich: Es sieht ganz danach aus, als wenn uns die Verdächtigen ausgehen.«

»Ich denke, wir sollten die Inselbewohner zur Mitarbeit aufrufen.«

»Langeoog-News«, schlug Lars vor. »Eine Internetseite, die täglich aktualisiert wird. Ich spreche gleich mal mit Jan. Der kann das sicher in die Wege leiten.«

»Gute Idee! Es geht um die Zeit von dreiundzwanzig Uhr bis zwei Uhr in der Nacht von Donnerstag auf Freitag. Welche Personen sind in der fraglichen Zeit auf dem Weg zum Strand oder zurück beobachtet worden? Bring es unserem Kollegen schonend bei. Es wird ihm sicherlich nicht gefallen.«

Lars nickte und machte sich auf den Weg.

23

Ingrid Buschmann öffnete Hella die Tür. Mit einer Handbewegung bat Maikes Mutter sie in die Wohnung und trat zur Seite.

»Möchten Sie einen Kaffee?«, fragte sie tonlos.

Hella nickte und folgte ihr in die Küche. Frau Buschmann öffnete einen der Hochschränke, holte einen Papierfilter heraus und füllte Kaffeepulver in die Maschine. Ihre langsamen Bewegungen liefen wie in Zeitlupe.

Als sie sich an den Tisch zu Hella gesetzt hatte, schien sie vom Kaffeeaufsetzen regelrecht erschöpft zu sein. Im Hintergrund schoss das heiße Wasser gurgelnd in den Filter, Ingrid Buschmann sah Hella fragend an.

»Wir ermitteln mit Hochdruck nach allen Seiten«, erklärte Hella. »Dabei versuchen wir auch, uns ein Bild von Ihrer Tochter zu machen. Darf ich Ihnen noch ein paar Fragen stellen?«

»Ja«, war das erste Wort, das Ingrid Buschmann leise hervorbrachte.

»Es geht um die Zeit kurz vor und nach Maikes Abitur. Hat Maike sich da verändert? Ist Ihnen etwas aufgefallen?«

Ingrid Buschmann stand auf, ging zur Kaffeemaschine und goss die braune Flüssigkeit in zwei Becher. Zurück am Tisch reichte sie Hella einen davon und setzte sich wieder. Nach einer Weile begann sie zu sprechen.

»Sie haben mich ja schon einmal danach gefragt, und ich konnte kaum etwas dazu sagen. Jetzt, in den letzten Tagen, habe ich viel nachgedacht. Maike war so selbstständig damals, viel mehr als ich im gleichen Alter. Und ich war stolz auf sie. Immerhin hatte sie das Abitur geschafft und war eine der Besten in der Klasse.«

Ingrid Buschmann trank einen kleinen Schluck und stellte den Becher wieder ab. Ihr Blick wanderte gedankenverloren durch die Küche, ihre Augen wurden feucht.

»Ich habe Maike früh bekommen. Sie war kein Wunschkind, nein, ich selbst war noch ein Kind und sollte mich um ein Baby kümmern. Ich habe es nicht geschafft, und wenn meine Großmutter mir nicht geholfen hätte …« Sie schluckte. »Maike muss das schon als kleines Kind gespürt haben.« Sie sah auf. »Ich habe sie immer geliebt, aber das reichte wohl nicht. Es war so schwer.«

»Hatten Sie Angst, dass Maike das Gleiche passieren könnte?«, fragte Hella vorsichtig.

»Wahrscheinlich schon. Aber sie hat mir immer wieder gesagt, dass ich mir keine Sorgen machen sollte, sie würde nichts mit Jungen anfangen und warten, bis der Richtige kommen würde.«

Hella horchte auf. Hatte sie das richtig verstanden?

»Maike hatte also bis zum Abitur keinen intimen Kontakt zu Jungen?«

Ingrid Buschmann schüttelte den Kopf. »Nein, das hat sie mir versprochen, und ich habe ihr geglaubt. ›Küssen ja, aber mehr nicht‹, das hat sie immer gesagt.«

Hella entschloss sich, ihre Karten offenzulegen. »Ich habe mit dem Vertrauenslehrer der Schule gesprochen, und er hat mir erzählt, dass Maike kurz nach dem Abitur schwanger war.«

Ingrid Buschmann schloss die Augen und atmete schwer. »Das habe ich schon fast vermutet.« Mit flehendem Blick sah sie Hella an. »Hat sie das Kind …« Sie stockte.

»Das kann ich Ihnen nicht mit Bestimmtheit sagen. Vermutlich hat sie aber einen Schwangerschaftsabbruch machen lassen.«

Eine Träne lief über Ingrid Buschmanns Wange. »Ich habe es geahnt, aber ihr nicht geholfen. Sie war plötzlich so verschlossen. Ich bin überhaupt nicht mehr an sie herangekommen.«

Hella wartete eine Weile, bevor sie die nächste Frage stellte. »Hatte Maike vor dem Abitur einen festen Freund?«

»Nein. Sie wollte ja warten. Sie hat ja auch die Pille nicht genommen, obwohl ich ihr dazu geraten hatte. Sie wollte es nicht. Ihr würde das nicht passieren, hat sie gesagt, und ich habe es geglaubt.«

Hella sah, wie sehr Frau Buschmann unter der Vorstellung litt, als Mutter versagt zu haben. »Vielleicht war der Kontakt nicht freiwillig.«

Ingrid Buschmann starrte sie ungläubig an. »Sie meinen, sie wurde … vergewaltigt? Aber das hätte sie mir doch …« Es verschlug ihr die Sprache.

»Überlegen Sie, hat Maike sich eine Zeit lang komplett aus dem Leben zurückgezogen? Nicht nur Ihnen gegenüber, sondern insgesamt?«

Ingrid Buschmann schüttelte bedächtig den Kopf. »Ganz plötzlich, meinen Sie? Nein, ich hatte den Eindruck, als wäre es schleichend gekommen. Jeden Tag etwas mehr.«

Hella kannte diese Symptomatik von Opfern sexueller Gewalt, die durch K.-o.-Tropfen betäubt worden waren und sich erst langsam an die zurückliegende Tat erinnerten. »Trank Ihre Tochter regelmäßig Alkohol?«

Ingrid Buschmann erschrak. »Sie war keine Alkoholikerin!«

»Tut mir leid, ich habe mich unklar ausgedrückt. Mir ging es mehr um ein normales Maß. Hatte Ihre Tochter Erfahrungen mit Alkohol?«

»Sie hat wohl mal ein Glas Wein getrunken, aber Schnaps fand sie eklig, und auch um alle anderen härteren Sachen hat sie einen großen Bogen gemacht.« Ingrid Buschmann stutzte. »Oder war das mit dem Wein erst später?« Sie nickte gedankenversunken. »Doch, ich glaube … Ja, als sie noch bei mir wohnte, habe ich nie etwas bemerkt.«

»Also hat Maike nur selten oder gar nichts getrunken?«

»Das ist so lange her. Ist das denn wirklich so wichtig?«

»Nein, im Moment nicht. Sie haben mir schon sehr geholfen.« Hella stand auf und verabschiedete sich von ihr. »Bleiben Sie bitte sitzen. Ich ziehe die Tür einfach zu.«

Ingrid Buschmann nickte dankbar. »Kommen Sie gern wieder, wenn Sie noch Fragen zu Maike haben.«

Hella betrat die kleine Polizeistation und fand Lars hinter seinem Laptop. Jan Marxen stand neben ihm und schaute hoch, als Hella den Raum betrat.

»Hat sich Lukas Kramer gemeldet?«, fragte sie.

Beide Männer verneinten. Der Inselpolizist fügte hinzu: »Wenn es für Sie in Ordnung ist, würde ich gern seinen Bruder noch einmal anrufen. Vielleicht hat er ja etwas von ihm gehört.«

Als Hella einwilligte, verließ er den Raum.

»Das wird hart für ihn«, meinte Lars. »Lukas wird sich nicht bei uns melden und schon gar nicht hier auf der Insel auftauchen.«

»Vermutlich hast du recht. Fragt sich nur, was der Staatsanwalt dazu sagt. Ich glaube kaum, dass er ihn zur Fahndung ausschreibt, ohne ihn offiziell vorgeladen zu haben. Können wir nur hoffen, dass der Staatsanwalt den Termin sehr kurzfristig ansetzt. Hast du noch mal in der Gerichtsmedizin wegen der DNA unter Maike Rosemeyers Fingernägeln und wegen des Spermas nachgefragt?«

»Vor einer halben Stunde. Die haben mich wieder vertröstet und irgendwas von ›Stau‹ gemurmelt. Morgen oder übermorgen soll es endlich so weit sein. Mir wurde dann noch unter die Nase gerieben, dass das immer noch wahnsinnig schnell wäre und dass sie sich bei uns melden würden, sobald es Ergebnisse gibt.«

»Ist der Aufruf im Netz raus?«

Lars stöhnte. »Nach einer etwas hitzigeren Diskussion mit Kollege Jan haben wir das dann gemeinsam formuliert.« Lars klickte zweimal mit der Maus und drehte dann seinen Laptop um.

Hella las die Meldung durch. Sie war neutral geschrieben, machte aber gleichzeitig unmissverständlich klar, wie wichtig die Mitarbeit der Inselbewohner und Gäste in diesem Fall sein konnte. Als Telefonnummer war die Zentrale in Wittmund angegeben.

»Selbst der Staatsanwalt war voll des Lobes und hat es gleich freigegeben«, fügte Lars hinzu.

»Gute Arbeit. Vielleicht bekommt ja jetzt einer unserer Verdächtigen Angst und macht Fehler.«

Hella setzte sich zu Lars und berichtete ihm von dem Gespräch mit Ingrid Buschmann.

»Okay, aber ist das alles relevant für unsere Ermittlungen?«, fragte Lars. »Das ist immerhin dreißig Jahre her! Es ist sicher tragisch, wenn sie damals unter Alkoholeinfluss missbraucht wurde, aber warum sollte das heute noch wichtig sein?«

»So genau weiß ich das auch noch nicht, aber zumindest erklärt es Maike Rosemeyers Verhalten in dem Vergewaltigungsfall, den sie für ihre Erpressung genutzt hat.«

»Inwiefern?«

»Für sie ist es mehr als die Vergewaltigung eines ihr unbekannten Mädchens. Es hat sie möglicherweise an ihr eigenes Schicksal erinnert oder die Ereignisse von vor dreißig Jahren wieder hervorgespült.«

»Und warum hat sie ihre Aussage zu Lukas Kramer seinerzeit nicht gleich gemacht, sondern acht Jahre gewartet? Das ergibt überhaupt keinen Sinn.«

»Außer sie hat Lukas Kramer nicht gesehen und hat ihn erst jetzt damit in Verbindung gebracht«, meinte Hella.

»Um sich einen finanziellen Vorteil zu verschaffen«, ergänzte Lars.

»Das sicher auch, aber ob das die alleinige Motivation war oder nur ein Nebenprodukt der ganzen Geschichte, muss sich noch erweisen.«

Lars schüttelte sich. »Ich verstehe im Moment überhaupt nichts mehr. Nebenprodukt?«

»Sie hat damals mitbekommen, dass Lukas im Fokus der Polizei stand, hat ihn in dieser Nacht vielleicht sogar gesehen, aber nicht um die entscheidende Uhrzeit und an dem besagten Strandübergang, und gerät jetzt mit ihm und seinem Bruder aneinander. Sie fühlt sich von den beiden hintergangen und übervorteilt und vermischt den einen mit dem anderen Fall. Hinzu kommt die traurige Diagnose. Plötzlich ist sie vollkommen sicher, dass Lukas vor acht Jahren der Täter gewesen sein muss, ahnt aber, dass es für eine Wiederaufnahme der Ermittlungen nicht reichen wird. Also wird sie selbst tätig.«

Lars zog die Augenbrauen zusammen. »Das sind mir zu viele Wenns und Abers. Hast du da nicht einmal zu viel um die Ecke gedacht?«

Hella seufzte. »Mag sein. Aber mein Bauchgefühl sagt mir, dass die Vergangenheit etwas mit ihrem Mord zu tun hat. Unter Umständen haben ja die vier Schulkameraden ...«

In diesem Augenblick betrat Jan Marxen das Zimmer. Seiner Miene war anzusehen, dass er nichts erreicht hatte.

»Hagen hat alles versucht, um Lukas zu erreichen, aber der hat weder zurückgerufen noch auf die Nachrichten seines älteren Bruders reagiert. Hagen weiß sich nicht mehr zu helfen.«

Hella stand auf. »Sagen Sie ihm, er soll es weiter versuchen. Wahrscheinlich lädt der Staatsanwalt ihn offiziell vor. Das wird seine letzte Chance sein.«

»Ich richte es aus.« Jan Marxens Blick ging zwischen Hella und Lars hin und her. »Fahren Sie ... fahrt ihr jetzt aufs Festland?«

Lars stand inzwischen auch. »Die nächste Fähre geht in einer Dreiviertelstunde. Das sollten wir schaffen.«

Hella reichte Marxen die Hand. »Wir sehen uns spätestens morgen Nachmittag zur Beerdigung. Falls hier bei Ihnen auch Zeugenaussagen zu Donnerstagnacht auflaufen, geben Sie sie bitte direkt an uns weiter.«

Sie verabschiedeten sich von dem Inselpolizisten und machten sich auf den Weg zum Bahnhof.

Kurz nach zwei fuhr die Fähre ab. Hella stand oben an der Reling und ließ sich die Ereignisse des Tages durch den Kopf gehen. Den Staatsanwalt hatte sie bereits informiert, er würde Lukas Kramer für den Samstagvormittag nach Wittmund vorladen. Sollte er nicht erscheinen, würde bundesweit nach ihm gefahndet werden.

Hellas Handy klingelte, »Franzen« stand auf dem Display.

Sie suchte sich einen ruhigen, windgeschützten Platz und nahm das Gespräch an.

»Moin, Franzen. Wir sind auf der Fähre.«

»Moin! Ich habe heute Vormittag mit Egon gesprochen.«

»Und?«

»Er hat sich bereit erklärt, mit dir über den Fall zu reden. Allerdings inoffiziell. Er ist nicht bereit, vor Gericht auszusagen. Geht das in Ordnung?«

Hella zögerte kurz, stimmte dann aber der Forderung des pensionierten Kollegen zu. »Kann er morgen Vormittag? Ich könnte gegen acht Uhr bei ihm sein.«

»Ich frage ihn und schreibe dir eine Nachricht mit seiner Adresse und Telefonnummer.«

»Danke, Franzen. Du hast einen gut bei mir.«

Er lachte. »Da komme ich auf jeden Fall drauf zurück, Chefin.«

Hella musste unwillkürlich schmunzeln. Es war das erste Mal, dass er sie so nannte. Sie wertete es als ersten Schritt zu einem Friedensabkommen und verabschiedete sich von ihm.

Kurz darauf klingelte das Handy erneut. Sie nahm das Gespräch an.

»Hallo, Frau Brandt. Dieter Langewohl hier. Sie erinnern sich an mich?«

»Selbstverständlich, Herr Langewohl. Ist Ihnen noch etwas eingefallen?«

»Das nicht, aber die Sache mit dem Schwangerschaftsabbruch hat mir keine Ruhe gelassen. Ich habe den Arzt, den ich Maike damals empfohlen habe, ausfindig gemacht. Er praktiziert nicht mehr, konnte sich aber an Maike erinnern. Erst wollte er mir keine Auskunft geben, aber ...« Er lachte kurz auf. »Ich bin ganz gut im Überreden. Auf jeden Fall hat er mir bestätigt, dass Maike damals den Schwangerschaftsabbruch hat vornehmen lassen. Mehr wollte er mir nicht sagen.« Es entstand eine kurze Pause. »Ich hoffe, dass Ihnen die Information weiterhilft.«

»Danke, Herr Langewohl. Und ja, die Information könnte wichtig sein.«

Hella versprach dem alten Lehrer, ihn zu informieren, wenn der Mörder von Maike Rosemeyer gefasst worden war, und verabschiedete sich von ihm.

Als sie zur Reling sah, stand dort lächelnd Lars mit zwei Bechern Kaffee in der Hand.

24

»Feierabend?«, fragte Lars, als sie die Fähre verlassen hatten und auf den Parkplatz zugingen.

Hella nickte. »Ich bin wahrscheinlich morgen früh als Erstes beim pensionierten Kollegen Dieckmann.«

»Hat Franzen tatsächlich was für uns getan?«, fragte Lars grinsend.

»Ein Friedensangebot, vermute ich. Also, Lars, bis morgen in alter Frische!« Sie trennten sich und gingen in die Richtung, in der sie ihre jeweiligen Autos abgestellt hatten.

Auf dem Feldweg zu ihrem Haus überholte Hella Gesa, die mit dem Rad auf dem Rückweg war. Sie hielt an und stieg aus.

»Zurück von der Insel?«, fragte Gesa lächelnd.

»Morgen muss ich wieder hin.«

»Dann hast du ja jetzt sicher Zeit für eine gute Tasse Tee in meinem Garten.« Gesa stieg wieder aufs Rad, winkte ihr noch einmal zu und rief: »Bis gleich, mein Kind!«

Hella sah ihrer Nachbarin lächelnd hinterher. Gesa hatte intuitiv erfasst, dass ihr ihre Gesellschaft guttun würde. Sie parkte das Auto vor ihrem Haus und ging die dreihundert Meter zu Fuß.

Gesa umarmte sie herzlich, als sie in den Garten trat. »Kommt Leon heute?«

Hella bestätigte Gesas Vermutung. »Ich hole ihn um sechs am Hafen ab.«

»Dann haben wir ja noch richtig viel Zeit«, meinte Gesa und stellte das Stövchen auf den Tisch.

Hella ging mit ihr in die Küche, die nach Apfelkuchen duftete, und trug auf einem Tablett das Geschirr nach draußen. Gesa folgte ihr mit der Teekanne in der einen Hand und der Kuchenplatte in der anderen.

»Dann muss ich auch meinen kleinen Kuchen nicht ganz allein essen.« Sie goss den heißen Tee auf die knisternden Kluntjes und ließ danach vorsichtig einen Löffel Sahne hineingleiten. Hella probierte den Apfelkuchen und lobte ihre Nachbarin für ihre Backkünste.

»Nun lass mal gut sein, Kind«, meinte Gesa, die verlegen zur Seite schaute.

»Dein Apfelkuchen ist der beste, den ich in meinem Leben gegessen habe.« Hella schmunzelte. »Das muss man doch sagen dürfen.«

»Gestern war Dieter bei mir zu Besuch«, schien Gesa von dem Thema ablenken zu wollen.

»Ich mag deinen Freund. Er war bestimmt ein engagierter Lehrer.«

Hella trank einen Schluck Tee und lehnte sich auf dem bequemen Gartenstuhl zurück. Dabei ließ sie ihren Blick durch den wunderschönen Garten ihrer Nachbarin gleiten. »Du hast es wirklich schön hier. Ich muss auch etwas mehr Zeit in meinen Garten stecken.«

»Wenn du möchtest, kann ich dir helfen«, schlug Gesa vor. »Und ich glaube, Leon hat auch ein Faible für schöne Gärten.«

Die man aber nicht übers Netz pflegen kann, fuhr es Hella durch den Kopf. Im nächsten Augenblick nannte sie sich eine Närrin. Leon würde liebend gern Haus und Garten pflegen, wenn sich für ihn in Ostfriesland dauerhaft eine berufliche Perspektive ergeben würde.

»Mach dir nicht so viele Gedanken«, riet Gesa ihr mit sanfter Stimme. »Es wird sich alles fügen, da bin ich mir ganz sicher.«

Und wenn nicht?, dachte Hella. Was würde sie für Gesas Gelassenheit geben! War das eine Frage des Alters, oder machte sie sich wirklich zu viele Gedanken?

»Dieter hat mir von seiner ehemaligen Schülerin erzählt, die auf Langeoog umgekommen ist«, fuhr Gesa fort. »Er war richtiggehend betroffen davon. Er wollte auch noch den Arzt anrufen, den er seiner Schülerin empfohlen hat.«

»Ich weiß, er hat mich bereits informiert.«

»Dieter hat mir viel von dieser Maike erzählt. Sie scheint ein wirklich lebensfrohes Mädchen gewesen zu sein. Und jetzt ist sie tot.« Gesa hielt kurz inne. »Hatte sie eigentlich Kinder?«

»Nein, hatte sie nicht.«

»Wollte sie keine?« Gesa lächelte. »Oder darfst du mir das nicht sagen?«

»Doch, doch. Das sind keine wesentlichen Details des Falls.« Sie schmunzelte. »Außerdem bist du doch verschwiegen, oder?«

»Selbstverständlich!«, antwortete Gesa gespielt empört.

»Ihr Mann hat gesagt, dass sie lange versucht haben, schwanger zu werden, es aber nicht geklappt habe.«

Gesa seufzte. Sie selbst hatte trotz langjähriger Ehe nie Kinder bekommen und sehr mit ihrem Schicksal gehadert. »Das ist nicht immer leicht. War der Schwangerschaftsabbruch schuld daran?«

Hella wollte die Frage schon verneinen, als ihr auffiel, dass sie diese Möglichkeit noch gar nicht überprüft hatten.

»Meinst du, dass das möglich ist?«

»Meiner Nichte, sie ist ungefähr in dem Alter von dieser Maike, ist das passiert. Komplikationen bei dem Eingriff, Blutungen, die die Ärzte nicht in den Griff bekommen haben, und eine Infektion. Sie hat nie genau erfahren, was passiert ist, aber als sie zehn Jahre später schwanger werden wollte, hat man ihr gesagt, dass es ziemlich aussichtslos wäre.«

Hella erschrak. Hatte sie etwas übersehen? Konnte es relevant sein, dass Maike Rosemeyer einen irreversiblen Schaden durch den Schwangerschaftsabbruch erlitten hatte? Sie nahm sich vor, Dr. Wolters am nächsten Morgen anzurufen.

»Du bist so still, Kind«, sagte Gesa und bot ihr ein weiteres Stück Kuchen an.

»Ich muss passen. Wahrscheinlich hat Leon geplant, etwas zu kochen. Da brauche ich noch ein wenig Platz in meinem Magen.«

Gesa stimmte ihr zu und schenkte Tee nach.

»Wie war es eigentlich für dich, wieder nach Horumersiel zu kommen?«

Wieder stellte die alte Dame die richtigen Fragen, als ahnte sie, was Hella umtrieb. »Ich wäre gern noch dortgeblieben, um Omas Grab zu besuchen, aber dafür haben wir leider keine Zeit mehr gefunden.«

»Das habe ich nicht gefragt«, sagte Gesa lächelnd.

Wie so oft konnte Hella ihr nichts vormachen. »Es hat wehgetan«, gestand Hella. »Vielleicht bin ich deshalb auch nicht zum Friedhof gefahren. Ich weiß es nicht.«

»Du wirst es herausfinden. Vielleicht verbringst du mal ein paar Tage mit Leon in dem Dorf. Du könntest ihm zeigen, wo du glücklich warst.«

Hella nickte. Ähnliche Gedanken waren ihr auch schon gekommen, wenn auch nicht mit der Begründung.

»Und deine Eltern? Kennt Leon die schon?«

Nein, wollte Hella schreien. Und dass er sie auch nie kennenlernen würde. Aber sie verhielt sich ruhig, auch wenn ihr Atem flacher ging. Gesa hatte nie nach ihren Eltern gefragt. Wahrscheinlich hatte sie schon zu Beginn ihrer Freundschaft gespürt, dass das Thema für Hella tabu war.

»Er wird dich irgendwann nach ihnen fragen«, fuhr Gesa leise fort. »Vergiss nicht, er liebt dich über alles und will alle Seiten von dir kennenlernen.«

»Hat er dich nach meinen Eltern gefragt?«

»Nein, das würde Leon niemals tun.«

Hella schwieg eine Weile, bis sie leise sagte: »Ich erzähle es ihm irgendwann, Gesa. Aber nicht heute und auch nicht morgen.«

Gesa beugte sich vor und umarmte sie.

Hella küsste Leon zärtlich und rollte sich sanft von ihm weg. Erschöpft lagen sie nebeneinander im Bett. Die Musik aus dem kleinen Wohnzimmer schallte zu ihnen herüber. Alicia Keys sang in »If I Ain't Got You« von der Liebe, die das Einzige sei, was sie suche. Kein Reichtum, kein Ruhm, keine Macht – nur ihren Liebsten.

»Klingt gut«, flüsterte Leon, der dem Song gelauscht hatte.

Er wiederholte einen Teil des Refrains auf Deutsch: »… aber alles bedeutet nichts, wenn ich dich nicht habe.«

Hella kuschelte sich an ihn. »Kannst du dir vorstellen, ein Kind zu bekommen?«

»Ja, das kann ich«, antwortete er mit sanfter Stimme und fragte nach einer Weile: »Du auch?«

»Vielleicht. Ich weiß es nicht. Noch nicht.«

»Das ist schon viel.« Leon zog sie zu sich und küsste sie zärtlich.

25

Egon Dieckmann wohnte in einem ehemaligen Siedlungshaus am Rande von Stedesdorf, einer kleinen Ortschaft zwischen Esens und Wittmund, die Hella jeden Tag auf ihrem Weg zur Arbeit durchquerte. Dem Siedlungshaus sah man schon von außen an, dass es liebevoll restauriert worden war. Die Sprossenfenster waren aus Holz und in Weiß gestrichen, das Dach schien neu gedeckt.

Der alte Herr begrüßte sie in dunkelbrauner Cordhose und einem karierten Hemd. Er war etwas kleiner als Hella und leicht untersetzt.

»Sie haben also das Rennen gemacht«, meinte er und musterte sie. »Ich habe schon einiges über Sie gehört.«

»Sicher nicht nur Gutes, vermute ich«, antwortete Hella mit einem verschmitzten Grinsen.

Er konnte sich ein Schmunzeln nicht verkneifen. »Ach, wissen Sie, Hunde, die bellen, beißen nicht. Enno ist ein wirklich guter Polizist, und wenn mich nicht alles täuscht, hat er fachlich an Ihnen nicht das Geringste auszusetzen.«

»Freut mich zu hören«, antwortete Hella und folgte ihm in die Küche. Dort stand eine Kanne Tee auf dem Stövchen, daneben zwei Tassen. Ungefragt schenkte Herr Dieckmann Hella und sich ein und lehnte sich auf dem Stuhl zurück.

»Sie wollen mich aushorchen zum Fall des jungen Mädchens auf Langeoog?«

»Aushorchen? Nein, aber es würde mir sehr helfen, wenn Sie mir ein paar Fragen beantworten würden.« Als sie seinen Blick bemerkte, fügte sie schnell hinzu: »Inoffiziell. Unser Gespräch taucht in keinem Protokoll auf, und Sie hören nie wieder etwas von mir.«

»Dann wäre das ja geklärt«, meinte Dieckmann trocken.

»Bei dem aktuellen Fall auf Langeoog ist Lukas Kramer in unseren Fokus geraten. Wie Sie sicher gehört haben, handelt es sich um ein Tötungsdelikt. Trotzdem spielt der alte Fall mit hinein.«

»Und was ist jetzt Ihre Frage?«

»Hatten Sie seinerzeit Lukas ernsthaft in Verdacht?«

Egon Dieckmann ließ sich Zeit, bevor er antwortete. »Lassen wir jetzt mal außen vor, dass der Fall aus gutem Grund eingestellt wurde. Ich kann bestätigen, dass der junge Mann befragt wurde und zumindest aus meiner Sicht einiges dafürsprach, dass er mir etwas verheimlichte.«

»Ihr ehemaliger Kollege auf Langeoog, Harald Wiese, war da anderer Meinung?«

»So ist es! Aber das war wohl mehr so eine Art Vaterinstinkt, den er dem Jungen gegenüber entwickelt hatte. Die Umstände sind Ihnen sicher bekannt.« Als Hella nickte, fuhr Dieckmann fort. »Ich habe das erst nicht erkannt. In meinen Augen machte Wieses Zurückhaltung den Jungen noch verdächtiger. Nun gut, es hat sich ja am Schluss alles aufgeklärt.«

Hella öffnete das Display ihres Smartphones und zeigte ihrem ehemaligen Kollegen das Foto von Maike Rosemeyer. »Erinnern Sie sich an diese Frau?«

»Natürlich.« Er warf ihr einen erstaunten Blick zu. »Aber woher wissen Sie das? Soweit ich mich erinnere, habe ich gar kein Protokoll geschrieben, weil kurz darauf der Fall eingestellt wurde.«

»Ich habe den Namen in Ihren handschriftlichen Randbemerkungen gefunden. Können Sie sich an das Gespräch erinnern?«

»Durchaus. Die Frau hatte sich als Zeugin gemeldet, weil sie um die fragliche Zeit noch einen Spaziergang am Strand gemacht hat. Angeblich, zumindest.«

Hella sah ihn fragend an.

»Ich hatte eher das Gefühl, als wollte sie mich über den Fall aushorchen. Immer wieder hat sie nach Details gefragt, anstatt auf meine Fragen zu antworten. Schließlich meinte sie, sie habe genau den jungen Mann gesehen, über den wir gerade gesprochen hatten.«

»Sie haben ihr nicht geglaubt?«

»Das war eher so ein Bauchgefühl. Natürlich hätte ich das Gespräch eigentlich protokollieren müssen, aber wie gesagt, wenige Stunden danach wurde der Fall zu den Akten gelegt. Nun gut, die Dame hat sich schnell in Widersprüche verwickelt, was mich ohnehin veranlasst hat, der Information erst mal keinen Glauben zu schenken.«

Hella nickte. Im Verlauf des Gesprächs war Egon Dieckmann wieder in die Rolle des Polizisten geschlüpft, was ihm anscheinend nicht unangenehm war. »Meine wichtigste Frage wäre die nach der Einstellung der Ermittlungen. Ich habe natürlich gelesen, dass die junge Frau die Vorwürfe fallen gelassen hat. Wurde da – zum Beispiel von dem Inselpolizisten Wiese – Druck ausgeübt?« Hella wusste um die Brisanz der Frage, zog es doch auch die Kompetenz von Egon Dieckmann in Zweifel. Auch deshalb hatte sie sie bewusst am Ende des Gesprächs gestellt.

Dieckmann schnaubte. »Da können Sie mir glauben, dass ich das niemals zugelassen hätte. Es ist wohl wahr, dass Kollege Wiese erleichtert war, als die Anzeige sich so plötzlich in Luft auflöste, aber er hat da keinen Druck ausgeübt. Jemand anders auch nicht.«

»Sie sind also vollkommen überzeugt, dass …«

»Selbstverständlich«, fiel Dieckmann ihr ins Wort. »Das Mädchen hatte psychische Probleme. Die Sozialarbeiterin aus dem Camp war bei allen Befragungen dabei. Dabei habe ich bemerkt, dass der Betreuerin die Situation immer unangenehmer wurde. Dann habe ich sie unter vier Augen angesprochen, und sie hat mir – unter der Hand, versteht sich – mitgeteilt, dass das Mädchen schon während der ganzen Fahrt Probleme gemacht habe.«

»Waren die Eltern denn nicht gekommen und haben sie abgeholt?«

»Alleinerziehende Mutter, die noch zwei weitere Kinder zu versorgen hatte und dazu noch einen Halbtagsjob, bei dem sie keinen Urlaub bekommen hat. Also … nein.«

»Verstehe!«

»Und gut, das war natürlich erst mal nur ein Hinweis der Sozialarbeiterin, den ich aber ernst genommen habe. In den folgenden Befragungen des Mädchens lag dann der Schwerpunkt auf Widersprüchen in ihrer Aussage. Alles ganz, ganz vorsichtig und der Situation angemessen. Eigentlich hat es dann auch keinen Druck gebraucht, um der Wahrheit näher zu kommen. Sie hat irgendwann unter Tränen gestanden, dass sie die ganze Sache erfunden hat, um Aufmerksamkeit auf sich zu lenken. Und bevor Sie fragen, nein, Kollege Wiese war nicht bei den Befragungen anwesend.«

»In den Protokollen habe ich nichts darüber gefunden.«

»Nein, nach Absprache mit der Staatsanwaltschaft haben wir die Sache sang- und klanglos fallen gelassen. Normalerweise hätte die vorsätzlich falsche Anzeige des Mädchens zu Ermittlungen führen müssen und später zu einer Anklage oder zumindest zu einem Strafbefehl. Das wollten wir dem Mädchen aber ersparen. Am Wochenende ist die Mutter dann gekommen und hat ihr Kind abgeholt. Das war's.«

»Es gab also keine Zweifel?«

»Nein, weder auf meiner Seite noch auf Seite der Sozialarbeiterin. Beim geringsten Zweifel hätte ich weiterermittelt.«

»Okay. Dann bleibt mir nur noch, mich herzlich bei Ihnen zu bedanken. Sie haben mir sehr geholfen bei meinen Ermittlungen.«

»Freut mich!«, sagte der alte Herr lächelnd. »Was ist übrigens aus dem Mädchen geworden?«

»Jasmin Grote hält sich zurzeit in der Psychiatrie auf. Soweit wir wissen, schon länger.«

»Verdammt! Warum muss ich Depp auch danach fragen. Nun bin ich wieder um eine Illusion ärmer.«

Er begleitete Hella bis zur Tür und verabschiedete sich herzlich von ihr. »Machen Sie's gut. Und bei Franzen würde ich an Ihrer Stelle einfach den Ball flach halten. Der kriegt sich schon wieder ein.«

Lars kam ihr auf dem Flur des Kommissariats entgegengelaufen und hielt triumphierend ein Blatt in die Höhe.

»Der DNA-Test des Spermas ist da. Und wir haben einen Treffer. Jetzt darfst du mal raten, wer unser Mann ist.«

Sie gingen zusammen in Hellas Büro, sie stellte ihre Tasche ab und setzte sich hinter den Schreibtisch. Lars wartete angespannt.

»Also … du sagtest, es war einer unserer Kandidaten. Ihr Mann wird es nicht gewesen sein. Lukas Kramer ebenso wenig.«

»Da waren's nur noch vier …«, meinte Lars grinsend.

»Reinhard Glaser wäre es sicher liebend gern gewesen, aber ich denke, sie hat ihm bewusst nach der Diagnose den Rücken gekehrt. Olaf Reiter hat im Moment genügend Probleme am Hals und ist auch nicht unbedingt der attraktivste Kandidat.«

»Nur noch zwei«, meinte Lars anerkennend.

»Ich hatte lange Hagen Kramer in Verdacht, glaube aber nicht, dass er an diesem Tag mit ihr zusammen war. Falls da etwas lief, aus welchem Grund auch immer, ist es schon vorher passiert.«

Lars ließ das Blatt auf ihren Schreibtisch gleiten. »Woher wusstest du, dass es Holger Jakobs ist?«

»Intuition. Fragt sich jetzt nur, was da gelaufen ist.«

»Das werden wir ihn heute fragen. Welche Fähre nehmen wir? Die Beerdigung ist um vier Uhr heute Nachmittag.«

»Die Abfahrtszeiten haben sich verschoben. Wir können um halb elf los.«

»Mit Übernachtung?«

»Nimm deine Sachen lieber mit. Lust, da ein zweites Wochenende zu verbringen, habe ich nicht, aber wenn es die Arbeit erfordert, kommen wir nicht drum herum.«

Lars musterte seine Chefin. »Du hast schon eine Idee, oder?«

»Nein, außer dass ich sicher bin, dass wir die richtigen Personen im Fokus haben, stehe ich immer noch im Nebel.«

»Dann sollten wir würfeln. Ich tippe nach wie vor auf Lukas Kramer. Der hat das stärkste Motiv.«

»Da bin ich mir nicht so sicher«, meinte Hella und berichtete von ihrem Besuch bei Egon Dieckmann.

»Verrückt! Lassen sich die Kramers mit etwas erpressen, was überhaupt nicht stattgefunden hat. Himmel auch! Warum taucht Lukas dann so spektakulär unter? Irgendwas läuft da doch. Wovor hat er Angst? Hatte die verehrte Dame noch mehr Informationen?«

»Wer einmal lügt, dem glaubt man nicht ...«

»... auch wenn er dann die Wahrheit spricht«, ergänzte Lars.

»Wir werden seinen Bruder heute noch einmal befragen.« Lars seufzte. »Oder morgen oder am Sonntag.«

Die dritte Fähre des Tages war bei Weitem nicht ausgebucht. Hella und Lars liefen auf den Kai. Lars deutete mit dem Kopf zum Schiff. »Da oben steht Bettina Voß.«

Hella hatte sie schon aus dem Augenwinkel wahrgenommen. »Ich weiß.« Sie schaute sich suchend um. »Vielleicht sind die anderen schon auf der Insel. Mit der nächsten Fähre würden sie zu spät kommen.«

»Wollen wir gleich mit Frau Voß sprechen?«

»Ich gehe nachher zu ihr. Besser, wenn ich unter vier Augen mit ihr rede.«

»Wenn du meinst«, antwortete Lars.

Hella stieß ihn spielerisch in die Seite. »Ja, ich meine.«

Im Kommissariat hatte Hella vor ihrer Abfahrt kurz mit Enno Franzen gesprochen und ihm für den Kontakt zu Egon Dieckmann gedankt. Nachdem er sie über die aktuellen Fälle auf Stand gebracht hatte, hatten sie sich auf den Weg gemacht.

»Enno war heute so friedlich«, meinte Lars, als sie sich einen Platz im Inneren der Fähre gesucht hatten. »Was hast du mit ihm gemacht?«

»Waffenstillstandsabkommen. Weißt du doch.«

Lars grinste. »Also, das sah mir schon nach reichlich mehr aus, so handzahm, wie er war.«

»Wird auch Zeit, oder?« Hella stand auf, als sie merkte, dass sich die Fähre in Bewegung setzte. »Dann gehe ich mal nach oben.«

Bettina Voß stand weit vorn an der Reling und ließ ihren

Blick übers Watt gleiten. Hella gesellte sich zu ihr und grüßte sie freundlich. »Immer wieder ein schöner Anblick!«

Bettina Voß lächelte. »Es gab eine Zeit, da habe ich die Fähre gehasst. Sie kam mir vor, als wäre sie das Tor zum Gefängnis.«

»Ich war nie in einem Internat«, sagte Hella. »Aber ich kann mir vorstellen, was Sie meinen. Es muss hart sein, wenn man als Kind aus dem Elternhaus fortgeschickt wird.«

»Man gewöhnt sich an alles.«

»Sicher, aber ist es deshalb besser?«

»Nein.«

»Hat Ihre Berufswahl etwas damit zu tun?«

»Vermutlich ja. Auch wenn ich immer schon ein starkes Bedürfnis hatte, anderen Menschen zu helfen.« Sie stöhnte leise. »Wenn ich mir selbst schon nicht helfen konnte.«

Hella ließ eine Weile verstreichen, bevor sie antwortete. »Ich finde, Sie sind eine sehr toughe Frau. Seien Sie nicht so streng mit sich.«

Bettina Voß zuckte mit den Schultern. »Leider ist das nicht so einfach, wie sich das anhört. Im Moment schon gar nicht.«

Hella nutzte die Chance, ihr eigentliches Thema anzusprechen. »Sie machen sich Vorwürfe wegen Maikes Tod?«

Bettina Voß nickte nachdenklich. »Ich weiß, dass das Unsinn ist. Ich habe sie nicht … getötet und hätte das Unglück auch wohl kaum verhindern können. Trotzdem. Es ist alles so schrecklich.« Sie wandte sich Hella zu. »Meinen Sie, dass es einer aus unserer Gruppe war?«

»Tut mir leid, ich darf über die Ermittlungen nicht sprechen. Aber Sie können mir helfen. Ich beschäftige mich schon seit Tagen mit der Zeit, als Sie alle Abitur gemacht haben.«

Bettina Voß senkte den Kopf. »Ich auch.«

»Wir haben zwar schon darüber gesprochen, aber können Sie mir vielleicht noch einmal erzählen, wie Maike damals zu den Jungen stand? War sie sehr freizügig in dieser Richtung?«

»Haben das Holger und Olaf erzählt?« Sie lachte kurz auf. »Die typischen Übertreibungen der Männer. Es lässt sie nun mal besser aussehen, wenn sie etwas mit einem heißen Feger hatten.« Bettina Voß hielt den Kopf in den Wind und ließ sich die Haare durcheinanderwirbeln. »Heißer Feger! Ich dachte das damals auch zuerst, als Maike in unsere Clique kam, aber dann … Sie hat zwar mit vielen Jungen etwas angefangen, aber mehr als Knutschen und Herumfummeln war da nicht. Ihre Legende ist nur aus den Geschichten der Jungs entstanden. Sie haben maßlos übertrieben, und Maike hat nichts dagegen unternommen. Mehr noch, ich hatte das Gefühl, ihr wilder Ruf war ihr ganz angenehm.«

»Aber sie war gar nicht so?«

»Das ist zumindest meine Vermutung. Maikes liebstes Spiel war, die Freunde der anderen Mädchen anzumachen. Vielleicht mussten die Jungs dann im Gegenzug ein heißes Liebesabenteuer erfinden. Sozusagen als Rechtfertigung für ihr ›Fremdgehen‹. Wer kann schon in Menschen hineinsehen?«

»Hat Maike Ihnen auch einen Freund ausgespannt?«

Bettina Voß zögerte, bevor sie nickte. »Er hieß Thomas. Ich habe mich schwergetan, etwas mit einem Jungen anzufangen.« Sie hielt inne. »Ich war nicht die blonde Schönheit wie Maike oder Christina. Eigentlich war Thomas genauso schüchtern wie ich. Vielleicht hatten wir uns ja auch deshalb gesucht und gefunden.« Sie lächelte. »Sagt man das nicht so?«

Hella nickte. »Und Maike hat Ihnen Thomas ausgespannt?«

»Ja, nicht sofort. Das wäre ja zu einfach gewesen. Nein, sie hat zwei Monate gewartet. Ich bin mir so was von sicher, dass sie Thomas normalerweise nicht mal mit der Kneifzange angepackt hätte. Deshalb habe ich mich auch wohl zu sicher gefühlt. Aber eines Tages – ich kam an dem Tag zu spät zu unserem Treffpunkt am Strand – konnte ich Thomas nicht entdecken. Als ich mich auf die Suche machte, fand ich ihn in den Dünen liegend. Neben Maike. Sie küssten sich oder besser gesagt, Maike küsste ihn. Auf jeden Fall hat mir ein Blick gereicht, um Reißaus zu nehmen. Ich sehe immer noch Maikes triumphierendes Grinsen, das sie in den nächsten Tagen aufsetzte, wenn wir uns begegnet sind.«

»Was ist aus Thomas und Ihnen geworden?«

»Er hat sich tausendmal bei mir entschuldigt oder es zumindest versucht. Ich wollte das damals nicht hören und bin ihm aus dem Weg gegangen. Zusammengekommen sind wir nie wieder. Thomas ist auch ziemlich schnell danach nach Spiekeroog gewechselt. Dort gab es ja auch ein Internat oder gibt es immer noch.«

»Ja, das existiert noch«, sagte Hella, die sich an den Fall auf der Insel erinnerte, in den ein Lehrer der Schule verwickelt gewesen war. »Waren Ihre Freunde Olaf und Holger auch von Maikes ›Vorlieben‹ betroffen?« Bei dem Wort Vorlieben hatte Hella Anführungszeichen in die Luft gemalt.

»Olaf weniger. Er hat sich damals dermaßen ungeschickt gegenüber uns Mädchen benommen, dass wirklich keine ein Auge auf ihn geworfen hatte. Er hat sich an Holgers Techtelmechteln ergötzt und so versucht, etwas vom Glanz unseres Sonnyboys abzubekommen.«

Hella schmunzelte. Sie kannte aus ihrer eigenen Schulzeit Jungen, die sich ähnlich verhalten hatten. »Holger Jakobs war aber schon in Maikes Visier?«

»Sicher! Es gab ja kaum ein Mädchen, hinter dem Holger nicht her war, warum sollte Maike da eine Ausnahme gewesen sein. Die beiden haben sich aber immer wieder getrennt, sozusagen eine ständige On-off-Beziehung. So sah es zumindest von außen aus. Was die beiden dabei empfunden haben, weiß ich natürlich nicht.« Bettina Voß sah Hella verwundert an. »Aber warum interessieren Sie die ganzen Teenagergeschichten? Ich denke, diese Cliquen und Typen, uns alle, meine ich, gab es doch sicher an jeder Schule.«

»Polizeiliche Ermittlungen sind wie ein Puzzlespiel. Nur dass sich Puzzleteile aus anderen Spielen hineingemischt haben. Man weiß erst, ob die Teile wichtig sind, wenn man sie genau betrachtet hat.«

Sie hatten inzwischen die Hälfte der Strecke nach Langeoog hinter sich gebracht. Die Silhouette der Insel mit dem Wasserturm und der Inselkirche war nun deutlich zu sehen.

»Ich stand bei jeder Überfahrt oben an der Reling. Selbst

im Winter bin ich zumindest in der letzten Viertelstunde nach draußen gegangen. Und ich habe immer noch keine Ahnung, warum ich das gemacht habe.«

»Sie machen es immer noch! Vielleicht ist Ihnen die Insel mehr ans Herz gewachsen, als Sie bisher geglaubt haben.«

Bettina Voß lächelte sanft. »Das mag sein. Es ist etwa so, als käme ich nach Hause. Ein schönes Gefühl, auch wenn der Anlass ein sehr trauriger ist.«

»Haben Sie noch einmal darüber nachgedacht, ob Ihnen zum Donnerstagabend und der Nacht etwas eingefallen ist?«

»Nachgedacht habe ich viel. Und ich hatte viel Zeit dazu, weil mein Hausarzt mich für eine Woche krankgeschrieben hat.« Sie strich sich die wild herumwirbelnden Haare aus dem Gesicht. »Immer wieder bin ich unseren Abend im Restaurant durchgegangen, habe versucht zu ergründen, wer welchen Streit angefangen hat. Es geht alles drunter und drüber in meinem Kopf. Olaf, Holger, Christina. Sie kommen und gehen, und ich scheine wie angewurzelt danebenzustehen. Verstehen Sie, was ich meine?«

»Lassen Sie sich Zeit. Vielleicht kommt ja die Erinnerung zurück, wenn Sie mit Ihren Schulfreunden zusammen sind. Wo übernachten Sie?«

»Maikes Mann hat uns freundlicherweise noch einmal das Ferienhaus zur Verfügung gestellt. Es ist erst wieder am Sonntag belegt. Wir können sogar zwei Nächte bleiben, hat er gesagt. Aber ich glaube, ich fahre schon morgen zurück.«

»Sie haben noch meine Telefonnummer?«

Bettina Voß zog ihr Portemonnaie aus der Tasche und suchte nach Hellas Visitenkarte. »Ja, hier ist sie.«

»Rufen Sie mich an, wenn Ihnen noch etwas einfällt. Ich bin heute und morgen auf der Insel. Wir können uns jederzeit treffen.«

»Danke!«, sagte Bettina Voß und schenkte Hella ein herzliches Lächeln.

26

Hella und Lars verließen als Letzte die Fähre und stiegen in den Inselzug ein. Schweigend ließen sie sich die eineinhalb Kilometer über die Insel fahren, vorbei an dem Golfplatz und dem kleinen Flughafen mit den zahlreichen Maschinen, die in Reih und Glied neben der Landebahn parkten. Vom Inselbahnhof gingen sie weitere zehn Minuten bis zur Polizeistation, wo sie von Jan Marxen begrüßt wurden.

Hella und Lars zogen sich in ihr provisorisches Büro zurück, um das weitere Vorgehen zu besprechen. Nachdem Hella ihm einen kurzen Bericht über das Gespräch mit Bettina Voß gegeben hatte, meinte Lars nachdenklich: »Also doch kein jungenverschlingendes Monster, sondern mehr eine Klosterschülerin?«

Für die Bemerkung erntete Lars Hellas strafenden Blick. »Fragt sich jetzt natürlich, auf welchem Weg sie schwanger geworden ist. Wir haben von mehreren Seiten die Bestätigung, dass sie offensichtlich keine sexuellen Kontakte zu Jungs hatte, einmal abgesehen vom Knutschen und Fummeln.«

»Entweder hat sie sich Hals über Kopf in jemanden verliebt und war sich sicher, dass es der Richtige war, oder der Kontakt war nicht freiwillig«, mutmaßte Lars. »Was ist mit dem Vertrauenslehrer? Könnte er nicht derjenige sein, der …«

»Nein, dafür gibt es wirklich keine Anzeichen. Meine Nachbarin ist lange mit ihm befreundet, und glaub mir, die hat ein unglaublich feines Gespür für Menschen. Ich denke nicht, dass er mit mir so offen gesprochen hätte, wenn er wirklich etwas mit Maike gehabt haben sollte.«

»Oder gerade!«

»Und dann ist er nach Langeoog gefahren und hat Maike Rosemeyer am Strand erschlagen? Wo ist da das Motiv? Strafrechtlich wäre ein sexueller Kontakt zu Schutzbefohlenen lange verjährt, der Mann hätte selbst bei Bekanntwerden einer solchen Tat nicht viel zu verlieren. Ich sehe da keinen Zusammenhang.«

Lars nickte. »Es kämen natürlich noch andere Erwachsene in Frage, aber lassen wir das mal vorerst außen vor. Sprich: Wir hätten als Ausgangsthese eine dreißig Jahre zurückliegende Vergewaltigung, die niemals zur Anzeige gekommen ist und von der offensichtlich kein Außenstehender etwas mitbekommen hat.«

»Das wäre noch zu klären. Da aber die Mutter nichts von der Schwangerschaft gewusst hat, Maike sich gleichzeitig an den Vertrauenslehrer der Schule gewandt hat und später einen Schwangerschaftsabbruch hat machen lassen, von dem wiederum auch niemand etwas mitbekommen hat, gehe ich mal davon aus, dass sie mit der Schwangerschaft nicht hausieren gegangen ist.«

»Ein langer Satz«, meinte Lars. »Kurz gefasst: Sie verschwieg die Vergewaltigung und den Abbruch. Warum?«

»Vielleicht hat sie die Vergewaltigung überhaupt nicht bewusst mitbekommen. K.-o.-Tropfen waren damals noch nicht in Mode beziehungsweise konnten nicht mal eben übers Internet bezogen werden, aber Alkohol hat eine ähnliche Wirkung, gerade wenn man vorher nicht oder nur wenig damit in Verbindung gekommen ist.«

Sie griff nach ihrem Handy und wählte Bettina Voß' Nummer.

»Erinnern Sie sich daran, ob Maike zu ihrer Schulzeit Alkohol getrunken hat?«, fragte Hella, als sich Voß meldete.

»Nein, hat sie nicht oder fast nicht. Sie war schon damals sehr kontrolliert.«

»Danke«, sagte Hella und wollte sich schon wieder verabschieden, als Bettina Voß sich räusperte. »Mir ist noch etwas eingefallen. Ich weiß nicht, ob das wichtig ist, aber Sie haben ja nach so vielen Dingen gefragt.«

»Ja?«

»Holger hat mich vor ungefähr einem Jahr angerufen und wollte mich in Vermögensfragen beraten. Er meinte, er hätte eine absolut sichere Anlageform, die mir – ich weiß nicht mehr, wie viele – Prozente bringen würde.«

»Sind Sie darauf eingegangen?«

Bettina Voß lachte. »Ich habe kein Vermögen auf meinen Konten, und selbst wenn ... Ich hätte es nicht getan.«

»Danke, beide Hinweise könnten wichtig sein.«

»Ich möchte aber nicht ... Ich meine, Holger bekommt doch jetzt keine Schwierigkeiten deswegen?«

»Wegen des Angebotes ganz sicher nicht. Erstens ist nichts passiert, zweitens wären wir – falls etwas nicht ganz koscher war – nicht dafür zuständig. Machen Sie sich keine Gedanken!«

Sie beendeten das Gespräch. Lars hatte über die Lautsprecherfunktion mitgehört.

»Sieh an! War Maike Rosemeyer nicht die Einzige?«

»Das werden wir herausbekommen. Der Hinweis mit dem Alkohol scheint mir noch wichtiger. Wenn dein Körper keine ›Erfahrung‹ ...«, sie malte Anführungsstriche in die Luft, »... mit Alkohol hat, reicht eine relativ kleine Menge, um dich handlungsunfähig oder gar bewusstlos zu machen.«

»Du denkst an Holger Jakobs?«

Hella nickte und stand auf. »Die Beerdigung ist in zweieinhalb Stunden. Wir haben noch ausreichend Zeit, um mit ihm zu sprechen.«

Holger Jakobs empfing sie an der Tür des Ferienhauses. Er trug eine schwarze Anzughose, dazu ein weißes Hemd mit schwarzem Schlips.

»Hat das nicht Zeit bis nach der Beerdigung?«, fragte er ungehalten.

»Dürfen wir eintreten?«, erwiderte Hella, ohne auf ihn einzugehen.

Grummelnd trat er zur Seite und folgte den Kommissaren in die Küche.

»Was gibt es denn noch so Wichtiges?«

»Setzen Sie sich doch!«, bat Hella ihn und wartete, bis er Platz genommen hatte, bevor sie sich als Letzte setzte.

In diesem Augenblick betrat Olaf Reiter den Raum, der nicht mitbekommen zu haben schien, dass die Kommissare im Haus waren.

»Oh, hoher Besuch?«

»Guten Tag, Herr Reiter. Wir würden gern allein mit Herrn Jakobs sprechen.«

Reiter hob entschuldigend die Hände. »Kein Problem, ich weiche der Staatsmacht.«

»Gehen Sie nicht zu weit weg!«, rief Lars ihm hinterher. »An Sie haben wir auch noch Fragen.«

Olaf Reiter wandte sich noch einmal kurz um. Sein Blick streifte den von Jakobs. Hella versuchte, die Emotionen darin zu deuten, fand aber keinen Zugang. War es Wut – oder Angst? Oder hatte er seinem alten Schulfreund sagen wollen, dass er an seiner Seite stand? Jakobs hatte die Szene äußerlich unberührt beobachtet, aber Hella fiel sein Augenlid auf, das leicht vibrierte.

»Wir würden gern noch einmal mit Ihnen den Donnerstag letzter Woche durchgehen«, begann Hella die Befragung. »Haben Sie etwas dagegen, wenn ich das Gespräch mitschneide?« Sie legte ihr Smartphone auf den Tisch und aktivierte die Aufnahmefunktion.

»Wenn es sein muss«, brummte Jakobs.

»Fangen wir am Morgen an. Wann genau sind Sie aufgestanden?«

»Ist das jetzt Ihr Ernst? Das weiß ich nicht mehr genau. Vielleicht um neun oder zehn. Wofür sollte die Angabe wichtig sein?«

»Haben Sie hier zu viert gefrühstückt?«, fragte Lars.

Jakobs schien Lars vergessen zu haben. Er war ausschließlich auf Hella fixiert gewesen und wandte sich jetzt demonstrativ langsam zu ihm um. »Junger Mann, das ist mir leider nicht mehr präsent.«

»Wollen Sie ernsthaft behaupten, Sie können sich nicht daran erinnern?«, fuhr Hella ihn an.

Er grinste abfällig. »Ich denke, das war der Sinn meiner Worte.«

»Wann haben Sie sich an diesem Tag mit Frau Rosemeyer getroffen?«, fuhr Lars fort.

»Das ist Ihnen doch ausreichend bekannt. Gegen acht Uhr abends im Restaurant.«

»Wann und wo ist es dann zwischen Ihnen und Frau Rosemeyer zum Geschlechtsverkehr gekommen?«, fragte Lars unbeirrt weiter. »Auf der Toilette, als Pauseneinlage zwischen zwei Gängen?«

Jakobs schluckte. »Was sollen diese obszönen Andeutungen? Ich verbitte mir das!« Er war laut geworden und hatte sich leicht nach vorn gebeugt.

»Die Gerichtsmedizin kann eindeutig nachweisen«, übernahm Hella wieder die Gesprächsführung, »dass Sie und Frau Rosemeyer sexuellen Kontakt hatten.«

Jakobs versteinerte für einen Moment, bis ein leichter Ruck durch seinen Körper ging und er sich aufrichtete. »Das hat überhaupt nichts mit Maikes Tod zu tun und ist reine Privatsache.«

»Da muss ich Sie leider enttäuschen. Wir ermitteln in einem Fall vorsätzlicher Tötung, da ist nichts und gar nichts Privatsache, was in Zusammenhang mit dem Opfer steht. Wann und wo kam es zu dem Kontakt?«

Holger Jakobs starrte sie wütend an und schien jeden Augenblick zu explodieren. Er atmete flach und hatte seine Hände zu Fäusten geballt. Nach einer gefühlten Ewigkeit sank er zurück auf den Stuhl und atmete tief durch. »Wenn es denn der Gerechtigkeit dient. Ja, wir haben gevögelt. Das war am frühen Nachmittag bei ihr zu Hause. Sie hatte mich zu sich gebeten, und wir haben Wein getrunken. Es lief leise Musik, die Stimmung war gut, und da ist es halt passiert. Haben Sie noch nie davon geträumt, noch mal mit Ihrem Jugendfreund das Gleiche zu durchleben wie damals? Dieses Prickeln, die Aufregung, die feuchten Hände, die Angst, erwischt zu werden.«

»Sehr schön formuliert, Herr Jakobs«, kommentierte Hella seine filmreifen Worte. »Die Geschichte hat nur einen kleinen Schönheitsfehler: Sie haben während Ihrer Schulzeit nie mit Maike Rosemeyer eine sexuelle Beziehung gehabt.«

Holger Jakobs lachte verächtlich. »Waren Sie dabei? Dann haben Sie sich aber gut gehalten, Frau Kommissarin.«

»Etwas mehr Respekt, bitte«, fuhr Hella ihn scharf an. »Im Übrigen bin ich Hauptkommissarin. Wir haben aus verschiedenen Quellen vertrauenswürdige Aussagen, dass Maike Rosemeyer in dieser Zeit noch nicht sexuell aktiv war.«

»Dann halt nicht. Es ist ja auch schon eine Weile her. Da kann so einiges im Kopf durcheinandergeraten. War's das jetzt?« Er machte eine Andeutung, sich zu erheben.

»Nein, bleiben Sie bitte sitzen!«, ordnete Hella an. Als er sich grinsend wieder auf den Stuhl fallen ließ, fuhr sie fort: »Aus Ihrer Aussage entnehme ich, dass es an diesem Nachmittag zum ersten Mal, seit Sie auf der Insel waren, zum sexuellen Kontakt gekommen ist?«

»Jawohl!« Er sah Hella provozierend an. »Frau Hauptkommissarin.«

»Sie verwalten für Frau Rosemeyer hunderttausend Euro«, übernahm Lars wieder die Befragung.

Holger Jakobs schien mit dieser Frage gerechnet zu haben. »Das ist mein Job.«

»Hat Frau Rosemeyer das Geld zurückgefordert?«

»Nein, wieso sollte sie?«

»Weil sie dringend darauf angewiesen war. Ihre Geschäfte liefen schlecht«, sagte Hella und zog damit die Aufmerksamkeit wieder auf sich.

»Haben Sie irgendeinen Beweis, dass Maike das Geld frühzeitig zurückhaben wollte?« Er sah Hella triumphierend an.

»Wir stellen die Fragen, Herr Jakobs. Die Beweisführung wird Ihnen noch früh genug zugänglich gemacht.« Hella hatte ihn fixiert und hielt seinem Blick unberührt stand.

»Was soll das denn bedeuten?« Er versuchte, souverän und ruhig zu sein, aber die zunehmende Unsicherheit war ihm ins Gesicht geschrieben.

»Sie haben uns schwerwiegende Details verschwiegen, Sie hatten Streit mit dem Opfer, sind als Letzter mit ihm gesehen worden und haben ein Motiv.«

»Welches sollte das sein?« Seine Stimme klang leicht brüchig.

Hella ignorierte seine Frage. »Unter diesen Bedingungen werden wir problemlos eine richterliche Vollmacht für Ihre Bankkonten erhalten, einen Durchsuchungsbeschluss für Ihre Privat- und Geschäftsräume ebenso. Wie gut geht es Ihnen finanziell?« Als Jakobs zu einer schnellen Antwort ansetzen wollte, hielt Hella ihn auf. »Bedenken Sie Ihre Antwort genau. Wir werden es im Detail prüfen.«

Er zögerte die Antwort eine Weile hinaus und schien abzuwägen, wie seine Chancen standen. Schließlich sagte er: »Im Anlagebereich ist es seit Jahren schwer, Kunden zu überzeugen. Es gab zu viele schwarze Schafe in unserer Branche, deren Taten die Seriösen unter uns in Mithaftung genommen haben.«

Hella schaute ihn auffordernd an.

»Ich habe im Moment tatsächlich eine Durststrecke. Aber das ist ganz normal in unserer Branche. Von einer Insolvenz bin ich weit entfernt. Sehr weit.«

»Sie verstehen sicher, dass ich daran meine Zweifel habe. Hätten Sie Frau Rosemeyer die Hunderttausend zurückzahlen können?«

Er rieb die Hände aneinander. »Im Moment wäre das schwierig, was aber nicht heißt, dass …«

»Danke, Herr Jakobs. Die Auskunft reicht uns so.«

Hella stand auf. »Wann haben Sie vor, die Insel wieder zu verlassen?«

Jakobs reagierte zunächst nicht auf die Frage, bis Hella sie wiederholte.

»Morgen, wahrscheinlich morgen Nachmittag.«

»Bitte informieren Sie uns umgehend, wenn Sie Ihre Pläne ändern sollten.« Jakobs saß wie angewurzelt auf seinem Stuhl. »Sie können jetzt gehen. Und schicken Sie uns Herrn Reiter in zehn Minuten herein.«

27

Als Jakobs die Küche verlassen hatte, sagte Lars: »Da ist ja wohl gerade Lukas Kramer vom ersten Platz der Liste auf den zweiten abgerutscht. Es sei denn, die beiden haben gemeinsame Sache gemacht. Die würden doch auch wunderbar zusammenpassen.«

»Etwas ernsthafter bitte, Kommissar Mattes«, mahnte Hella mit einem Augenzwinkern und lehnte sich auf dem Stuhl zurück. »Wir haben Jakobs etwas zum Schwitzen gebracht, mehr aber auch nicht. Letztendlich haben wir nichts, was vor Gericht verwertbar wäre. Ich bin mir nicht mal sicher, ob wir den von mir angedrohten Durchsuchungsbeschluss bekommen werden.«

Lars nickte nachdenklich. »Was machen wir gleich mit Reiter?«

»Ich will wissen, ob er auch bei Jakobs investiert hat und wie sein Verhältnis zu Maike Rosemeyer während der Schulzeit war. Ich denke, er hat mehr zu verlieren als Mister Großkotz. Du hast übrigens deine Rolle sehr gut gespielt. Mach weiter so!«

Lars zuckte verlegen mit den Schultern und ging zum Kühlschrank, um eine Flasche Mineralwasser herauszuholen. Im Schrank fand er Gläser und stellte drei auf den Tisch.

»Du glaubst nicht, dass Olaf Reiter etwas mit dem Mord zu tun hat?«, fragte er.

»Mein Gefühl sagt Nein, aber das hat mich auch schon getäuscht. Bei ihm haben wir keine wirklichen Anhaltspunkte und noch weniger Motiv als bei Jakobs.«

»Aber er verschweigt was, da bin ich mir sicher.«

»Richtig! Irgendwas schlummert da in ihm, was auf keinen Fall nach oben kommen soll. Aber dir ist schon klar, dass es auch etwas sein kann, was nicht das Geringste mit unserem Fall zu tun hat?«

»Ich hasse Nebelkerzen. Können wir ihn nicht …«

In diesem Augenblick betrat Reiter, ohne anzuklopfen, die Küche und warf Hella einen herablassenden Blick zu. »Bin ich jetzt dran?«

»Setzen Sie sich doch bitte, Herr Reiter!«

Betont langsam kam er auf sie zu und zog den Stuhl vor. Schließlich setzte er sich, holte das Glas zu sich heran und goss sich Mineralwasser ein. »Ich gehe mal davon aus, dass das für mich war?«

»Wie hoch ist der Betrag, den Herr Jakobs für Sie angelegt hat?«, begann Hella ohne Umschweife.

Hella sah Reiter an, dass er mit dieser Frage nicht gerechnet hatte. »Was geht … Ich meine, warum wollen Sie …« Er schluckte.

»Ich vermute, dass der Betrag nicht sehr hoch war?«, bohrte Hella unbeirrt weiter.

»Nein.«

»Dreißigtausend?«

Reiter sah sie vollkommen verblüfft an. »Etwas mehr, aber woher wissen Sie das?«

»Ihr Schulfreund steckt in finanziellen Schwierigkeiten«, meinte Lars in neutralem Ton. »Ich fürchte, Sie müssen um Ihr Geld bangen.«

Olaf Reiter wurde eine Nuance blasser, schwieg aber.

»Wie war Ihr Verhältnis zu Maike Rosemeyer, als Sie kurz vor dem Abitur standen?«, stellte Hella die nächste Frage.

»Hatten wir das Thema nicht schon?« Reiter schien sich schnell wieder von dem Schock erholt zu haben.

»Mag sein, aber wir würden es gern noch einmal hören.«

Reiter stöhnte theatralisch. »Die gleiche Schule, die gleiche Clique, die gleichen Freunde. Reicht das?«

»Hätten Sie sie auch gern als Freundin gehabt?«, fragte Lars in einem Ton, als erkundige er sich nach der Abfahrtszeit der Fähre.

»Wer sagt Ihnen, dass ich nicht mit Maike zusammen war?«

»Unsere Menschenkenntnis«, sagte Hella und zwang Reiter, sich wieder auf sie zu konzentrieren. »Und die Aussagen mehrerer Zeugen.«

»Das ist dreißig Jahre her und interessiert keinen Arsch mehr«, polterte Reiter und schien sich gleich darauf seiner Sprache bewusst zu werden. »Ich meine, es ist doch vollkommen irrelevant.«

Hella wiegte den Kopf hin und her und sagte schließlich: »Ihr Freund Jakobs hat am Donnerstagnachmittag mit Maike Rosemeyer – ich benutze jetzt mal seine eigene Formulierung – ›gevögelt‹.«

Olaf Reiter starrte Hella an, als wolle er sich auf sie stürzen. Plötzlich entspannte er sich. »Sind Sie von der Sittenpolizei?« Er lachte über seinen eigenen Witz.

»Herr Reiter, Ihnen scheint der Ernst der Lage nicht bewusst zu sein. Im Moment deutet viel darauf hin, dass Sie oder Herr Jakobs, oder auch Sie beide, Frau Rosemeyer getötet haben. Wir stehen kurz davor, Haftbefehle zu beantragen.«

Hella war klar, dass sie mit der Aussage ein enormes Risiko einging. Auch aus diesem Grund hatte sie ihr Handy nicht auf Aufnahme gestellt. Auf Lars Mattes konnte sie sich hundertprozentig verlassen, auch wenn sie aus dem Augenwinkel bemerkt hatte, dass er bei ihren letzten Worten zusammengezuckt war.

Die Farbe war inzwischen völlig aus Reiters Gesicht gewichen. »Ich habe … nichts mit … der ganzen Sache zu tun«, stammelte er. »Sie sind doch … vollkommen wahnsinnig.«

»Meine Aufklärungsquote im Bereich der Schwerkriminalität beträgt hundert Prozent«, sagte Hella. »Ich bin mir ausgesprochen sicher, dass wir auf der richtigen Spur sind.«

Er schwieg schwer atmend.

»Kommen wir noch einmal zurück auf die Zeit kurz vor und nach dem Abitur. Sie waren durchaus an Maike interessiert, aber sie hat Sie links liegen gelassen und hatte nur Augen für die anderen Jungs. Einer von ihnen war Ihr Freund, Holger Jakobs. So weit richtig?«

»Ja, verdammt, aber das hat mit Maikes Tod überhaupt …«

»Was hat Ihnen Jakobs damals über sein Verhältnis zu Maike erzählt?«, unterbrach Hella ihn. »Dass er mit ihr im Bett war? Um die Sache abzukürzen: Er hat Sie damals wie heute belogen und benutzt. Als Fußabtreter und Bewunderer. Eigentlich erstaunlich, dass Sie nach diesen Erfahrungen trotzdem die Schulkarriere eingeschlagen haben. Oder war es gerade deshalb?«

»Wenn Sie uns jetzt erzählen, was damals genau vorgefallen ist«, sagte Lars mit ruhiger, sachlicher Stimme, »können wir versuchen, Sie aus der Sache herauszuhalten. Man hat uns gesagt, dass Sie sich als Schulleiter beworben haben.«

Hella war erstaunt, dass Lars genau die Frage stellte, die sie im Kopf hatte. Er war ein aufmerksamer Beobachter mit schneller Auffassungsgabe.

Olaf Reiter sackte in sich zusammen. »Ich sage jetzt nichts mehr.«

»Möchten Sie Ihren Anwalt anrufen?«, fragte Hella und reichte ihm ihr Handy.

Er starrte sie an, als habe er die Frage nicht verstanden. »Anwalt?«

»Na, Sie haben doch einen guten Anwalt für Strafrechtsangelegenheiten?«

Er stand auf und schien den Raum verlassen zu wollen.

»Setzen Sie sich wieder hin!«, fuhr Hella ihn an. »Unser Gespräch ist noch nicht beendet.«

Langsam sank er zurück auf den Stuhl.

»Und jetzt hören Sie mir genau zu!« Sie beugte sich nach vorn auf den Tisch. »Wir werden die Ermittlungen mit Hochdruck vorantreiben. Ob Sie es wollen oder nicht. Sie sind für uns einer von zwei Hauptverdächtigen. Der nächste Schritt wird sein, dass wir Ihr komplettes Leben auseinandernehmen. Durchsuchungsbeschluss für Ihre Privaträume und natürlich auch für Ihr Büro in der Schule oder ersatzweise das Lehrerzimmer.« Hella ließ Reiter Zeit, das Gesagte zu verdauen. »Ich gehe doch mal davon aus, dass Sie als stellvertretender Leiter des Gymnasiums ein eigenes Büro haben?«

Sie wartete, ob er auf ihre Frage antworten würde, und fuhr dann fort. »Wir werden mit den Menschen in Ihrer unmittelbaren Umgebung sprechen, mit Ihrer Familie, mit ehemaligen Schulkameraden, mit Ihren Lehrern und den heutigen Kollegen.«

Reiter hatte inzwischen die Augen geschlossen und wirkte wie entrückt.

»Vor zwei Tagen habe ich mich übrigens mit dem damaligen Vertrauenslehrer getroffen. Erinnern Sie sich an seinen Namen?«

»Langewohl«, murmelte Reiter.

»Richtig. Dieter Langewohl. Ein ausgesprochen angenehmer alter Herr mit einem ausgezeichneten Gedächtnis. Er hat nach Ihrem Abitur noch mit Maike zu tun gehabt. Sie hat ihn um einen sehr wichtigen Rat gefragt. Können Sie sich vorstellen, in welcher Angelegenheit?«

Olaf Reiter sah auf, seine Augenlider flatterten. »Nein.«

»Sie war ungewollt schwanger«, fuhr Hella fort. »Ein junges Mädchen, das es nie zum Äußersten hat kommen lassen. Wie konnte sie so plötzlich schwanger werden?«

»Woher soll ich das wissen?«, flüsterte Reiter.

Hella schaute auf ihre Uhr. »Ihre letzte Chance. Haben Sie uns noch etwas zu sagen?«

Als Hella aufstand, folgte Lars ihr. Beide räumten langsam ihre Sachen ein und nickten dem vor sich hin starrenden Olaf Reiter zu. Als sie sich abwandten, um zur Tür zu gehen, räusperte sich Reiter laut, als habe er einen Kloß im Hals. »Warten Sie!«

Hella drehte sich zu ihm um. »Warum?«

»Ich sage Ihnen, was ich weiß.«

Sie setzten sich wieder, Hella zeichnete mit seinem Einverständnis das Gespräch mit dem Smartphone auf, und Lars machte sich zusätzlich schriftliche Notizen.

Reiter gab zu, dass es bei einer privaten Abiturfeier zu einem, wie er es zunächst formulierte, »sexuellen Kontakt« gekommen sei. Zuerst habe die erweiterte Clique gefeiert, bis nur noch Maike, Jakobs und er übrig waren. Maike hatte wie üblich keinen Alkohol getrunken, was man ihr kaum anmerkte. Sie war wie eh und je aufgedreht und stimmte ein Lied nach dem anderen an. Bei einem Spaziergang am Strand reichte Jakobs ihr eine Orangensaftflasche, die schon im Internat mit Wodka aufgefüllt worden war. Kurz zuvor hatten sie jede Menge Lakritz in sich hineingestopft. So bemerkte Maike zuerst nicht, dass sie etwas Hochprozentiges trank. Nebenbei lenkte Jakobs sie ab, küsste sie und tanzte mit ihr. Als Maike schwindelig wurde, legten sie eine Pause ein und ruhten sich in den Dünen aus. Dabei fummelte Jakobs immer wieder an Maike herum und wurde zunehmend erregter. Schließlich schickte er Reiter weg, und der tat so, als würde er zum Meer gehen. Kurz darauf kehrte er um, um die beiden zu beobachten. Jakobs hatte Maike bereits die Hose und den Schlüpfer ausgezogen und lag auf ihr, als er seinen Freund aus dem Augenwinkel bemerkte. Er rief ihn herbei, ohne von Maike abzulassen.

Reiter versicherte den Kommissaren, ihn zum Aufhören aufgefordert zu haben, aber Jakobs sei immer weiter in Ekstase geraten und habe nicht von Maike abgelassen. Reiter sei dann zurück zum Internat gelaufen, angeblich, um Hilfe zu holen. Aus Angst, mit in die Sache hineingezogen zu werden, schwieg er dann aber und wartete in seinem Zimmer auf die Rückkehr von Jakobs. Er kam zusammen mit der immer noch verwirrten Maike, sie ließen sie bei sich schlafen und weckten sie erst in den frühen Morgenstunden. Sie lieferten das immer noch benommene junge Mädchen zu Hause ab und kehrten anschließend wieder ins Internat zurück.

Jakobs schwor Reiter, dass nichts passiert sei und er ihm nur einen Schreck einjagen wollte. Außerdem beteuerte er, dass er es nicht nötig habe, sich an Maike zu vergehen, da sie schon unzählige Male miteinander geschlafen hätten. Reiter beschloss, ihm zu glauben, und als Maike sie nicht anzeigte, entschied er, dass er sich tatsächlich geirrt haben musste.

»Heute bin ich mir nicht mehr so sicher«, schloss er sein Geständnis.

»Juristisch ist die Tat, sollte sie so stattgefunden haben, verjährt«, sagte Hella. »Aber Sie haben sich inzwischen sicher ausgerechnet, dass es uns eigentlich um den Mord geht.«

»Sie meinen, dass es Holger war, der Maike umgebracht hat?«, fragte Reiter tonlos und fuhr fort, ohne auf Hellas Antwort zu warten: »Was wird jetzt aus meiner Aussage?«

»Das kann ich Ihnen noch nicht sagen. Sie müssen morgen das Protokoll unterschreiben. Bleiben Sie bitte mindestens bis zum morgigen Nachmittag auf der Insel.« Als Reiter nicht antwortete, wiederholte sie die Aufforderung.

»Ja, ich bleibe«, sagte er schließlich. »Ich gehe jetzt zur Beerdigung.« Er stand auf und verließ mit hängenden Schultern die Küche.

Hella hatte Lars nach den entscheidenden Passagen von Reiters Geständnis mit einem Wink aufgefordert, nach Jakobs zu suchen. Ihr Kollege war kurz vor Reiters Verabschiedung zurückgekommen. »Wo ist er?«, fragte Hella.

»Nicht mehr im Haus. Ich habe Jan angerufen und ihn gebeten, einen Mann mit dem Foto zur Fähre zu schicken. Die verlässt erst in einer halben Stunde den Hafen. Zum Flugplatz ist Jan selbst gefahren.«

»Er ist, denke ich, nicht geflohen«, meinte Hella. »Trotzdem: Sicher ist sicher.«

Sie verließen das Haus. Lars bot sich an, das Protokoll zu schreiben, während Hella auf der Beerdigung sein würde. Sie tauschten die Handys, damit Lars auf die Aufnahme der Befragung zurückgreifen konnte, und trennten sich nach fünf Minuten Fußmarsch. Auf ihrem Weg fiel Hella ein, dass sie vergessen hatte, Dr. Wolters anzurufen, um mit ihr über den Schwangerschaftsabbruch von Maike Rosemeyer zu sprechen. Sie nahm Lars' Handy und tippte die Telefonnummer ein.

»Wolters!«, meldete sich die Gerichtsmedizinerin.

»Guten Tag, Frau Doktor, hier Brandt. Darf ich Sie noch stören?«

»Haben Sie eine neue Nummer?«

»Nicht wirklich, das ist das Handy meines Kollegen.«

»Dann legen Sie mal los.«

Sie berichtete von dem Schwangerschaftsabbruch und fragte die Gerichtsmedizinerin nach Spätfolgen.

»Gefunden habe ich nichts Offensichtliches, was aber nichts heißen muss. Bei jedem Eingriff in den Körper kann etwas schiefgehen. Eigentlich blieben die Patientinnen vor dreißig Jahren nach dem Eingriff ein paar Tage im Krankenhaus. Heutzutage ist das ein absoluter Routineeingriff, der ambulant durchgeführt wird.«

»Es könnte also sein, dass Maike Rosemeyer nach dem Eingriff zwar Komplikationen erleben musste, aber den Ärzten nicht klar war, welche Konsequenzen sie haben würden?«

»Durchaus. Allerdings gibt es genügend Frauen, die kinderlos bleiben, obwohl sie alles Mögliche und in meinen Augen auch manchmal Unmögliche versuchen, um schwanger zu werden. Wenn ich die psychische Verfassung des Opfers richtig einschätze – aber bitte unter Vorbehalt, weil dieser Bereich nun wirklich nicht mein Fachgebiet ist –, dann spielt es eigentlich keine große Rolle, ob tatsächlich beim Eingriff vor dreißig Jahren etwas schiefgelaufen ist. Wichtiger scheint mir, was Frau Rosemeyer dachte.«

»Eine Art Selbstdiagnose?«

»Genau! Es ist ja zur Mode geworden, dass die Menschen zuerst im Internet ihre angeblichen Symptome eingeben und sich eine Liste der möglichen, natürlich tödlichen Krankheiten anschauen. Aber lassen wir das Thema. Ja, ich halte es durchaus für möglich, dass eine eingebildete Diagnose ähnliche Folgen haben kann wie eine reale. Schon gar, da die Dame ja erst kurz zuvor von der Parkinson-Erkrankung erfahren hat. Sich dann auf die Suche in die Vergangenheit zu begeben, ist nicht abwegig.«

»Danke, Frau Dr. Wolters. Ich muss jetzt leider weiter. Sie hören von mir.«

28

Der Turm der evangelischen Inselkirche ragte hoch über den schlichten Bau hinaus, der der norddeutschen Backsteingotik nachempfunden war. Hella öffnete die weiße Holzpforte und legte die letzten Meter bis zur Kirche schnellen Schrittes zurück. Das Gespräch mit der Gerichtsmedizinerin hatte wertvolle Minuten gekostet. Der Gottesdienst würde jeden Augenblick beginnen, und ihr war es unangenehm, als Letzte die Kirche zu betreten und dabei womöglich alle Blicke auf sich zu ziehen.

Sie öffnete die Holztür und trat ins Kirchenschiff ein. Die grau gestrichenen Bänke waren zur Hälfte gefüllt. Ihr Blick ging nach oben zur dunklen Holzdecke und den drei wuchtigen Leuchtern, die über dem Mittelgang angebracht waren. In diesem Augenblick setzte die Orgelmusik ein. Hella beeilte sich, einen Platz zu finden.

Der Pastor begann mit einem Gebet und stimmte dann das erste Lied an. In der vordersten Reihe saß Dirk Rosemeyer, neben ihm Maikes Mutter, daneben ihre jüngere Tochter und Alexander. Drei Sitzreihen dahinter fand Hella die vier Schulfreunde von Maike. Holger Jakobs war also nicht von der Insel geflüchtet.

Hella schrieb Lars eine Nachricht und bat ihn, in spätestens einer halben Stunde bei der Kirche zu sein.

Während die Messe ihren Gang nahm, ging Hella noch einmal die Ereignisse des Tages durch. Das Gespräch mit Bettina Voß auf der Fähre, die Befragung von Holger Jakobs und das anschließende Geständnis von Olaf Reiter. Sie schwankte in ihrer Einschätzung, ob sie mit Jakobs den Täter gefunden hatten. Zahlreiche Indizien deuteten auf ihn, aber die entscheidende Frage, was genau der Auslöser für die Tat gewesen war, lag noch im Dunkeln. War Jakobs von Maike erpresst worden? Wollte sie ihn in aller Öffentlichkeit bloßstellen?

Maike Rosemeyer schien nach der verheerenden Diagnose in ihre Vergangenheit eingetaucht zu sein. Nicht nur, dass sie ihre Ehe auf den Prüfstand gestellt hatte, auch schien sie der Gedanke an den unerfüllten Kinderwunsch nicht mehr losgelassen zu haben. Hatte sie die Vergewaltigung so viele Jahre verdrängt? Hella hatte von ähnlichen Fällen gehört. Ein Schutzmechanismus des Gehirns, alle Ereignisse, die mit der ungewollten Schwangerschaft zusammenhingen, wurden regelrecht gelöscht. War hier ihre Motivation für die Einladung zu suchen? Ging es überhaupt nicht darum, die alten Schulfreunde nach den vielen vergangenen Jahren wiederzusehen, sondern letztlich darum, Klarheit zu erlangen, was damals tatsächlich geschehen war?

Hella verließ die Kirche, als der Pastor seine Stimme erhob und über Maike Rosemeyers Leben sprach. Vor der Tür traf sie auf Lars. Sie tauschten erneut die Handys und sprachen die Strategie ab.

Kurze Zeit später verließ die Trauergemeinde die Kirche und lief hinter dem Sarg her zum Familiengrab der Familie. Die Kommissare warteten, bis die vier Schulfreunde dem Ehemann und der Mutter kondoliert hatten und sich auf den Weg ins Café machten, um dort an dem Leichenschmaus teilzunehmen.

Mit den Worten »Herr Jakobs, wir müssen Sie noch einmal kurz sprechen« trat Hella an die Gruppe heran. Holger Jakobs nickte den anderen zu und sah Hella fragend an. »Muss das gerade jetzt sein?«

»Wenn Sie uns bitte zur Polizeistation folgen würden«, sagte Hella, ohne auf seine Frage einzugehen.

»Eigentlich ...«

»Bitte!«, wiederholte Hella ihre Aufforderung mit scharfem Unterton.

Holger Jakobs rollte mit den Augen, folgte den Kommissaren aber.

Als sie in ihrem provisorischen Büro saßen, schaltete Hella ihr Aufnahmegerät ein und sprach die Formalien.

»Wünschen Sie anwaltliche Beratung?«, fragte sie noch einmal ausdrücklich.

»Nein, danke.« Holger Jakobs hatte sein arrogantes Grinsen wiedergefunden.

»Wir haben neue Erkenntnisse zu den Ereignissen kurz nach dem schriftlichen Abitur. Sie haben gemeinsam mit Olaf Reiter und Maike Rosemeyer in den Dünen gefeiert, nachdem Sie zuvor in einer größeren Gruppe zusammen gewesen waren.«

»Mag sein.«

»Was genau ist da passiert?«, fragte Lars mit einem Anflug von Härte.

Jakobs wandte sich ihm langsam zu. »Feiert die heutige Jugend nicht mehr, wenn sie eine schwere Prüfung bestanden hat?«

»Was genau ist passiert?«, wiederholte Lars die Frage.

»Nichts und alles. Wir waren jung und haben gefeiert. Fertig. Gott, jeden zweiten Tag stieg zu dieser Zeit eine Fete. Wie soll ich mich jetzt noch daran erinnern?«

»Sie haben also Maike Rosemeyer nicht vergewaltigt?«, folgte die nächste Frage von Lars. Er hatte Jakobs fixiert und hielt seinem Blick stand.

»Auf solch eine dämliche Frage werde ich nicht antworten«, polterte Jakobs und schien aufstehen zu wollen.

»Holger Jakobs, ich nehme Sie hiermit vorläufig fest«, antwortete Lars ruhig. Hella sah, wie sehr er die vorher mit ihr abgesprochene Situation genoss. Er betete Jakobs die Formalien herunter und bat ihn aufzustehen. Vollkommen benommen folgte er seinen Anweisungen. Lars zog die Handschellen aus dem Gürtel und wollte sie ihm gerade anlegen, als Hella meinte: »Ich glaube, darauf können wir verzichten, oder, Herr Jakobs?«

Schweigend nickte er.

Eine Stunde später saßen sie im Inneren der Fähre. Zuvor hatte Jakobs zusammen mit Lars seine Sachen aus der Ferienwohnung geholt und war dann mit ihm zum Bahnhof gegangen, wo Hella auf sie wartete.

»Was passiert jetzt?«, war die erste Frage, die Jakobs nach seiner Festnahme stellte.

»Wir bringen Sie nach Wittmund aufs Kommissariat. Dort werden Sie zunächst erkennungsdienstlich behandelt und dann offiziell verhört.«

»Wann?«

Hella schaute auf die Uhr. »Heute wird das nichts mehr werden.« Sie sah das Entsetzen in seinem Gesicht und wandte sich an Lars. »Was meinst du? Morgen früh um neun?«

»Wir haben morgen Samstag«, antwortete Lars. »Aber gut, ich hatte ohnehin nichts vor.«

Wieder an Jakobs gewandt, sagte sie: »Morgen Vormittag. Ich hoffe, dass der Staatsanwalt sich die Zeit nehmen kann. Sie werden dann in einer unserer Zellen übernachten müssen.«

»Ich will einen Anwalt«, presste er heraus.

»Selbstverständlich. Der steht Ihnen zu. Unsere Kollegen werden Ihnen in Wittmund ein Telefon zur Verfügung stellen.«

Jakobs hatte zuvor widerwillig sein Handy abgegeben und schien jetzt etwas antworten zu wollen, brach aber nach den ersten zwei Wörtern wieder ab.

Den Rest der Fahrt schwieg er, trank seinen Kaffee und ließ sich, als sie als Letzte die mit Tagestouristen gut besuchte Fähre verließen, ohne Probleme abführen. Vor dem Fährhaus wartete ein Streifenwagen mit zwei Uniformierten, die Jakobs in Empfang nahmen.

Hella und Lars sahen dem Wagen ihrer Kollegen hinterher.

»So weit, so gut«, meinte Hella. »Wir werden sehen, ob er morgen gesprächiger ist.«

Sie fuhren jeder mit seinem Auto ins Kommissariat. Lars schrieb das Protokoll zu Ende und schickte es zu Jan Marxen nach Langeoog, der es von Olaf Reiter unterschreiben lassen würde, während Hella ein längeres Gespräch mit dem Staatsanwalt führte und absprach, dass er vorerst nicht am Verhör teilnehmen würde. Anschließend informierte sie Kriminalrat

Onken über den Stand der Ermittlungen. Das letzte Gespräch führte sie mit dem Leiter der Kriminaltechnik, Roland Radmeier, bei dem sie sich nach der DNA-Analyse erkundigte.

Als sie das Gespräch beendet hatte, sah Lars sie fragend an.

»Morgen, vielleicht morgen. Er kümmert sich selbst darum und wird uns gleich informieren.«

»Wenn das dann auch noch Jakobs' DNA unter Rosemeyers Fingernägeln ist, dürfte der Sack zu sein.«

»Wir werden sehen.« Sie legte einen Stapel Papiere zusammen. »Gab es noch Reaktionen auf unseren Aufruf in der Inselzeitung?«

»Es haben sich einige wenige gemeldet. Jan hat alle befragt und mir die Protokolle geschickt. Bisher war da nichts Interessantes dabei.«

Hella stand auf. »Feierabend. Mach nicht mehr so lange, wir brauchen morgen unsere ganze Kraft.«

Hella saß mit einem Glas Wein in ihrem Garten. Die letzte halbe Stunde hatte sie mit Leon telefoniert. Er würde am Samstagnachmittag mit der Fähre in Neuharlingersiel ankommen und, falls Hella noch in Wittmund sein würde, mit dem Taxi zum Haus am Deich fahren.

Ihre Gedanken wanderten zu Holger Jakobs. Neben ihm stand immer noch Lukas Kramer in Verdacht, der am nächsten Vormittag vom Staatsanwalt vorgeladen war. Falls er tatsächlich erscheinen würde, würde Hella zwischen den beiden Verhören wechseln müssen. Jakobs oder Kramer? Hella, die die Spur in die Vergangenheit während der letzten Tage vehement verfolgt hatte, spürte nicht die Spannung, die sonst kurz vor der Lösung eines Falles bei ihr einsetzte. Ihr war klar, dass es ohne ein Geständnis von Jakobs schwer sein würde, den Richter von einer Untersuchungshaft zu überzeugen. Allenfalls würde er in Haft bleiben, bis die Durchsuchung seiner Wohnung abgeschlossen war. Die Vergewaltigung war verjährt, als ein Motiv für den Mord war sie auf den ersten Blick ungeeignet. Hatte Jakobs Angst, dass sich seine Tat bei den Kunden herumsprechen würde? Hatte ihn Maike Rosemeyer damit erpresst? Gleichzeitig hatte sie als Druckmittel die Rückzahlung ihrer investierten hunderttausend Euro einsetzen können. Und hatte sie am Donnerstag den sexuellen Kontakt zu Jakobs gesucht, um ihn später der Vergewaltigung bezichtigen zu können?

Zu viele unbeantwortete Fragen, die Jakobs vermutlich nicht gewillt war, zu beantworten. Hella hoffte, dass die Nacht in der Zelle seine Widerstandskraft brechen würde. Mit etwas Glück war es ihm noch nicht gelungen, einen Anwalt einzuschalten, was ihre Position im morgendlichen Verhör erheblich verbessern würde.

Und Lukas Kramer? Auch der junge Mann würde einige Fragen beantworten müssen. Wenn er nicht zum Termin erschien, würde er deutschlandweit gesucht werden. Seine Chancen, sich weiter zu verstecken, waren relativ gering.

Nach einem weiteren Glas Wein verließ Hella den Garten, duschte und legte sich ins Bett.

29

»Ich hoffe, Sie haben gut geschlafen«, begrüßte Hella Holger Jakobs, der von einem uniformierten Beamten zum Verhörzimmer gebracht worden war.

»Bei dem ausgezeichneten Komfort ist ja wohl kaum etwas anderes zu erwarten«, entgegnete er und ließ sich an dem Tisch nieder, an dem Lars bereits saß.

Hella lächelte. »Freut mich zu hören.« Sie stellte das Aufnahmegerät an und sprach die Formalien hinein.

»Erwarten Sie noch Ihren Anwalt?«, fragte Hella höflich.

»Nein, aber ich habe gestern lange mit ihm gesprochen. Die angebliche Vergewaltigung wäre lange verjährt. Maike hat nie eine Anzeige erstattet. Mein Anwalt hat mir geraten, zu der Sache die Aussage zu verweigern.«

»Die Tat ist tatsächlich verjährt. Wir haben Sie auch nicht aus diesem Grund festgenommen, sondern weil wir davon ausgehen, dass Sie Maike Rosemeyer getötet haben.«

»Tun Sie, was Sie nicht lassen können. Ich habe mit der ganzen Sache nichts zu tun.«

Jakobs versuchte, souverän rüberzukommen, aber seine ganze Körperhaltung verriet Hella, unter welch großer Anspannung er stand. Er war nicht in der Lage, Hellas Blick standzuhalten, sein Lächeln war über die Maßen künstlich und seine Atmung flacher als gewöhnlich. Hinzu kam seine äußere Erscheinung. Er hatte sich nicht umgezogen, obwohl er Zugriff auf seine Reisetasche hatte, die Haare waren nachlässig gekämmt, der Dreitagebart zu lang.

»Es ist Ihr gutes Recht, die Aussage zu verweigern«, begann Hella das Verhör. »Wenn Sie tatsächlich nicht der Täter sind, halte ich das aber für eine schlechte Strategie. Ich kann und will der Entscheidung des Richters nicht vorweggreifen, aber nach dem jetzigen Stand der Ermittlungen gehe ich fest davon aus, dass Sie in Untersuchungshaft kommen werden. Allein schon, um der möglichen Verdunkelungsgefahr entgegenzutreten. Es wird eine ganze Zeit dauern, bis wir Ihre Wohnung durchsucht und die gefundenen Daten ausgewertet haben.«

»Sie wollen mir drohen«, sagte Jakobs ohne viel Nachdruck.

»Nein, das steht mir nicht zu. Das war eine sachliche Information zum Thema.«

Er stöhnte. »Was wollen Sie wissen? Ich habe Ihnen doch schon alles gesagt.«

»Das glauben wir nicht«, erwiderte Lars. »Beginnen wir bei den Streitigkeiten zwischen Maike Rosemeyer und dem Rest der Gruppe. Worum ging es wirklich? Warum hat Frau Rosemeyer Sie und die anderen eingeladen?«

»Das habe ich mich auch gefragt«, sagte Jakobs nach einer Weile.

»Und zu welchem Ergebnis sind Sie gekommen?«

»Sie war nicht mehr voll zurechnungsfähig. Warum auch immer.«

»Vielleicht können Sie uns das etwas näher erläutern?«

Jakobs schwieg und schien nicht gewillt zu antworten.

»Wenn es Ihnen lieber ist, unterbrechen wir an dieser Stelle das Verhör, und Sie kehren zurück in die Zelle«, sagte Hella und warf ihm einen fragenden Blick zu.

Er stöhnte theatralisch. »Wenn es unbedingt sein muss.« Er rollte mit den Augen und fuhr fort. »Sie wollte mit jedem von uns abrechnen. Irgendwie war bei ihr da oben …«, er zeigte mit dem Finger an seine Stirn, »… etwas durcheinandergekommen. Ihre wirren Ansagen entsprachen aber leider nicht der Wirklichkeit. Sinnloses Zeug, einfach so dahergebrabbelt.«

»Wir hören zu!«, sagte Hella und lehnte sich auf dem Stuhl zurück.

»Ach je, das waren Vorwürfe, die man nicht ernst nehmen konnte.« Er lachte. »Sie hat doch wirklich jeden von uns vorgeladen und einzeln in die Mangel genommen. Ankläger, Richter und Henker. Nein, das Spiel war mir zu blöd.«

»Können Sie etwas konkreter werden?«

Jakobs wirbelte mit der Hand durch die Luft, um deutlich zu

machen, wie umfangreich die Vorwürfe waren. »Maike war nun wirklich kein Kind von Traurigkeit. Ich war mindestens …« Er schien im Kopf nachzurechnen. »… sagen wir sechs- oder siebenmal während unserer Schulzeit mit ihr zusammen. Zwischenzeitlich hatte sie etwas mit anderen Jungen. Rücksicht auf deren Freundinnen hat sie jedenfalls nie genommen.«

»Mit wem waren Sie zusammen, wenn nicht gerade mit Maike Rosemeyer?«, fragte Hella weiter. Bisher waren sie noch weit entfernt von einer Aussageverweigerung. Mit etwas Glück hielten sie Jakobs im Gespräch und konnten ihn in Widersprüche verwickeln.

»Ich war sehr beliebt beim weiblichen Geschlecht.« Er grinste. »Zumindest das hat sich in den Jahren nicht geändert.«

»Bettina Voß?«

»Eher nicht. Sie war ein Mauerblümchen.«

»Christina Altenberg?«

»Chris und ich haben so einiges zusammen erlebt. Ja, wir lagen schon damals auf einer Wellenlänge.«

»Waren die Mädchen nicht eifersüchtig, wenn Sie immer wieder zu Maike zurückkehrten?«

Jakobs grinste wieder. »Und wenn schon. Das war damals so. Einen Tag hier, den anderen Tag da. Ja und? Wie Sie sehen, vertragen wir uns immer noch.«

»Aber Maike Rosemeyer schien ja, wenn ich Ihre Worte richtig interpretiere, eine Art Feldzug gegen Sie und die anderen geführt zu haben. Was hat sie Ihnen vorgeworfen?«

»Den gleichen Schmu, den Sie ausgegraben haben. Ich hätte … gegen ihren Willen Sex mit ihr gehabt. Sie hat sich sogar erdreistet zu behaupten, sie wäre schwanger von mir gewesen.«

Hella ließ sich Zeit, bevor sie antwortete: »Nach allem, was wir bisher wissen und auch nachweisen können, entspricht das der Wahrheit. Sie beide haben ein Kind miteinander gezeugt.«

Jakobs erstarrte für einen Moment. »Sie bluffen doch nur.«

»Nein, der Vertrauenslehrer, der Arzt, ihre Mutter – alle haben uns bestätigt, dass sie schwanger war.«

»Und wo soll das Kind bitte sein?«

»Sie hat die Schwangerschaft abgebrochen.«

Jakobs schluckte. Wurde ihm gerade klar, dass an Maike Rosemeyers Vorwürfen mehr dran gewesen sein könnte, als er bisher geglaubt hatte?

»Hat sie Ihnen vorgeworfen, dass sie keine Kinder mehr bekommen konnte?«

»Mag sein. Sie hat ununterbrochen geschnattert. Ich hätte ihr das Leben zerstört, sie krank gemacht und ihr alles genommen, was einer Frau wichtig sei.«

»Aber zuerst hat sie am Donnerstag mit Ihnen geschlafen?«, fragte Lars ungläubig.

»Das war nur ein einfacher Deal. Sie hat …« Jakobs stutzte. Ganz offensichtlich hatte er nicht vorgehabt, darüber zu sprechen.

»Ein Deal?«, fragte Hella. »Erzählen Sie!«

»Ach, es ging um die beschissenen Hunderttausend. Sie wollte mir einen Aufschub von einem halben Jahr geben, wenn ich …« Er hob beide Hände in die Luft, als sei er ein Pastor. »Mein Gott, so unattraktiv war sie auch nicht. Warum also nicht?«

»Sie hat Sie gekauft!«, sagte Lars und grinste dabei breit. »Bezahlt wie einen Strichjungen.«

»Fühlten Sie sich gedemütigt?«, fragte Hella direkt darauf.

»Quatsch! Warum? Es war nett.«

»Hat sie mehr gefordert? Wie oft sollten Sie auf Langeoog antanzen?«, fragte Lars, der wieder an der Reihe war.

»Glauben Sie wirklich, ich hätte das gemacht? Hallo? Ich bin doch nicht …« Er brach ab. »Und ganz nebenbei: Deshalb bring ich sie doch nicht um.«

»Glauben Sie mir, Menschen werden wegen viel weniger getötet«, übernahm wieder Hella. »Wie häufig sollten Sie kommen?«

Er schwieg eine Weile, atmete schwer. »Sie sind auf dem Holzweg. Ich hätte nicht nach ihrer Pfeife getanzt.«

»Wie oft?«

»Verdammt!«, fuhr Jakobs aus der Haut. »Das hat sie nicht so genau gesagt. Sie wollte mich anrufen.«

»Ihnen steht das Wasser finanziell bis zum …«, begann Lars und wurde von Jakobs unterbrochen: »Und wenn schon! Deshalb verkaufe ich mich doch nicht an diese …« Er schluckte das Wort hinunter und schien zu merken, dass er viel mehr gesagt hatte, als er eigentlich vorgehabt hatte.

»Was wollte Maike über die Abiturfeier am Strand wissen?«

Anscheinend verwirrt über Hellas plötzlichen Themenwechsel, raufte er sich die Haare. »Das war wirres Zeug.«

»Was wollte sie wissen?«, fragte Hella beharrlich.

»Was weiß ich! Was, wie, wo …«

Hella hielt für einen Moment die Luft an. Konnte es wirklich sein, dass sie etwas übersehen hatte? »Wer war am Strand noch dabei?«

»Keine Ahnung … Vorher turnten alle möglichen Leute bei uns herum, und dann … Ich weiß es nicht.«

Hella wurde plötzlich ganz ruhig, wartete, bis Jakobs' und ihre Blicke sich trafen. »Wie viel hat Christina Altenberg bei Ihnen investiert?«

Seine Augenlider flatterten, und für einen Moment dachte Hella, sie habe falschgelegen, aber dann sagte er leise: »Dreihunderttausend.«

»Sie war an dem Abend am Strand dabei?«

Er zögerte kurz, antwortete dann aber: »Mag sein.«

»War es Christinas Idee, Maike Alkohol unterzuschieben?«

Er schwieg.

»Wollen Sie wegen Frau Altenberg ins Gefängnis wandern?«, sagte Hella leise, aber eindringlich.

»Chris … hatte den … Wodka besorgt. Es war ihre …« Seine Stimme versagte.

»Haben Sie das Maike Rosemeyer gesagt oder bei ihr angedeutet?«

»Weiß ich nicht … mehr. Mag sein.«

»Dann denken Sie, verdammt noch mal, nach!«, donnerte Lars vom anderen Ende des Tisches. »Wusste sie es?«

Jakobs nickte.

»Sagen Sie es bitte laut!«, forderte Hella ihn auf.

»Ja, sie wusste es.«

Alle schwiegen eine Weile, bis Hella die Uhrzeit ins Mikrofon sprach und die Anlage ausschaltete.

»Wir machen jetzt eine Pause. Möchten Sie einen Kaffee?«

Jakobs nickte.

Die beiden Kommissare wechselten sich mit einem uniformierten Beamten ab, der sich während ihrer Abwesenheit um Jakobs kümmern würde.

»Noch eine Verdächtige«, murmelte Lars, als sich Hellas Handy bemerkbar machte.

Sie las den Namen von Dr. Wolters auf dem Display und nahm das Gespräch sofort an.

»Ich wünsche einen guten Samstagmorgen«, flötete die offenbar gut gelaunte Gerichtsmedizinerin. »Der DNA-Befund ist endlich da. Leider kein Treffer mit dem Vergleichsmaterial.«

»Lassen Sie mich raten: Es ist die DNA einer weiblichen Person.«

»Huch! Langsam werden Sie mir aber unheimlich. Wie immer Sie darauf gekommen sind, aber es stimmt. Kann ich sonst noch etwas für Sie tun?«

»Danke, aber das war jetzt schon mehr als genug.«

30

»Können wir die Fährgesellschaft nicht bitten, auf uns zu warten?«, fragte Lars, der mit Blaulicht und Sirene in Richtung Bensersiel fuhr.

Hella nickte und suchte im Internet nach der Nummer. Zwei Minuten später hatte sie den Verantwortlichen in der Leitung. Er versprach, die Abfahrt um zehn Minuten zu verzögern. Der Flughafen hatte ihnen schon vorher mitgeteilt, dass in den nächsten zwei Stunden kein Flugzeug zur Verfügung stehen würde.

Der nächste Anruf galt dem Staatsanwalt. Er berichtete, dass Lukas Kramer nicht erschienen sei und er bereits zur Fahndung ausgeschrieben wurde. Hella erzählte ihm in kurzen Worten, was beim Verhör herausgekommen war und von dem Anruf von Dr. Wolters. Sie bat ihn, Holger Jakobs noch eine Zeit lang festzuhalten.

Noch in Wittmund hatte Hella Jan Marxen angerufen, der sich sofort auf den Weg zum Ferienhaus gemacht hatte. Jetzt erstattete er Bericht. Er hatte beide Frauen und Olaf Reiter angetroffen. Hella bat ihn, die drei auf die Polizeistation mitzunehmen und dort auf sie zu warten.

Vor dem Fährhaus stand ein Kollege aus Bensersiel, der ihr Fahrzeug parken würde. Sie sprangen aus dem Auto und liefen in letzter Sekunde auf die Fähre.

Außer Atem standen sie an Bord und entschieden sich beide für das Deck, trotz des ungemütlichen Wetters.

»Christina Altenberg?«, fragte Lars schließlich. »Ich kann es immer noch nicht fassen.«

»Bisher wissen wir nur, dass die DNA von einer Frau stammt.«

»Wie bist du darauf gekommen?«

»Auf jeden Fall viel zu spät. Mir ist es plötzlich wie Schuppen von den Augen gefallen. Maike Rosemeyer muss geahnt haben, dass es eine treibende Kraft hinter der Vergewaltigung gegeben hat.«

»Wenn es denn die DNA von Altenberg ist«, warf Lars ein. Der Wind wehte ihnen direkt ins Gesicht. Hella legte den Kopf in den Nacken und genoss die salzige Seeluft. Lars hatte sich umgedreht und sich die Kapuze seiner Jacke über den Kopf gezogen.

»Was ist, Herr Kollege? Wir sind hier in Ostfriesland. Hat dir das keiner vorher gesagt ... dass es hier selten windstill ist?«

»Nee. Aber was soll's. Andere Orte haben auch Macken.« Hella lachte und boxte ihn spielerisch in die Seite. »Wir machen noch einen richtigen Ostfriesen aus dir. Wart's nur ab!«

Lars rollte mit den Augen. »Ich hol uns mal was Heißes zu trinken, Chefin.«

»Wir haben eine zentrale Frage«, begann Hella, als Lars und sie allein mit Olaf Reiter in ihrem provisorischen Büro saßen. »Wer war seinerzeit die treibende Kraft, Maike Wodka in den Orangensaft zu kippen, sie also willenlos zu machen?«

»Ich weiß nicht, was Sie meinen«, wich Reiter ihr aus.

»Herr Reiter, ich dachte, diese Phase hätten wir schon gestern hinter uns gebracht. Wer?«

Reiter knurrte etwas Unverständliches und sagte laut: »Das haben wir mehr oder weniger gemeinsam ausgeheckt.«

»Sie haben meine Frage sehr wohl verstanden. Warum reden Sie am Thema vorbei?«

Er stöhnte leise. »Mag sein, dass Chris auf die Idee gekommen ist.«

»Christina Altenberg?«

»Ja. Aber ich weiß ...«

»Schon gut«, fiel Hella ihm ins Wort. »Wie lange war Christina Altenberg damals mit am Strand?«

»Sie meinen ...« Er brach ab. »Ich weiß das nicht mehr so genau. Ihr war schlecht geworden, und sie musste sich wohl in den Dünen übergeben. Vielleicht wollte sie auch zurück ins Internat. Auch das weiß ich nicht mehr.«

»Als Sie aufgebrochen sind, haben Sie sie nicht gesehen?«

»Nein, aber es war auch dunkel, und ich hatte nur so eine kleine Taschenlampe dabei. Ich glaube kaum, dass sie …« Er zögerte. »Es mag sein, dass da noch jemand war. Aber was spielt das jetzt noch …«

»Danke, Herr Reiter. Wenn Sie dann draußen warten würden.« Lars stand auf, um ihn zu begleiten. Kurz darauf kam er mit Bettina Voß zurück.

»Haben Sie Holger verhaftet?«, fragte sie nach der Begrüßung.

»Dazu kann ich Ihnen leider nichts sagen«, antwortete Hella. »Wir haben noch eine Frage an Sie und benötigen auch eine DNA-Probe von Ihnen.«

Sie nickte.

»Erinnern Sie sich an eine private Abiturfeier Ihrer Clique, die später am Strand weitergefeiert wurde?«

»Es gab so viele Feten. Ich fürchte, ich kann Ihnen da nicht helfen.«

»Hat Maike Rosemeyer Ihnen eine ähnliche Frage gestellt?«

Sie sah auf ihre Hände, die unruhig auf dem Tisch hin- und herwanderten. »Ja, das stimmt. Ich konnte überhaupt nichts mit der Frage anfangen. Maike hat auch schnell umgeschaltet und von etwas anderem gesprochen.«

»Das war das einzige Mal, dass sie etwas aus dieser Zeit fragte?«

»Nein. Sie hat mich gefragt, wie ich sie damals gesehen habe. Ich fand das merkwürdig, weil es dreißig Jahre her war und … Aber es schien ihr wichtig zu sein.«

»Was haben Sie ihr gesagt?«

»Dass ich sie gemocht und bewundert habe. Zumindest, bis sie mir meinen Freund ausgespannt hat. Und ich war ja nicht die Einzige. Viele der Mädchen waren nicht gut auf sie zu sprechen. Sie hat sich angehört, was ich zu sagen hatte, und schien sehr nachdenklich dabei.«

»Haben Sie auch über Christina Altenberg mit ihr gesprochen?«

»Nein, nicht konkret. Nein.«

Hella bedankte sich bei ihr, Lars begleitete sie, nahm die Probe und bat Christina Altenberg in ihr provisorisches Büro.

Sie setzte sich. »Sie haben noch Fragen?«

»Zunächst müsste ich Sie darauf aufmerksam machen, dass es sich bei der folgenden Befragung um ein offizielles Verhör handelt, das wir aufzeichnen und später protokollieren werden.« Sie belehrte sie über ihre Rechte und fragte, ob sie einen Anwalt hinzuziehen wollte.

»Ich weiß zwar nicht, warum dass jetzt plötzlich alles so formal abläuft, aber ich vermute, dass es mit der Verhaftung von Holger zu tun hat. Stellen Sie Ihre Fragen, ich benötige keinen Anwalt.«

»Wir haben zwei protokollierte Aussagen, dass Sie bei einer Abiturfeier vor dreißig Jahren federführend dafür gesorgt haben, dass Maike Rosemeyer Alkohol in den Orangensaft gemischt wurde.«

Hella hatte Altenberg genau beobachtet. Ihre Verwunderung über die erste Frage würde nur einem geübten Beobachter auffallen. Altenberg hatte sich über die Maßen im Griff. Hella befürchtete, dass dies nicht das einzige Verhör sein würde, sondern sie mehrfach in die Verlängerung gehen mussten.

Altenberg zog die Augenbrauen hoch. »Ist das jetzt Ihr Ernst? Ein Schülerstreich, der auch noch über dreißig Jahre zurückliegt?«

Hella antwortete nicht und sah sie weiter fragend an.

»Okay, es ist Ihr Ernst. Um es kurz zu machen: Ich erinnere mich nicht daran, aber wenn Ihre beiden Zeugen das behaupten, will ich nicht unbedingt widersprechen.«

»Ein Streich, der Maike Rosemeyer ihr Leben lang zusetzte«, fuhr Hella fort. »Ein Streich, der zu einer ungewollten Schwangerschaft führte, ein Streich, der letztendlich im Tod von Maike Rosemeyer mündete. Ich weiß nicht, ob ich das noch einen Streich nennen würde.«

»Ich verstehe nicht recht«, sagte Altenberg und schien ernsthaft irritiert.

Eine begnadete Schauspielerin, dachte Hella. »Wie weit waren Sie entfernt, als Ihr Freund Holger Ihre Freundin Maike vergewaltigt hat? Zwei Meter, vier Meter, sechs Meter? Konnten Sie alles gut sehen?«

»Ich fürchte, ich komme nicht mehr ganz mit. Holger hat also Maike ... etwas angetan? Das kann ich nicht glauben. Sie müssen sich irren. Und wenn ich mich richtig entsinne, war Olaf doch bei ihm.« Sie hielt kurz inne. »Sie wollen jetzt aber nicht behaupten, dass beide Jungs über Maike ...« Sie ließ den Satz unvollendet.

Hella wartete eine Weile, bis sie sah, dass das Schweigen Altenberg nicht das Geringste auszumachen schien. Zwar hatte sie mit Lars ausgemacht, dass er sich zunächst zurückhalten würde, aber in diesem Moment hätte sie nichts dagegen gehabt, wenn er Altenberg ordentlich eingeheizt hätte.

»Sie haben meine Frage nicht beantwortet. Wie weit waren Sie von dem Geschehen entfernt?«

»Tut mir leid. Mir kommt zwar so langsam die Erinnerung, und ich weiß inzwischen, welche Feier Sie meinen, aber ich fürchte, an diesem Abend zu viel Alkohol getrunken zu haben.« Sie zog ihre Mundwinkel hoch. »Wir waren ja reichlich dämlich in diesem Alter und dachten, wir wären unzerstörbar.«

»Sie waren also mit am Strand?«

»Das habe ich nicht gesagt, Frau Hauptkommissarin. Aber auch nicht ausgeschlossen. Ja, es mag sein, dass wir am Strand waren. Das haben wir im Frühjahr und Sommer häufig gemacht, aber im Detail ... Nein, tut mir leid.«

Lars räusperte sich. »Herr Jakobs hat ausgesagt, dass er am Donnerstagnachmittag mit Frau Rosemeyer, ich zitiere, ›gevögelt‹ hat.«

Hella sah Frau Altenberg an, dass diese Information neu für sie war. Nach einer Schrecksekunde hatte sie sich wieder im Griff.

»Tatsächlich?«

Lars legte das DNA-Röhrchen auf den Tisch. »Wir benötigen von Ihnen einen Abgleich.«

Altenberg betrachtete das Röhrchen und schien zunächst danach greifen zu wollen, fragte aber dann erstaunt: »Warum?«

Lars zog das Wattestäbchen aus der Röhre und reichte es ihr. »Sie haben das sicher schon mal im Film gesehen. Einfach einmal kräftig durch die Mundhöhle schieben, und schon ist es erledigt. Tut auch nicht weh, versprochen.«

Ihre Augen funkelten kurz auf, und Hella sah bereits einen wütenden Ausbruch auf Lars zukommen, als sie sich wieder zurücklehnte und die Arme verschränkte. »Ich sehe keinen Sinn in der Maßnahme.«

Lars zuckte mit den Schultern. »Das dachten wir uns schon. Der richterliche Beschluss ist bereits unterwegs.« Er schob das Wattestäbchen langsam wieder in die Röhre. »Hier auf der Insel gibt es ohnehin keine Möglichkeit, den Abgleich zu machen. Da kommt es auf ein paar Minuten jetzt auch nicht mehr an.«

»Abgleich?« Sie schüttelte sich kurz, schmunzelte dann aber. »Sie bluffen doch.«

»Nein, das tun wir nicht«, sagte Hella.

»Dann sollte ich jetzt doch wohl schnell meinen Anwalt anrufen«, sagte sie mit einem überheblichen Lächeln.

»Das steht Ihnen selbstverständlich frei«, fuhr Hella fort. »Wie spät war es, als Maike Rosemeyer Sie in der Nacht zum Freitag im Haus aufsuchte?«

»Wie, aufsuchte? Davon weiß ich nichts. Tut mir leid. Da muss ich schon geschlafen haben. Ich war mit Betty ins Haus gegangen, habe noch kurz etwas ferngesehen und bin dann ins Bett. Aber das habe ich Ihnen doch alles schon bei unserem ersten Gespräch erzählt.« Sie wandte sich an Lars. »Sie haben doch so eifrig mitgeschrieben und müssten das alles wissen.«

Hella stand auf. »Wir unterbrechen hier für eine kurze Pause.«

Lars folgte ihr nach draußen, ein uniformierter Beamter kam in den Raum. Reiter und Voß saßen bei Jan Marxen vor dem Schreibtisch.

»Sie können jetzt gehen«, sagte Hella zu den beiden. »Aber informieren Sie uns, wenn Sie die Insel verlassen wollen.«

Als die beiden die Polizeistation verlassen hatten, wedelte Marxen mit einem Blatt Papier. »Ich habe hier noch eine Reaktion auf unseren Aufruf in der Inselzeitung. Jemand will zur fraglichen Zeit zwei Frauen gesehen haben, die in Richtung Strand gingen. Ein Tourist, der erst vor ein paar Stunden den Aufruf entdeckt hat. Nach der Beschreibung könnte eine von ihnen Maike gewesen sein.«

Hella trat an den Schreibtisch und las die Meldung. »Ist der Mann noch auf der Insel?« Marxen nickte und reichte ihr eine Telefonnummer.

Hella wählte. Der Mann war am Strand und erklärte sich nach kurzem Zögern bereit, direkt zur Polizeistation zu kommen.

»Und wie wollen wir eine Gegenüberstellung organisieren?«, warf Lars ein und wandte sich dann an Jan Marxen. »Deine Frau würde sich eignen. Meinst du ...«

Marxen griff zum Telefon und sprach mit ihr. Hella rief Bettina Voß an, die noch nicht weit entfernt in einem Café saß. Auch sie versprach, gleich zu kommen.

Marxen sah sich in der kleinen Amtsstube um und zeigte auf den zweiten Schreibtisch. »Vielleicht räumen wir den weg. Dann können wir die drei dort vor der weißen Wand platzieren.«

31

Der Zeuge stand in einem Abstand von vier Metern vor den drei Frauen. Hella hatte zuvor mit ihm abgesprochen, dass er sich zunächst nur die Personen anschauen und erst später im persönlichen Gespräch mit ihr das Ergebnis preisgeben würde. Jetzt nickte er Hella zu.

Sie zog sich mit dem Urlauber in ihr provisorisches Büro zurück und bot ihm etwas zu trinken an. »Haben Sie eine der Frauen erkannt?«

»Ja, es war die Dame in der Mitte.«

Hellas Puls ging schlagartig schneller. »Sie sind sich ganz sicher?«

Als er ihre Frage eindeutig bejahte, verließ sie mit ihm den Raum und verabschiedete draußen Bettina Voß. Die Frau von Jan Marxen war bereits wieder nach Hause gegangen. Lars führte Christina Altenberg zurück in ihr provisorisches Büro, Hella bat Marxen, ein Protokoll mit dem Zeugen aufzunehmen.

Christina Altenberg wirkte nach der Gegenüberstellung bei Weitem nicht mehr so souverän wie im ersten Teil des Verhörs. Die rechte Hand war verkrampft zu einer Faust geballt, die Schultern hingen herunter. Der vormals angriffslustige Blick war einem abwartenden und fast ängstlichen gewichen.

»Der Zeuge hat Sie eindeutig wiedererkannt. Sie sind am Donnerstag um halb eins zusammen mit Maike Rosemeyer gesehen worden, wie Sie in Richtung Strand unterwegs waren.«

Die Angeklagte schwieg.

»Gehen wir noch einmal den gesamten Donnerstag durch. Wann sind Sie aufgestanden?«

In der folgenden Dreiviertelstunde gingen sie Schritt für Schritt den Tag durch. Immer wieder fragten Hella oder Lars nach und verwickelten Christina Altenberg mehr und mehr in Widersprüche.

»Der Abend ist also nicht so friedlich verlaufen, wie Sie uns zunächst geschildert hatten«, fasste Hella zusammen. »Hat Maike Rosemeyer Sie schon da mit den Tatsachen konfrontiert?«

Nachdem Altenberg die letzte Viertelstunde eher teilnahmslos und lethargisch geantwortet hatte, ging nun zum wiederholten Mal während des Verhörs ein deutlich sichtbarer Ruck durch ihren Körper. Sie richtete sich wieder auf. »Sie liegen vollkommen falsch in Ihren Annahmen. Dieser Mann vorhin täuscht sich und wird sicher bald seinen Irrtum einsehen. Ich hatte keinen wirklichen Streit mit Maike. Das war alles nur dem Alkohol geschuldet. Wir haben uns etwas gekabbelt. Mehr war da nicht.«

»Hat Frau Rosemeyer an diesem Abend auch Alkohol getrunken?«

»Natürlich, wie wir alle.«

Hella schüttelte den Kopf. »Nein, sie nahm Tabletten ein, die allenfalls einen sehr mäßigen Alkoholkonsum zuließen. Es war wie damals, als Sie zu viert an den Strand gegangen sind. Sie erinnern sich inzwischen?«

Altenberg schwieg.

»Hatten Sie damals den Wodka besorgt?«

Sie wandte ihren Blick ab und schloss kurz die Augen.

»Wie war die Mischung? Maike durfte ja nicht sofort merken, dass etwas nicht stimmte. Haben Sie das vorher ausprobiert, oder hatten Sie in dieser Hinsicht ausreichend Erfahrung?«

»Ich habe nichts mit dem Tod von Maike zu tun«, sagte sie langsam und akzentuiert, als nehme sie an, die Kommissare würden sie sonst nicht verstehen.

»Wann hat Maike es gemerkt? Oder haben Sie sie abgelenkt? Sie wussten ganz genau, dass Maike noch nie mit einem Jungen geschlafen hatte. Habe ich recht?«

»Woher hätte ich das wissen sollen?«, antwortete Altenberg mit erschöpfter Stimme.

»Sie haben es von Holger erfahren. Sie, die Ausweichfreundin, die immer wieder dann zurückgeholt wurde, wenn Maike mit Holger Schluss gemacht hatte. Ein perfides Spiel von Maike, das muss ich zugeben. In meiner Schulzeit mochte ich solche Mädchen auch nicht. Aber ich habe mehr Glück gehabt als Sie.«

»Sie erzählen Unsinn.«

»Haben Sie damals schon mit Holger geschlafen, und er ist trotzdem immer wieder zu Maike zurückgekehrt? Das muss hart gewesen sein. Sie geben alles, und er lässt sich von dieser Tussi abseifen.«

Altenberg richtete sich plötzlich auf. »Halten Sie Ihren verdammten Mund! Sie haben nicht die geringste Ahnung.« Sie sackte wieder in sich zusammen.

»Sie haben Holger an diesem Abend bewusst auf Abstand gehalten. Was hatten Sie an diesem Abend an? Haben Sie auf den BH verzichtet? Sie wussten sicher, wie Holger darauf reagieren würde. Oder haben Sie ihn anders heißgemacht und dann an der langen Leine gehalten?«

»Hören Sie auf, bitte«, sagte sie jetzt flehend.

»Und dann? Hat Holger Maike die Kleider vom Leib gerissen, und Sie haben zugesehen? Oder haben Sie ihn gar angefeuert? Was war das für ein Gefühl? Ihr Freund vögelt eine andere. Immer wieder stieß er in sie rein, stöhnte laut. Sie haben sich die Ohren zugehalten, konnten aber den Blick nicht abwenden. Immer wieder, immer wieder. Er war wie besessen. Besessen von diesem Mädchen, das ihn die ganze Zeit nicht rangelassen hatte. Er wollte nie Sie, sondern immer nur Maike. Und jetzt hatte er sie, mit Haut und Haaren.«

»Nichts hatte er!«, schrie Altenberg wie angestochen. »Dieses Flittchen hatte es verdient.«

»Hat Maike Ihnen am Donnerstag auf den Kopf zugesagt, dass Sie hinter allem gesteckt haben? Hat sie Ihnen gesagt, dass sie schwanger geworden war? Dass sie das Kind, ihr einziges Kind, hat wegmachen lassen? Hat sie Ihnen gesagt, wie sehr sie darunter gelitten hat? Und dann hat sie Ihnen gedroht, Sie ein für alle Mal fertigzumachen. Sie wollte Ihre berufliche Existenz vernichten, Ihre Kunden anschreiben, Sie outen. Sie wollte Sie vernichten!«

»Hören Sie auf!«, bäumte sich Christina Altenberg ein letztes Mal auf. »Hören Sie endlich auf!«

»Lag die Flasche am Strand, oder hatten Sie sie mitgebracht? Sie haben zugeschlagen. Es musste sein. Sie war der Teufel. Sie hatte es verdient. Und dann? Hat sie sich noch bewegt oder erst, als Sie sie ins Wasser geschleift haben? Maikes Hand hat sich an Ihren Arm gekrallt. Sie haben sie weggeschlagen und Maike weiter ins Wasser gezogen. War sie schwer? Hat sie noch einmal ihre Augen aufgeschlagen?«

»Hören Sie auf«, flüsterte Altenberg mit letzter Kraft.

Hella stand an der Reling der letzten Fähre, die an diesem Tag von Langeoog abgelegt hatte. Christina Altenberg hatte noch auf der Insel ein Geständnis abgelegt und war anschließend zusammengebrochen. Ein herbeigerufener Arzt hatte ihren Kreislauf stabilisiert und sie nach zwei Stunden für reisefähig erklärt. Die Möglichkeit, mit einem Flugzeug aufs Festland geflogen zu werden, hatten sie verworfen, nachdem Christina Altenberg von ihrer panischen Flugangst gesprochen hatte. Jetzt saß Lars mit ihr in der Cafeteria der Fähre.

Bei ihrem Geständnis hatte Altenberg vehement abgestritten, dass Maike Rosemeyer noch am Leben gewesen war, als sie sie weiter ins ablaufende Wasser gezogen hatte. An viele Details konnte sie sich nicht erinnern und schob dies auf den übermäßigen Alkoholkonsum an dem Abend.

Maike Rosemeyer hatte sie tatsächlich im Ferienhaus aufgesucht und sie überredet, mit ihr einen Nachtspaziergang am Strand zu machen. Sobald sie das Dorf hinter sich gelassen hatten, hatte Rosemeyer sie nach dem Abend der Abiturfeier ausgefragt. Je ausweichender Christina Altenberg geantwortet hatte, desto intensiver hatte Maike Rosemeyer weitergefragt. Ohne es zu merken, hatte Rosemeyer Christina Altenberg zu der Stelle am Strand geführt, an der sie damals zu viert gefeiert hatten. Rosemeyer hatte sie mit ihrem Wissen konfrontiert und nicht lockergelassen, bis Altenberg ihre Anwesenheit an dem Abend zugegeben hatte. Die verbale Auseinandersetzung zwischen beiden war immer heftiger geworden, bis Rosemeyer ihr gedroht hatte, ihre berufliche und private Existenz zu vernichten. Sie hatte ihr gesagt, dass sie aufgrund einer schweren Krankheit nichts mehr zu verlieren habe und alles daransetzen würde, um die Vergangenheit ans Licht der Öffentlichkeit zu zerren.

Woher die Flasche gekommen war, mit der Christina Altenberg schließlich zugeschlagen hatte, hatte sie nicht mehr sagen können. Die Sekunden vor dem Schlag waren angeblich aus ihrem Gedächtnis gestrichen oder so verschwommen, dass sie nicht sagen konnte, ob es Traum oder Wirklichkeit gewesen war.

Hella hatte Olaf Reiter und Bettina Voß gebeten, am nächsten Tag im Wittmunder Kommissariat ihre Aussagen zu unterzeichnen. Nach einem Anruf beim Staatsanwalt wurde Holger Jakobs auf freien Fuß gesetzt – mit der Auflage, ebenfalls am nächsten Tag seine Aussagen zu unterschreiben und gegebenenfalls für weitere Fragen zur Verfügung zu stehen.

Die Fahndung nach Lukas Kramer wurde zurückgezogen. Sobald der junge Mann wieder auftauchte, würde er seine Aussage in Wittmund machen müssen. Ob seine Flucht Konsequenzen haben würde, konnte der Staatsanwalt zum jetzigen Zeitpunkt noch nicht sagen.

Die Aussagen von Reinhard Glaser würde Hella in den nächsten Tagen zusammenfassen und an die entsprechende Abteilung im Haus weiterleiten. Inwieweit er sich dienstrechtlich strafbar gemacht hatte, würde dort entschieden werden.

Hella sog ein letztes Mal die frische Abendluft ein und machte sich auf den Weg in die Cafeteria der Fähre.

In Bensersiel wartete wieder ein Streifenwagen, der diesmal Christina Altenberg nach Wittmund bringen würde. Dort würde sie ein Arzt in Empfang nehmen und entscheiden, ob sie die Nacht in einer der Zellen des Kommissariats verbringen würde oder im Krankenhaus unter polizeilicher Aufsicht.

Leon hatte sich noch vor ihrer Fahrt aufs Festland per WhatsApp gemeldet. Er war bereits zu Hause und wartete auf sie. Die letzten Sätze der Nachricht lauteten: »Ich habe eine Riesenüberraschung für dich! Sie wird aber erst verraten, wenn du zu Hause bist. Ich liebe dich über alles. Pass auf dich auf! Leon.«

Hella durchfuhr ein warmes, ein geborgenes Gefühl, und sie freute sich auf zu Hause, auf den Abend mit Leon und ein wenig auf alles, was der kommende Herbst so bringen würde.

Rieke Husmann
INSELRUHE
Broschur, 256 Seiten
ISBN 978-3-7408-0365-0

Hella Brandt, Hauptkommissarin beim LKA, lässt sich nach einer gescheiterten Beziehung in ihre alte ostfriesische Heimat versetzen. Gleich ihr erster Fall hat es in sich: Mitten im Naturschutzgebiet auf der idyllischen Nordseeinsel Spiekeroog ist die skelettierte Leiche eines Mannes gefunden worden. Klaas Renken, schwarzes Schaf einer alteingesessenen Inselfamilie, verschwand vor sieben Jahren spurlos. Hella und ihr junger Kollege Mattes stoßen bei den Angehörigen auf eine Mauer des Schweigens. Als auch Surflehrer Leon, zu dem Hella sich hingezogen fühlt, in Verdacht gerät, beginnt sie an ihrer Objektivität zu zweifeln ...

»Ein Ostfrieslandkrimi mit soghafter Spannung und knisternden Gefühlen: stimmungsvolle Urlaubslektüre mit Tiefgang.«
www.meine-news.de

www.emons-verlag.de